国学经典

宋 涛／主编

深厚的历史背景和丰富的文化内涵

中华成语故事

辽海出版社

【第一卷】

图书在版编目（CIP）数据

中华成语故事 / 宋涛主编 . — 沈阳：辽海出版社，
2018.11

ISBN 978-7-5451-5037-7

Ⅰ . ①中… Ⅱ . ①宋… Ⅲ . ①汉语－成语－故事
Ⅳ . ① H136.31

中国版本图书馆 CIP 数据核字（2018）第 260447 号

中华成语故事

责任编辑：柳海松
责任校对：顾　季
装帧设计：廖　海
开　　本：710mm×1040mm　1/16
印　　张：90
字　　数：1260 千字
出版时间：2019 年 3 月第 1 版
印刷时间：2019 年 3 月第 1 次印刷
出版者：辽海出版社
印刷者：三河市兴博印务有限公司

ISBN 978-7-5451-5037-7

ISBN 978-7-5451-5037-7

定　　价：1580.00 元

《中华成语故事》编委会

目 录

一字千金

这个成语故事出自《史记·吕不韦列传》。

《诗品》是我国南北朝时梁朝人钟嵘的一部评论诗歌的著作。在《诗品》中钟嵘曾写下这样一段话："文温以丽，意悲而远，惊心动魄，可谓一字千金。"意思是好的文章一字不能多，也一字不能少。每个字都值 1000 两黄金。它来自这样一个故事：战国时，大商人吕不韦作了一件古今称奇、空前绝后的最大投机买卖。他慧眼独具，不惜重金把作为人质的异人赎回秦国，又费尽心计将异人立为秦国的国君。异人也是知恩必报，成为一国之君后，为了报答吕不韦的恩德，使吕不韦拜相封侯，成了权倾朝野的人物。

吕不韦，从一个商人一下飞黄腾达到如此地步，现在虽然是一人之下、万人之上，地位显赫，但他心里十分清楚自己在人们心目中的位置。

再说满朝的文武百官，虽然嘴里不说什么，可心里都有一本账，都对吕不韦不服气，只是碍着庄襄王的面子不便说出什么不好听的话来。

吕不韦掂掂自己的斤两，也看到自己的政治资本太浅，人们难免私下议论，他觉得必须拿出提高声望让人们服气的最好办法。

但怎样才能提高自己的声望，而且是越快越好，他一时又拿不出好的办法来。于是他召集所有的门客商议此事。

门客们聚于一堂，乱哄哄好不热闹。有的建议吕不韦统兵出征，一逞军事才能，灭掉几个国家，立下赫赫战功，以此来树立起威信。

有人立即反对说："这样的办法不行，它有百害而无一利，即使把仗打胜了，回来也升不了官，国家没有比丞相更高的官职了。"

有人马上附和说："重要的是打仗风险太大，无论谁也没有每战必胜的把握，万一失利，结果就会适得其反。"

吕不韦听众人议论纷纷，很难拿出一个办法，便说：

"这个主意我认为也不可，用兵打仗，驰骋沙场本来就不是我的长处。除此之外，还有其他更好的办法吗？"

门客们你看我，我瞅你，然后都低下头想办法。正当大家沉默不语时，突然有一个门客开口说道：

"我们知道孔子的学问很好，那是因为他写了一本叫《春秋》的书；孙武能当上吴国的大将军，是因为吴王读了他写的《孙子兵法》。我想，我们为什么不可以写一部书，这样既能扬名当世，又可垂范后代！"

吕不韦听完这番话，打心眼里高兴，立刻命令门客组织人撰写。

吕不韦门客众多，有3000之说，经抓紧编撰，一部26卷、160篇文章的《吕氏春秋》便脱稿了。

怎样才能让人们都知道他吕不韦写了一部《吕氏春秋》呢？他命人将全书抄出，贴在咸阳城的城门上。为了制造轰动效应，随后又贴出布告："谁能把书中的文字增加一个，或减少一个，甚至改动一个，赏黄金千两。"

布告贴出很久，人们畏惧吕不韦的权势，无人敢去自讨没趣。于是，"一字千金"的说法流传至今。

一匡天下

"一匡天下"见《论语·宪问》，意思是纠正混乱局势，使天下（全国）和平安定。"匡"，匡正、纠正的意思。

孔子对春秋五霸中的齐桓公、晋文公有不同的评价，认为晋文公诡诈、好使手段，不是个正派的人；而齐桓公则是个正派、不诡诈、不要手段的人。但子路、子贡和老师却有着不同的看法，特别是对辅佐齐桓公称霸诸侯的管仲，更是有着截然相反的看法。

子路说："齐桓公杀了哥哥公子纠，公子纠的老师召忽自杀了，而管仲（也是公子纠的老师）却不去死。这恐怕不能说是仁德的表现吧？"

孔子说："桓公九合诸侯（多次主持诸侯间的盟会）。停止了各诸侯国之间的争战，这可都是管仲的力量。这就是管仲的仁德。"

子贡则说道："管仲不能算是有仁德的人吧。桓公杀公子纠，他不仅没有以身殉职，相反地还去辅佐齐桓公，成为他的宰相。"

孔子说："管仲辅助相齐桓公，称霸诸侯，一匡天下，人民直到现在还受到他的好处。假若没有管仲，我们都会披散着头发，衣襟向左边开了（指沦为夷狄）。难道能要他像一般老百姓一样为了小节，自杀于山沟之中而不让人知道吗？"

一字之师

这个成语故事出自唐代诗僧齐己《早梅》诗。

唐朝晚期有一位能诗善文的和尚，叫做齐己。他俗姓胡，名得生，益阳（今湖南益阳）人。胡得生出家为僧后，曾住江陵龙兴寺，自号衡岳沙门，常以高洁自慰，以梅花自许。有一年他以早开的梅花为题写下了一首梅花诗：

万木冻欲折，孤根暖独回。

前村深雪里，昨夜数枝开。

风递幽香去，禽窥素艳来。

明年如应律，先发映春台。

诗写成后，为了让自己的诗句准确、生动，他便到袁州去找他的朋友——诗人郑谷，请他看看。郑谷看后，说："既为《早梅》，'昨夜数枝开'这句，'数枝'不足以点明'早'，不如改为'一枝'。"齐己虚心地接受了，就把"昨夜数枝开"改为"昨夜一枝开"。

诗的大意是：严冬里，百草凋零，连那一大片树木也冻得要折枝了。而这时唯独梅花的根部却已感到一点春意。前面村子旁边，枝头上压着厚厚积雪的那株梅树，昨天晚上却开放了一枝。一阵清风过后，它那幽细的芳香传开去了，小鸟儿也飞来偷偷地观赏它那白色妍丽的花朵。明年按季节在早春开放，就应当让它先开放在众人游览的好地方，好让大家都来观赏啊！

接着，这首诗便流传开了，齐己和旁人都称赞这个"一"字改得好，称赞郑谷是"一字师"。

后来，人们便引出了"一字之师"这个成语，用来赞美改动一个字而使诗文生辉添色、更加完美的人。

一片丹心

这个成语故事出自南宋陆游《金错刀行》。金错刀：用黄金装饰的刀；行：古代诗歌的一种形式。

陆游，字务观，号放翁，宋时山阴（今浙江绍兴）人。幼年时期由于外族侵略，过着流亡生活，所以早年就有爱国思想。陆游的父亲陆宰也是一个爱国学者，南宋偏安后，和他来往的都是有气节的爱国人士，他们每当谈到敌人的猖狂和国家的耻辱时，总是痛哭流涕，往往对着酒菜不能下咽。这些对陆游的影响是很深的。南宋高宗时，29岁的陆游去临安考进士，却被秦桧所黜，34岁才被任用为福建宁德县的小吏。孝宗即位，赐进士出身，曾任镇江、隆兴通判。在此前后，陆游曾向南宋统治者提出过许多亲贤能远小人、摒除玩好的主张，并一次次请求出兵北征。对于这些，执行屈膝政策的宋高宗赵构和后来的孝宗赵眘，均感到厌烦。因此，他先被调官，继被外放，到他42岁那年，终被免了官。直到46岁才又去夔州（今重庆奉节）做了通判。在此期间，虽然南宋统治者继续忍辱求和，陆游报国的志愿不能实现，但他并不灰心，自比自己的报国之志像金错刀一样坚韧，并联络了不少志同道合的人，互相勉励，对光复国土充满信心。为抒发自己在这方面的节操和志向，他写下了《金错刀行》这首诗。全诗共十二句：

> 黄金错刀白玉装，夜穿窗扉出光芒。
>
> 丈夫五十功未立，提刀独立顾八荒。
>
> 京华结交尽奇士，意气相期共生死。
>
> 千年史策耻无名，一片丹心报天子。
>
> 尔来从军天汉滨，南山晓雪玉嶙峋。
>
> 呜呼楚虽三户能亡秦，岂有堂堂中国空无人。

丈夫：有志气的男子，此处为作者自称；八荒：四面八方边远的地方；相期：互相勉励；丹心：忠心；天子：皇帝，这里代指国家；天汉滨：汉水边；南山：终南山；嶙峋：山石重叠。

诗的大意是：我那把柄上镶嵌着白玉的黄金装饰的宝刀，在夜里闪闪发光，从屋里直射出了窗门。大丈夫年近50还不能为国立下功业，只好提着刀独自站在这里向四方远望。在京城里结识的都是些才能出众的人，彼此间相互勉励誓同生死。虽然惭愧没有在史册上留名，一片忠心却盼望能报效国家。最近随军队开赴汉水边上，远望终南山的晓雪把峰峦装饰成白玉一样。唉！楚国即使剩3户人家尚且能灭亡秦朝，堂堂中国哪里会没有人拯救国家！

后来，人们便把"一片丹心报天子"这句诗，简化引申出"一片丹心"这个成语，用来比喻忠心耿耿，为国为民。

一片冰心

这个成语故事出自唐代王昌龄《芙蓉楼送辛渐》诗。冰心：洁净、纯洁的心。

王昌龄30岁那年中进士步入官场以后，恰是唐玄宗和杨贵妃日益荒淫并宠信权奸、藩镇的时候，国政日趋腐败，兵祸连年。他便通过边塞、宫怨、闺怨、赠答等多种形式的抒情诗，对此进行不同程度的揭露和鞭挞。与此同时，王昌龄又对为维护国家的统一而战的正义战争，进行热情的讴歌。在《从军行》中，王昌龄便热情地歌颂了边疆的战士为保卫祖国与敌人拼死战斗的决心和英雄气概。全诗共四句：

青海长云暗雪山，孤城遥望玉门关。

黄沙百战穿金甲，不破楼兰终不还。

青海：即青海湖，唐时为吐蕃奴隶主贵族盘踞的地方，为唐代的一大边患；玉门关：地名，今甘肃敦煌市西，这里为唐时另一边患——突厥侵犯之地；穿：磨破；破楼兰：借用汉代一个典故，指平定边境奴隶主的侵扰。

诗的大意是：有这么一个边塞要地，那里战云翻滚，南拒吐蕃、西临突厥的袭扰。战士们终年生活、战斗在荒漠之地，铁甲被磨破了，但大家士气十分高昂，下定决心不打败敌人决不回还。

由于王昌龄对权贵豪门的触犯，虽一再被贬，但他仍以心地透明纯洁自慰。他在最为有名的《芙蓉楼送辛渐》诗里就有表露。这首诗共4句：

寒雨连江夜入吴，平明送客楚山孤。

洛阳亲友如相问，一片冰心在玉壶。

平明：早晨微明时；楚山：指芙蓉楼所在的江苏常州一带的山，战国时属楚，故名；冰心：形容性情淡泊，不热衷于功名。

诗的大意是：夜里，寒气逼人的秋雨，落入吴地与江水连成了一片。平明时分，就要送你（指辛渐）前去洛阳了。此时，我那孤寂的心情，看楚山也觉得它格外孤单。你回到洛阳后，如果洛阳的亲友们问起我，就说我那颗冰玉般的心，像放在玉壶中那么明净纯洁。

后来，人们便由"一片冰心在玉壶"这句诗里引出"一片冰心"这个成语，用来比喻正直纯洁、清廉自守、决不与邪恶同流合污的品德。

一发千钧

这个成语故事出自《汉书·枚乘传》。发：头发；钧：古代的重量单位，合30斤。

枚乘，字叔，淮阴（今属江苏）人，西汉初年的辞赋家。枚乘有赋9篇，今仅存《七发》等3篇。原来有专集，已经失散，今人辑有《枚叔集》。

枚乘最初在吴王刘濞的王宫里做文学侍从。公元前154年（汉景帝刘启三年），吴王刘濞，联络楚王刘戊、胶西王刘印、胶东王刘雄渠、淄川王刘贤、济南王刘辟光、赵王刘遂等，打着"清君侧"的旗号，举兵叛乱。这便是我国历史上有名的"吴、楚七国之乱"。后来，景帝派周亚夫、窦婴率军平叛，历时3个月，七国叛军战败，刘濞逃到丹徒被杀，其他六王也先后自尽。

吴王刘濞，本是汉高

祖刘邦的哥哥代王刘仲的儿子。刘邦平定天下以后，于公元前 200 年立刘仲为代王。后来匈奴攻打代地（今山西、河北北部），刘仲弃国逃跑，被废去王号，降为合阳侯。公元前 196 年，淮南王英布（又称黥布）反叛，杀死荆王刘贾，又向西渡过淮河，赶走了楚王刘交，刘邦带病亲自率军征伐。当时，刘仲的儿子沛侯刘濞整 20 岁，很有力气，作为骑将随从高帝出征，在蕲县（今安徽宿州市）以西和会甄（音 zhuì 坠，古乡名；在今安徽宿州市南）一带打败英布的军队。由于荆王刘贾被英布击杀，刘贾又没有后代。刘邦担心荆地的人轻捷强悍，没有壮年的国王镇守不行，而自己的几个儿子又都还小，于是就在沛县更荆国为吴国，立刘濞为吴王，统辖 3 个郡 53 座城邑。封立授印以后，刘邦召来刘濞端详了他一会，不放心地说："你的样子有反相。"当时也有点暗自后悔，但是已经封立，不好更改，就拍着刘濞的背，告诫他说："汉兴 50 年以后东南方有发动叛乱的，难道会是你吗？然而天下同姓是一家，希望你不要造反！"刘濞顿首说："不敢。"

但自刘邦之后，从惠帝、吕后的时候起，吴王刘濞就怀有异心，到文帝特别是景帝的时候，由于中央政府任用晁错，坚持削减诸侯封地，更改法令，吴王刘濞便暗中联络楚王刘戊、赵王刘遂等图谋举兵反叛。作为吴王宫中的文学侍从的枚乘，看出了刘濞的异心，曾上《谏吴王书》谏阻，痛陈利害。当时吴王反叛的计划并未公开，枚乘在书中也不能明白说出，只能曲折地用比喻来示意，书中说：

天以一缕之任，系千钧之重，上悬无极之高，下垂不测之渊，虽甚愚之人，犹知哀其将绝也。

意思是说：现在的形势危急得就像用一根细线，悬挂着 3 万斤重的东西那样，而悬挂的地方是极高的天空，下垂的地方又是极深的水潭。在这种情况下，就是再愚笨的人，也懂得这是太危险的了。同时，枚乘还语重心长地说："在这国家处于存亡的紧要关头，如果你能听信忠臣的话，国家就可以转危为安。"

吴王刘濞根本不听枚乘的劝谏，于是枚乘便离开了刘濞，投奔到梁王刘武那里去做文学侍从了。吴楚七国之乱很快被周亚夫平定，刘濞败死。

后来，"夫以一缕之任，系千钧之重"这句话，被简化引申为"一发千钧"这个成语，用来比喻情况极其险恶或形势非常危急。

一日三秋

语出自《诗经·王风·采葛》。三秋：3个季度，即9个月。

这是一首怀念情人的诗。作者是一位正在热恋中的多情人，哪怕只是短暂的分离，在他的感觉上也是很长的时间。于是便想象他的心上人正在采葛或萧、艾，虽然离开她才一天，这一天却抵得上3月到3年那么长。全诗共3章，每章只变换了几个字，便真实地表现出了想念情人愈来愈强烈的感情：

彼采葛兮。一日不见，如三月兮！

彼采萧兮。一日不见，如三秋兮！

彼采艾兮。一日不见，如三岁兮！

葛：葛藤，一种藤本植物，块根、茎可作纤维；萧：艾蒿，多年生草本植物，有香气，古人采它供祭祀或药用；艾：菊科植物；岁：年。

诗的大意是：

她去采葛去了，一天不见她，就好像隔了三月那么长。

她去采萧去了，一天不见她，就好像隔了三季那么长。

她去采艾去了，一日不见她，就好像隔了三年那么长。

后来，人们便把"一日不见，如三秋兮"这两句诗引申为"一日三秋"或"一日不见，如隔三秋"这个成语，用来表示一种思念殷切之情。

一叶知秋

这个成语出自宋·唐庚《文录》：唐人有诗云："山僧不解数甲子，一叶落知天下秋。"

又见于《淮南子·说山训》："见一叶落而知岁之将暮。"

"一叶落知天下秋"这句诗，绝不是诗人随意的吟咏，而是包含着对一种自然现象的科学概括。那么，为什么树木落叶便预示着"天下秋"呢？这是因为，每当秋天将至，气温便逐渐变冷，而且空气干燥，雨量稀少，土壤里的含水量也随着减少。这样，树木根系的吸收作用相应削弱，叶片变得枯黄，开始落叶。这不仅标志着叶子完成了它一年一度的使命，同时也是树木适应环境的一种本能。落叶可以减少水分的消耗，以保证树木能度过寒冬。

现在，引用"一叶知秋"这个成语，多比喻从个别细微的现象测知事物的发展变化趋向和结果。

一往情深

典出南朝·宋·刘义庆《世说新语·任诞》：桓子野每闻清歌，辄唤奈何，谢公闻之曰："子野可谓一往有深情。"

东晋时，有一位名将叫桓伊，谯国县（今安徽宿县西南）人，字叔夏，小字子野（一作野王）。桓伊初任淮南太守，后迁都督豫州诸军事、西中郎将、豫州刺史。383年，秦苻坚南下，桓伊与谢玄、谢琰大破秦军于淝水，稳定了东晋的偏安局面。后迁都督江州荆州十郡、豫州四郡军事、江州刺史。他虽建有勋功，却从不居功自傲。

桓伊喜好音乐，善吹笛，当时称为"江佐第一"。他也很喜欢听别人唱歌，每当听到优美的歌声，就情不自禁，激动不已，口中叫唤着："怎么办啊！"当时的政治家谢安也喜爱音乐，他见桓伊对音乐如此倾心，说："桓子野对音乐真是一往情深啊！"

后人将"一往有深情"简化成"一往情深"，形容对人或事物倾注了深厚的感情，向往得不能克制自己。

一狐之腋

典出《史记·赵世家》：简子曰："大夫无罪。吾闻千羊之皮，不如一狐之腋。诸大夫朝，徒闻唯唯，不闻周舍之鄂鄂，是以忧也。"《史记·商君列传》中也有"千羊之皮，不如一狐之腋"的记载。此据《赵世家》。

春秋末期，有一些诸侯国名义上是国君掌权，但实权往往操在一些有势力的卿和士大夫手中。晋国就是这样一个国家。公元前511年至公元前475年，晋国的国君是晋定公，但大权却掌握在赵鞅、范氏、中行氏这些卿的手中。为了争权夺利，他们发生了内讧。在内讧中，赵鞅打败了范氏和中行氏，扩大了自己的封地，为以后建立赵国奠定了基础。

赵鞅，即赵简子，又名志父，亦称赵孟。他是一个机智谋略，善于用人处事的贵族。晋定公十九年（公元前493年），在袭击护送粮饷给范氏的郑国军队时，赵鞅誓师说："克敌者，上大夫受县，下大夫受郡，士田十万，庶人工商遂，人臣隶圉免。"结果鼓舞了军心，激励了士气，大获全胜。

赵鞅手下有一个大臣叫周舍。此人为人耿直，经常很直率地给赵鞅提意见，声称自己愿意做一个"鄂鄂之臣"（鄂鄂：直言争辩时的神态），因而很得赵鞅的赏识。后来，周舍死了，赵鞅非常难过，每次上朝都表现得很不高兴。大夫们见此情形，都来问是不是自己办了什么错事得罪了他。赵鞅说：

你们没有得罪我。但是，我听说，一千只羊的皮也不如一只狐狸腋下的皮值钱，现在朝廷之上，只是听到你们唯唯诺诺的顺从，听不到周舍据理直谏的声音了，所以我才闷闷不乐。

后人用"一狐之腋"比喻珍贵的物品。

一斛凉州

典出《三国志·魏书·明帝纪》注：伯郎姓孟，名他，扶风人。灵帝时，中常侍张让专朝政，让监奴典护家事。他仕不遂，乃尽以家财赂监奴，与共结亲，积年家业为之破尽。众奴皆惭，问他所欲，他曰："欲得卿曹拜耳。"奴被恩久，皆许诺。时宾客求见让者，门下车常数百乘，或累日不得通。他最后到，众奴伺其至，皆迎车而拜，径将他车独入。众人悉惊，谓他与让善，争以珍物遗他。他得之，尽以赂让，让大喜。他又以蒲桃（即"葡萄"）酒一斛遗让，即拜凉州刺史。

意思是：伯郎，姓孟，名他，东汉扶风人。汉灵帝时期，宦官中常侍张让独揽朝政，张让家里的监奴主管家事，很有权威。孟他（伯郎）求官不成，就以家里的全部财产贿赂张让家里的监奴，与他们结为亲好，几年来把家产都用尽了。监奴们过意不去，问孟他有什么要求，孟他回答说："只想请你们拜拜我。"监奴们久受孟他的恩惠，都答应了。当时宾客求见张让的极多，张让家的门前常有数百辆车，有的等待好多天也得不到通报。有一天，孟他最后赶到，众监奴见他来了，都迎着孟他的车子跪拜，赶快让他的车子进去。众宾客见此情景都大吃一惊，以为孟他与张让有深交，争着把珍稀宝物献给孟他。孟他得到这些财宝之后，都拿去贿赂张让，张让十分高兴。孟他又送给张让一斛葡萄美酒，张让就叫孟他当上了凉州刺史。

"一斛凉州"就是从这个故事来的。斛：量器名，也为容量单位，古代以 10 斗为 1 斛，南宋末年改为 5 斗为 1 斛，2 斛为 1 石。"一斛凉州"的意思是，用一斛酒换了个凉州刺史，人们用它形容以贿赂的手段求取官职。

一钱落职

典出《谐铎》：南昌某父，为国子助教，随任在京。偶过延寿寺街，见书肆中一少年，数钱买《吕氏春秋》。适堕一钱于地，某暗以足践之，俟其去，俯而拾焉。旁坐一翁，凝视良久，忽起叩某姓氏，冷笑而去。

后某以上舍生，入誊录馆，谒选，得江苏常熟县尉。束装赴任，投刺谒上台。时潜庵汤公，巡抚江苏，十谒不得一见。巡捕传汤公命令，某不必赴任，名已挂弹章矣！问所劾何事？曰："贪！"某自念尚未履任，何得有款？必有舛错，急欲面陈。巡捕入禀，复传汤公命曰："汝不记昔年书肆中事耶？为秀才时，尚且一钱如命；今侥幸做地方官，能不探囊肤箧，为纱帽下之劫贼呼？衣即解组去，毋使一路哭也！"某始悟日前叩姓氏者，即潜庵汤公，遂惭愧罢官去。夫未履任而被劾，亦事之出于意外者。记此为不谨细行者劝！

南昌有一个男子，是国子监的助教，赴任住在京城。有一天，他偶然路过延寿寺街，看见书铺子里有一个少年，正在数钱买一部《吕氏春秋》。恰好有一个钱落在地上，此人就暗暗地用脚踩着，等少年走去，就俯身拾起来。旁边坐着一个老汉，对这事注视了很久，忽然起身来拜问他的姓名，冷笑一声就走了。

后来，这个男子以上舍生名义，入了誊录馆，请见选官，得到了江苏常熟知县的职位。他准备好行装去赴任，投了一张名帖去求见上司官员。当时，潜庵汤公任江苏巡抚，男子 10 次求见都不得一见。官衙的巡捕传下汤公的命令，叫此男子不必赴任，因为他的名字已经挂进被检举弹劾的公文中去了！这男子便问弹劾什么事情？答道："是贪污！"此男子私下思念：自己尚未赴任，哪里得来的赃款？内中必有差错，就急忙想进去当面陈述。巡捕入内禀告，再度传下汤公的命令道："你不记得当年书铺子里的事情吗？当秀才的时候，尚且视钱如命；如今侥幸当了地方官，岂不要伸手到人家口袋里去偷盗，成为乌纱帽下面的盗贼吗？请你立即解下系官印的丝带滚吧，不要让你经过的路上哭声遍地吧！"这男子才想起从前拜问他姓名的人，就是这位汤老爷，于是羞惭地罢官而去。

唉，还没赴任当官就被弹劾，也是一件出人意料的事情。记下它来，作为对细小行为不检点的人的鉴戒吧！

后人用这则寓言说明一着不慎，满盘皆输。作者主旨显然是警诫贪吏的，也在为一切"不谨细行者"。

其实，关键并不在"钱神"的"诱人失著"，而在人们的思想品行和世界观的修养方面。假如秉公持正，思想纯朴，一心为人民群众的利益着想而毫无利己之心，那么，即使"钱神"对你施加种种引诱，也不会发生"失著"效果的。

一张一弛

典出《礼记·杂记下》：一张一弛，文武之道也。

春秋时代，孔子的学生子贡有一年年底去观看群众性的祭神活动，回来后，孔子问子贡道："你看，那些人快乐吗？"子贡回答说："那些人简直欢喜若狂，又是叫，又是跳，又是喝酒，我不知道他们为什么那样快乐？"孔子说："老百姓一年到头劳动，有这么一天的娱乐，这里头的道理还不清楚吗？叫老百姓只干活不休息，周文王和周武王是不会那样做的；叫老百姓只休息而不劳动，周文王和周武王也是不会干的。'一张一弛，文武之道也。'（意思是：叫老百姓有劳有逸这才是周文王和周武王治理国家的根本办法。）"

后人用"一张一弛"比喻合理安排工作，做到有松有紧，劳逸结合。

一夜十起

典出《后汉书·第五伦列传》："吾兄子常病，一夜十往，退而安寝；吾子有疾，虽不省视而竟夕不眠。"

东汉时候，京兆长陵地方有一个名叫第五伦的人，第五是他的姓氏，伦是他的名字。因为他的先祖原本姓田，分枝太多，便以次序定为姓氏。

第五伦年轻时勇武侠义，曾率领本族人防御盗贼，修筑营壁。他拒敌在前，豪爽果敢，得到乡亲们的信任。地方官吏看他很有本事，便任命他为小吏，以后他又担任京兆尹的主簿。因为他办事公平，为官清廉无私，很得光武皇帝的赏识，派他去做会稽太守。

第五伦生活非常简朴，他虽然有优厚的俸禄，但只要粮食够一个月的吃用，他就将余下的粮食降价卖给贫困人家。平常自己割草喂马，让妻子做饭食，不雇仆人。当时会稽地方人们迷信，相信占卜算卦那一套，并且每年要杀耕牛祭神，巫祝说谁要是自己吃了牛肉而不祭神，就会闹病，像牛那样吼叫，然后暴死。因此百姓被弄得很苦。第五伦到任后，决心治理恶习邪俗。他下命令惩罚那些借鬼诈骗百姓的巫祝，又贴出告示，谁无故杀死牛就办他的罪。这样一来，会稽的百姓都安居乐业了。

第五伦后来到朝廷做代理司空的官，他看到肃宗皇帝将太后的亲属都委以重任，觉得很不合于法度，将来必会给国家带来灾难，就上书皇帝，直言不讳地批评圣上。他处处奉公守节，说话办事毫无顾虑，家人和孩子常劝他别太任性，以免得罪权贵自讨苦吃，可他却训斥儿子不忠不贞。

第五伦的铁面无私，在朝廷内外一时传为美谈，人们很敬仰他。一天，一位同僚赞扬他说："像你这样的人真可以说是毫无私情了！"

第五伦却认真地反驳说："你说的不全面呀！以前曾有一位熟人送给我一匹马，想叫我帮他谋个官做。马我当然没收下，可是当我举荐别人做官时，常常想起他。这不是证明我还是有私情吗？再比如说，我的侄儿生病，一宿我起来10回去看他，但回到床上我很快就睡着了，睡得很安稳。我自己的儿子生病就不一样了，虽然夜里我不去瞧他，但我整夜睡不着觉，担心孩子的病情。你看我哪里够得上是毫无私情呢？"

成语"一夜十起"就是由此而来，后人用它形容待人体贴周到。

一抔黄土

典出《史记·张释之冯唐列传》：今盗宗庙器而族之，有如万分之一，假令愚民取长陵一抔土，陛下何以加其法乎？

汉朝文帝的时候，有一个人叫张释之，在朝廷做廷尉的官。他断案公道，依法律治罪，很得人们的称赞。

有一次，汉文帝的车经过中渭桥，突然从桥下跑出一个人来，惊动了拉车的马。卫兵立即将那个人抓住，送给张廷尉问罪。张释之经过一番审问，就向汉文帝报告，说："这个人是长安人，他看见皇帝的车马来了，赶忙躲在桥下，等了半天，他以为车马已经过去，所以跑了出来。他从桥下出来，看见车子正在过桥，就慌忙走开，惊动了圣驾。根据他的过错，应该罚他黄金。"

汉文帝一听，十分恼火，怒气冲冲地说："此人惊动了我的马，十分可恶。亏得我的马性情柔和，若是别的马，岂不摔伤了我？这个人应当重重地治罪，可你却只是罚他4两黄金！"

张释之急忙向汉文帝解释："法律是众人的事情，如果处理不当，就会失去百姓的信赖。我当朝廷的廷尉官，是应该公平的。我如果不能掌握轻重，那么天下的法律就都会出偏差，百姓也就无所措手足了。"汉文帝沉思了半天，才说："廷尉说得对呀！"

不久，张释之又遇到一件盗窃高祖庙里的玉环案件。汉文帝要求杀掉这个小偷的九族，可是张廷尉只判小偷一个人的死罪。汉文帝非常生气，对张廷尉大发雷霆："盗窃我先帝的庙器，这是最大逆不道的事情，我要灭他的九族，可你却不按照我的意思去办，是何道理！"

张廷尉急忙脱帽叩首，向皇帝陈述："刑法是要区别轻重对待的，今天将偷盗庙器的人处以灭族之罪，那么将来假如有人从先帝的坟墓上取走一抔土，陛下还怎么处置他们呢？拿偷盗庙器与破坏陵墓相比，那罪行只不过是万分之一啊！"

汉文帝听了张释之的话，又和太后商量了半天，最后还是同意了张廷尉的判决。

"一抔黄土"这句成语就是从这来的，抔，读 póu 音，是用手捧。现在用"一抔黄土"比喻极其微贱的东西，或者比喻渺小没落的反动势力。

一龙一猪

典出唐·韩愈《昌黎先生集·符读书城南》诗：两家各生子，提孩巧相如；少长聚嬉戏，不殊同队鱼。……三十骨骼成，乃一龙一猪。

唐代文学家韩愈有个儿子叫韩符。有一次，韩愈写了一首诗给韩符，勉励他用功读书。诗中写道：有两家人家，各生了一个儿子。这两个孩子在幼年时代，容貌相似，都非常活泼可爱。稍长大了，这两个孩子经常在一起玩耍，如同一块儿在水中游着的小鱼儿一样，简直没有什么区别。可是，到了十二三岁的时候，却渐渐地显出了差异。到了 20 多岁，这种差异就愈发明显了：一个高洁明澈，像充满了清水的沟渠；一个庸俗秽垢，像一个污水坑。

到了30岁左右，两人的体态性格都长成了，好坏便见了分晓：一个像腾云驾雾、呼风唤雨的龙，一个却像蠢笨无能，只知吃、睡的猪。似龙的像飞黄（传说中神马的名字）一样奔腾前进，对于另一个远远落在后头的癞蛤蟆一样的蠢猪根本不屑一顾了。

"一龙一猪"即一个是龙，一个是猪。

后人用"一龙一猪"这个典故比喻同时的两个人，一个贤，一个不肖。

一馈十起

典出汉·刘安《淮南子·汜论训》：一馈而十起，一沐而三捉发，以劳天下之民。

大禹因为治水有功，颇受百姓爱戴。后来虞舜把帝位让给大禹，大禹就做了夏朝的第一个君主。

大禹当君主之后就用5种声音来治理国家。这5种声音是钟声、鼓声、磬声、鼗声和铎声。他对百姓说："要来告诉我大道，就击鼓；要来告诉我大义，就敲钟；有紧急事情要告诉我，就击磬；有什么案件要我处理，就敲小鼓；有大事告诉我就摇铃铛。"当他把这5种声音的用法告诉百姓以后，大禹就常常是："一馈而十起，一沐而三捉发，以劳天下之民。"（意思是：因为要找大禹的人太多，大禹吃一顿饭都要接待百姓许多次；洗一次澡，也往往没洗完又有好多人来找他来了。他就是这样一心一意为百姓办事。）

后人用"一馈十起"来形容事务繁忙或热情听取群众意见。

一知半解

典出清·御选《唐宋诗醇》卷三十二："洵乎独立千古，非一代一人之诗也，而陈师道顾谓其初学刘禹锡，晚学李太白，毋乃一知半解。"

宋朝诗人陈师道称赞苏东坡的诗，初学刘禹锡，后学李太白。到了清朝乾隆十五年御定的《唐宋诗醇》却不同意这种说法。《唐宋诗醇》在评论苏轼的诗时写道："洵乎独立千古，非一代一人之诗也，而陈师道顾谓其初学刘禹锡，晚学李太白，毋乃一知半解。"（意思是：相信宋代大诗人苏轼的诗真是独立千古，不能当做一个时代一个人的诗来看，而宋代诗人陈师道认为苏轼的诗开始学刘禹锡，晚期学李太白，这是对苏轼之诗并不十分了解的说法。）

后人用"一知半解"来表示对问题了解得不深不透，所知不多。

一举两失

典出《纲鉴抄略》：朝廷一举而两失。纵不能复后，宜还仲淹、道辅。

宋仁宗的皇后郭氏，有一次和仁宗所宠爱的美人争吵，并打了那美人一记耳光。仁宗知美人挨打，跑去帮忙，也挨了郭氏一记耳光。仁宗心头很不舒服，就把这事告诉了宰相吕夷简。正好吕夷简也不满意郭氏，就竭力劝说仁宗不要郭氏做皇后。仁宗答应照吕夷简的意见办。当时的御史中丞孔道辅、右司谏范仲淹等得知此事后就跑去见仁宗，反对废郭皇后。仁宗为此大发雷霆，马上贬孔道辅到秦州，贬范仲淹到严州。河阳判官富弼，听到这个消息，说道："朝廷一举而两失。纵不能复后，宜还仲淹、道辅。"不久，宋仁宗就另立曹氏为皇后。

后人用"一举两失"来说明做一件事，使两方面都不利或都受到损失。

一孔之见

典出《申鉴·时事》：有鸟将来，张罗待之，得鸟者一目也。今为一目之罗，无时得鸟矣。

鸟儿即将飞过，一个捕鸟人布下了罗网等待。

一会儿，鸟儿飞来，一下被捕获了。捕鸟人收网一看，发现鸟被缚在一只网眼里。于是，他回去制做了一张只有一个孔眼的网，拿到原处安放起来，兴致勃勃地等候着。

然而，他再也没有能够捕到一只鸟。

后人用"一孔之见"的这个典故比喻狭小片面的见解。

一国三公

典出《左传·僖公五年》：（士𫇭）退而赋曰："狐裘龙茸，一国三公，吾谁适从？"

春秋时，晋献公在晚年的时候去伐小国骊戎，骊国送了两个美女给献公，一个是骊姬，一个是少姬。后来两人都生了男孩，骊姬因得献公宠爱，要立自己的儿子为太子，当时晋太子申生屡立战功，献公没理由废掉他，骊姬便做出主张，将太子申生放出去守曲沃（晋国大城），另两个大儿子重耳、夷吾派去守蒲与屈两个小城。当时蒲、屈两地都是一片空地，献公命大臣士𫇭去筑城。士𫇭到了那里，命人用柴草夹在泥土中，很草率地完成了筑城的工作。有人便说："你筑的城恐怕不坚固吧？"他笑着说："过几年后，这里便是仇人的城了，何必要坚固呢！"夷吾知道了这件事，去告诉献公。献公派人去责备他，士笃于是作了一首诗，说"狐裘尨茸，一国三公，吾谁适从。"意思是权贵者众多，各说其是，自己不知怎样做好。

后人便将士笃诗中所说的"一国三公"引为一句成语，来形容主持政事的人太多，意见庞杂，号令不统一，让人无所适从。

一网打尽

晋公子夷吾和公子重耳是两兄弟。夷吾在秦国和齐国的帮助下，登了王位，就是晋惠公。可是晋惠公的大臣分作两派，拥护惠公的一派以却芮和吕省为首。暗里拥护重耳的一派以里克和丕郑为首。可是这班人对晋惠公个人来说都是有功的。当丕郑回到秦国去公干的时候，惠公借故杀了里克。丕郑回来后，心里很恐慌，深怕自己也被惠公杀掉。可是事情倒没什么对他不利的，也就安心下来。当然，他心里很恨惠公，便暗地召集同党，商量赶走夷吾，迎公子重耳登位。有一天，屠岸夷要来见丕郑。他从午间等到深夜，才见着丕郑。丕郑问他有什么事情，屠岸夷告诉他，惠公要杀他，所以请丕郑相救。丕郑说："你去叫吕省救你吧！"屠岸夷说："吕省不是好人，我正要喝他们的血，吃他们的肉呢！"丕郑不大相信。屠岸夷又献计怎样怎样推翻惠公。丕郑听了，大声喝道："是谁教你来说的！"屠岸夷见他不信，只好咬破了指头，鲜血直流，对天发誓说："天老爷在上，我如有三心二意，叫我全家都死光。"这么一来，丕郑就相信了。他们写了一封信给重耳，请他准备回来。丕郑、共华、屠岸夷等10位大臣都签了字，屠岸夷把信贴胸带走了。第二天，他们上朝，惠公问丕郑说："你们为什么要迎公子重耳？"丕郑这一班人都吃了一惊，心知不妙。却芮大声地说："你们干的好事呀！"他把那封信掏出来，念一个名字，武士便缚一个，除了屠岸夷，都给缚去砍了头。这9位反对夷吾的大臣全都被一网打尽了。

"一网打尽"这句成语现在就用来比喻全部抓住或全部肃清。

一尘不染

这句成语原是一句佛教用语。佛教中有六尘，即：色、声、香、味、触、法。色就是女色；声是指歌舞之类；香是指男女之间彼此契合（香火姻缘）；味指美味菜肴；触指顶撞；法是指教说、规范等。佛门修道者排除嗜是欲，保持心地洁净，不被六尘所染污称为"一尘不染"。

后人用"一尘不染"这个典故比喻不受坏思想、习气、作风的沾染和腐蚀。

一狙搏矢

典出《庄子·徐无鬼》：吴王浮于江，登乎狙之山。众狙见之，恂然弃而走，逃于深蓁。

有一狙焉，委蛇攫搔，见巧乎王。

王射之，敏给搏捷矢。王命相者趋射，狙执死。

王顾谓其友颜不疑曰："之狙也，伐其巧，恃其便，以敖予，以至此殛也。戒之哉！嗟呼！无以汝色骄人哉！"

颜不疑归，而师董梧，以助其色，去乐辞显。三年，而国人称之。

吴王坐船在大江里游玩，攀登上一座猴山。一群猴子看见了，都惶惶然四散逃跑，躲在荆棘丛中。

唯独有一只猴子，却洋洋得意地跳来跃去，故意在吴王面前卖弄灵巧。

吴王就拿起弓箭向它射去，那猴子敏捷地把飞箭接住了。吴王下令左右的侍从一齐追射，那猴子被射死了。

吴王回头对他的朋友颜不疑说："这只猴子啊，夸耀自己的灵巧，仗恃自己的敏捷，对我表示骄傲，以至于这样死去了。警惕呀！唉！不要拿你的神气去向人耍骄傲呀！"

颜不疑回到家里，就拜贤人董梧为师，尽力除掉自己的骄气，屏去声乐，辞谢显荣。过了3年，全国的人都称誉他。

寓言的主旨，在于说明老子所说的"企者不立"，意思是说，爱抬起脚跟站得高的人站不牢。喜欢卖弄聪明的人，免不了要做吴王箭下的猴子。

一诺千金

典出《史记·季布栾布列传》：曹丘至，即揖季布曰："楚人谚曰：'得黄金百斤，不如得季布一诺。'足下何以得此声于梁楚间哉？"

秦末有一个叫季布的人，性情耿直，又肯助人，凡是他答应过的事情，无论有怎样的困难，他都一定要设法办到。因此，他受到当时很多人的称赞。《史记》在写到关于他的生平时，说他在项羽部下带兵时，曾把刘邦打败了好几次。项羽被围自杀后，刘邦做了皇帝（汉高祖），就悬赏缉拿他。后来由于朱家说动汝阴侯滕公（夏侯婴）转请刘邦撤销了对他的通缉令，并封他做郎中官，不久又改做河东守。

当时有一个曹丘生，是季布的同乡（楚人），专喜结交有权势的官员，借以夸耀自己。这时听说季布又做了大官，特地请窦长君写信介绍求见。窦长君拗他不过，便答

一诺千金

应了。可是季布一见到曹丘生，便露出厌恶的神情。曹丘生却作着揖惊喜地说："我听到楚人说过：'即使得到黄金百斤，也抵不上季布一诺。'……"

上面故事里曹丘生赞扬季布的话"得黄金百斤，不如得季布一诺"流传之后，人们便引申成"一诺千金"这句成语，用来说明诺言的重要，并表示对别人诺言的尊重和信任。

一士谔谔

典出《史记·商君列传》：千羊之皮，不如一狐之腋；千人之诺诺，不如一士之谔谔。

战国时，秦孝公于公元前356年（一说前359年），任命卫国人公孙鞅为左庶长，进行了一场政治改革，史称"商鞅变法"。随后，公孙鞅升为很有权势的大良造。公元前340年，公孙鞅用计战胜魏军，俘魏公子卯，因功封商（今陕西商县东南）、於（今河南内乡东）15邑，称为商君，亦称商鞅。

商鞅在秦国执政19年，两次变法，奠定了秦国富强的基础。商鞅为此十分得意，不少家臣和亲友也都向他庆贺，阿谀奉承之辞不断往他耳朵里灌。有一位叫赵良的门客见此情景，劝他不要听那些奉承者的胡说八道，而是要主动反省检查自己，虚心听取别人的意见。赵良说："1000只羊皮也抵不上一只狐狸腋下的皮毛珍贵，1000个唯唯诺诺的人，也抵不上一个敢说真话的人值得尊敬。要是商君您不见怪的话，我愿向您说点真话。"商鞅见赵良直言相劝，挺恭敬地对赵良说："俗话说得好：'良药苦口利于病，忠言逆耳利于行。'请先生指教。"于是，赵良就把当时的形势和变法的利弊向商鞅进行了陈述，并劝他放弃权位，以保全自己的身家性命。

但是，已经身居高位的商鞅根本听不进赵良的劝告。公元前338年，秦孝公病死，太子驷即位，就是秦惠文王。原来对商鞅变法就心怀不满的一些权贵们趁机诬告他谋反，煽动秦惠文王下令逮捕了他。他举兵反抗失败，被车裂而死，全家也遭灭门之祸。

后人用"一士谔谔"比喻耿直、敢于直谏的人。

一言为重

典出《史记·商君列传》，北宋王安石《商鞅》诗：自古驱民在信诚，一言为重百金轻。

先秦时，有个著名的法家人物名叫公孙鞅，因封于商，故称为商鞅。他在秦孝公的支持下成功地进行了变法。新法公布以后，为了使人民相信新法一定要执行，便令在国都南门处立了一根 3 丈高的木柱，声明谁能搬到北门，赏 10 金。人们不知是什么意思，没有人去搬。商鞅见无人搬动，又宣布：如有人搬木柱者，赏 50 金。高赏悬出之后，有一个胆大而有力气的人就把木柱从南门搬到了北门。商鞅见目的达到了，非常高兴，立即赏给搬者 50 金。广大群众知道此事后，认定商鞅说话算数，新法一定要推行。北宋王安石《商鞅》诗云："自古驱民在信诚，一言为重百金轻。"

后人用"一言为重"来说明言行一致，言必信，行必果。

一顾千金

典出《刘子·因显》：昔有卖良马于市者，已三旦矣，而市人不顾。乃谓伯乐曰："吾卖良马而市人莫赏，愿子一顾，请献半马之价。"于是伯乐造市，来而睨之，去而目送之。一朝之价，遂至千金。

有个人在集市上卖骏马，等了 3 天却没有一个买马的人来光顾。

这个人于是去求见伯乐，对伯乐说："我卖的本来是一匹骏马，但是人们都不识货。请你去看看，我情愿把马价的一半奉献给您。"

伯乐来到集市一看，果然是匹好马。他走上前去爱抚地左右看看，临走时还恋恋不舍地频频回顾。于是，一天之内马价涨到了千金。

后人用"一顾千金"这个典故说明人们需要权威，尊重权威。同时也应该努力学习使自己逐步成为内行。

一顾之荣

典出《战国策·燕策二》：苏仪为燕说齐，未见齐王，先说淳于髡曰："人有卖骏马者，比三旦立市，人莫之知。往见伯乐曰：'臣有骏马，欲卖之，比三旦立于市，人莫与言，愿子还而视之，去而顾之，臣请献一朝之贾。'伯乐乃还而视之，去而顾之，一旦而马价十倍。今臣欲以骏马见于王，莫为臣先后者，足下有意为臣伯乐乎？臣请献白璧一双、黄金千镒，以为马食。"淳于髡曰："谨闻命矣。"入言之王而见之，齐王大悦苏子。

战国时期，游说之风盛行。有一次，苏秦受燕国之托，到齐国去游说。在晋见齐王之前，苏秦先游说淳于髡。淳于髡是齐国稷下学士，比较有影响，同齐王有比较密切的关系。苏秦对淳于髡说："我先给您讲一个故事。有一个卖骏马的人，连续 3 个早晨站在市场上，也没有人来买他的马。卖马的人去见伯乐说：'我有一匹马，想卖掉它。我连续 3 个早晨站在市场上，也无人问津。我想请你绕着我的马看一看，离开时再回头看一看，我给您一个早晨的费用。'于是，伯乐绕着那匹骏马看了看，离开时又回头看了看，马价竟然涨了 10 倍。"讲到这里，苏秦话题一转，继续说："如今，我想请齐王看一看'骏马'，可惜没有人给我捧场，先生愿意做我的伯乐吗？我特献给您白璧一双、黄金千镒，作为报酬。"淳于髡说："愿意为您效劳。"于是，淳于髡进宫劝谏齐王，请齐王召见苏秦。结果，齐王很喜欢苏秦。

"一顾之荣"就是从这个故事概括出来的。它的本意是，伯乐看一眼骏马，就使它身价 10 倍。人们常用它比喻受名人赏识而身价骤然提高，也可用来表示以贵客光临而荣耀。

一夔已足

典出《吕氏春秋·察传》：凡闻言必熟论，其于人必验之以理。鲁哀公问于孔子曰："乐正夔一足，信乎？"孔子曰："昔者舜欲以乐传教于天下，乃令重黎举夔于草莽之中而进之，舜以为乐正。夔于是正六律，和五声，以通八风，而天下大服。重黎又欲益求人，舜曰：'夫乐，天地之精也，得失之节也，故唯圣人为能和。乐之本也。夔能和之，以平天下。若夔者一而足矣。'故曰夔一足，非一足也。"

凡是听到传闻一定要深入考察，听到关于人的议论，一定要验证它是否有道理。春秋时期，鲁国国君鲁哀公问孔子："听说舜时的乐官夔只有一只脚，真的吗？"孔子回答道："从前，舜想利用音乐教化天下人，就让重黎物色人才。重黎在民间发现了夔，就把他推荐给舜，舜让夔当乐官。夔于是正定六律，和谐五声，用以调和八方的风气，因而天下人完全归服。重黎还想多找几个像夔这样的人才，舜说'音乐是天地之气的精华，政事得失的关节，所以只有圣人才能使音乐和谐。和谐是音乐的根本，夔能使音乐和谐，以安天下。像夔这样的人才，有一个就够了。'所以说'夔一足'，并不是说夔只有一只脚。"

"一夔已足"就是从这个故事来的。夔：相传是舜（一作尧）时的乐官，后来，人们用"一夔已足"形容学有专长的人才。

一身二任

典出《汉书·王吉传》：皇帝仁圣，至今思慕未怠，于宫馆囿池弋猎之乐未有所幸，大王宜夙夜念此，以承圣意。诸侯骨肉，莫亲大王，大王于属则子也，于位则臣也，一身而二任之责加焉，恩爱行义纤介有不具者，于以上闻，非飨国之福也。臣吉愚戆，愿大王察之。

汉代，有一个人叫王吉，字子阳，琅琊皋虞人。他在青年时期勤奋学习，知识丰富，当上了昌邑中尉。而昌邑王刘贺喜好狩猎，驰驱国内，放荡不羁，毫不节制。

王吉上书劝谏，其中说道："昭帝仁义贤德，武帝去世不久，他至今思念不已，从来不到宫馆园林中游玩，也不以狩猎为趣。大王您应当朝朝暮暮将此事放在心上，体会皇上的心意。在诸侯骨肉之亲当中，谁都没有比您更亲的了。您是武帝的孙子，是当今皇上的臣子，在您一个人的身上，担负着两个方面的责任，如果在恩爱仁义方面发生细微的差错，被皇上知道了，对国家是没有好处的。我王吉又呆又愚，可能说的不对，希望大王您详察。"正如王吉所料。在汉昭帝死后，大将军霍光等人迎立昌邑王刘贺为皇帝，可是他品行不端，荒淫、放荡，又被废掉了，王吉也跟着遭了殃。

"一身二任"就是从这个故事来的。它的意思是，一人能承担两个方面的任务。可用来说明某人的重要地位和作用。

一柱擎天

典出《淮南子·天文训》：天地之袭精为阴阳，阴阳之专精为四时，四时之散精为万物。积阳之热气生火，火气之精者为日；积阴之寒气为水，水气之精者为月，日月之淫为精者为星辰。天受日月星辰，地受水潦尘埃。昔者共工与颛顼争为帝，怒而触不周之山。天柱折，地维绝。天倾西北，故日月星辰移焉。地不满东南，故水潦尘埃归焉。

天地的聚集之气，变为阴阳，阴阳的会合之气，成为四季。四季的消散之气，成为万物。阳气聚集，它的热气生成火，火的精气，变成太阳。阴气积聚，它的寒气生成水。水的精气，变成月亮。日月的过甚之气，生成星辰。天容纳日月星辰，地容纳水潦尘埃。从前共工（古代一个部落首领）和颛顼（古代一个部落首领，黄帝之孙）争夺天下的帝位，共工发怒碰倒了西北方的不周山（古代神话传说中的山名），撑天的柱子被撞断，系地的绳子被拉断。天失去了支撑，向西北方向倾斜，所以天上的日月星辰移向西北方向。东方大地倾陷下去，所以水流尘土归向东方。

"一柱擎天"就是从这个故事演变而来的。它的原意是一根柱子托住天，后来人们用它比喻一个人担负重任、支撑大局。也常用它来形容某人的重要作用。

一窍不通

殷纣王是历史上著名的暴君。他淫虐无度，致使国势危在旦夕。很多人都不敢劝谏纣王而暗自叹息。

纣王的叔叔比干，以为自己是他的叔叔，如果规劝他，他一定会悔悟。于是，大胆以死力谏，劝纣王修善行仁，改邪归正。

纣王不但不听，反而恼羞成怒，将比干杀死，剖腹验心，看比干的心是怎么长的。

孔子听说这件事，气愤地说："其窍通，则比干不死矣。"

意思是，纣王的七窍一窍不通，所以才如此糊涂，如果有一窍是通的，比干也不会死了。

这个成语比喻一点儿也不懂。

一曝十寒

《孟子·告子》记有孟子的如下一段议论。

当时，人们对于齐王不很满意，因为他管理国家大事，没有什么成就，所以有人说：齐王的资质大概是不够聪明吧。

孟子说："这不是聪明不聪明的问题。比方以培育植物来说，我们知道，一般的植物都需要温暖的阳光，而害怕寒冷。

如果我们培育一种植物，在阳光下仅仅暖了它一天，而在寒冷的空气里却一冻就连冻 10 天，这样，即使是最容易生长的植物，也一定生长不起来。齐王并不见得不聪明，像我这样给他阳光的人，见他的机会很少，偶然见他一次，同他谈一谈，向他提些意见，可是我刚一走，冻他的人就连续而至，有时看见他有萌芽的希望了，结果到底还是不成！"

孟子还说："我们也可以用下棋来作例子。有两个人同时学习下棋，一个专心致志，一个却不能集中精力。结果，前一个学得很好，而后一个没有学成。这难道是聪明不聪明的问题吗？根本不是的。如果'一日暴之，十日寒之'，那么再聪明也没有用，只有'专心致志'，聪明才得发挥作用。"

"一日暴之，十日寒之"（暴，同"曝"，在太阳下晒），——一天曝晒，10 天受冻。这句话，后来简作"一曝十寒"，用来形容学习和工作的"冷热病"、没有恒心，干一天，停几天。

一衣带水

南朝末年，隋文帝杨坚指挥千军万马进行着一场统一全国的战争，所到之处，敌军望风披靡。当时，陈国在长江以南，它依据着这一天堑，负隅顽抗。一天，杨坚驱马来到江边，望着这浩浩荡荡的江水，信心百倍地对部下说："我们已身经百战，攻无不克，战无不胜。

一衣带水

现在一条像衣服带子般的江水岂能挡住我们去解救江对岸的老百姓！"随后，他从各地召来了许多木工，开始营造战船。不几天，杨坚的军队乘风破浪，攻下了陈国。

这个成语现比喻江流狭窄，两岸之间极其接近。

一见钟情

汉武帝时，四川成都府有个文士叫司马相如。他虽然学贯百家，精通经史，在当地也颇有名气，却始终孤身一人，日子过得也很寒酸。

有一次，司马相如随临邛县令到当地的首富卓王孙家做客。卓王孙见司马相如一表人才，谈吐不凡，便留他在园中多住几日。这可正中司马相如下怀，原来，司马相如曾听人说卓王孙有一女儿，相貌出众，才气过人，只不幸19岁就守寡，心里早就产生了几分仰慕和怜惜，很想有机会一睹小姐的风采，这下机会来了。

卓文君听说园中来了位客人，相貌堂堂，才华横溢，便偷偷地去看。不见则已，一见倾心。只因无法了解司马相如的心思，又担心父亲会嫌他穷而不允婚事，心中有些闷闷不乐。但卓文君毕竟是个聪明过人的才女，终于想出了一个办法。一天，她收拾好了金银首饰，便吩咐丫鬟准备果酒到花园赏月。

园中，司马相如因为住了几日还未能见卓文君，正在怅怅地抚琴。调弦时忽然听见花茵中有轻轻的脚步声，便拨开枝叶偷看，发现是小姐。不见则已，一见钟情。为了试探小姐的心思，他便弹了一曲"南国红豆"。卓文君听了琴曲，并且得知是司马相如所弹，于是，心有灵犀，也坐下来弹了一首"待月西厢下"传了过去。司马相如正为刚才一曲"南国红豆"而后悔，怕唐突了小姐。忽然一曲"待月西厢下"传来，不觉大喜，竟大胆地奏了一曲"凤求凰"。

就这样，两人一来一往，一问一答，相互都明白了对方的心思。于是，摆上果酒，相对而饮。酒饮毕，两人就私奔了。

为了度日，卓文君变卖了金银首饰，开了一爿小酒店，制作"文君酒"出售，司马相如也脱掉长衫，系上了围裙，当上了店小二。

消息传到了卓王孙耳里，女儿当了老板娘，在外抛头露面，实在让他觉得丢面子。因此，便派人送去了许多金银财宝。后来，司马相如也做了朝官。

这句成语指一见面就产生了爱慕之情。

一鼓作气

公元前 684 年，齐国国君齐桓公率领大军攻打鲁国的长勺。鲁国国君鲁庄公一见已兵临城下，气得要死，连忙召集大臣，研究迎战措施。

大臣施伯向庄公提议说："我有一个好友，名叫曹刿，此人精通兵法，又很有谋略，如果能请他出来带兵，准能扭转这危急局面。"鲁庄公想不出对付齐国的良策，于是立即去请曹刿。

鲁庄公见到曹刿就问他："你准备怎么打法？"曹刿立刻回答："全国上下齐心合力，这是取胜的基本保证。至于具体怎么打法，那可要亲临战场，见机行事，随机应变。"

于是鲁庄公和曹刿同坐战车，统率军队在长勺迎击齐军。

双方刚刚摆好阵势，就听到齐国一方鼓声大震，鲁庄公立刻想下令击鼓，曹刿忙拦住他说："等等，等等，现在不是交战的时候。"曹刿下令不许嚷，不许动，守住阵脚。

过了一会儿，齐兵又打鼓冲锋，可鲁兵还是纹丝不动。

齐兵白白冲了两次锋，可没有对手，感到很泄气。

等到齐国击了 3 次鼓的时候，曹刿才下令击鼓。鼓声震天，吼声如雷，鲁军"哗"地冲了出来，像潮水一样猛冲，其势不可当，打得齐军措手不及，丢盔解甲。

鲁国打了个大胜仗。鲁庄公很高兴，设宴慰劳曹刿。宴席上，庄公问曹刿："头两回他们打鼓，你为什么不让我下令去击鼓？"曹刿回答说："打仗的时候，全凭一股冲劲。第一次击鼓的时候，士兵会勇气十足，斗志昂扬。第二次击鼓，劲就差了。第三次击鼓，就更没多大精神了。所以趁对方没有精神、勇气衰竭的时候，我们却是勇气最旺盛的时候，击鼓冲锋，一鼓作气打过去，怎么会不赢呢！"鲁庄公听了连连点头。

这句成语比喻趁劲头足一下子把事情完成。

一败涂地

秦朝末年，即公元前 209 年，刘邦做沛县泗水亭长。不久，秦二世胡亥下诏，命各郡县遣送一批壮士去骊山修筑秦始皇的陵墓。沛县县令派刘邦押送 100 多名壮丁向西进发。一路上很多壮丁逃跑，不等到骊山已经逃走了一大半。刘邦一看，就这样到了骊山也无法交差，再说，他本来就痛恨皇帝的荒暴无道。所以走到丰西泽中亭住宿时，刘邦干脆放走了全部押送的壮丁，说："你们到了骊山去做苦工，不累死，也得被打死，现在你们赶快逃，自己想办法找条活路吧！"壮丁们一听，忙跪下给刘邦磕头，然后就自寻出路去了。

有几个壮丁愿意追随刘邦，同生死，共患难，就和刘邦一起逃到芒砀一带，准备起义。很快，就聚集了100多人。沛县的很多青年也都想归顺他。

不久，爆发了陈涉、吴广农民起义。沛县的县令也打算响应。这时刘邦的好友萧何、曹参对县令建议说："你是秦政府任命的县令，现在打算背叛秦朝。万一沛县百姓反对你，你岂不进退两难，不如把刘邦请回来，他现在有好几百人的队伍，这样百姓们就不敢反对你了。"县令觉得此话有理，于是就派樊哙去寻找刘邦。可是樊哙一走，县令又想："刘邦的队伍都是些亡命之徒，如果回来不听我的话可怎么办？"于是他又改变了主意，所以等到刘邦带着队伍回来时，县令又下令关闭城门，不许刘邦进来。

刘邦来到城下，知道情况有变化，于是写了一封信，绑在箭上，然后射给城里百姓。信中号召百姓杀死县令，起义抗秦。城里的百姓立刻组织起来，杀死了县令，大开城门，迎接刘邦，并推他当沛县首领。刘邦谦虚地对大家说："现在天下大乱，形势紧张，如果推举的首领不当，就会一败涂地，所以请大家另选高明。"沛县的百姓坚决拥护刘邦，拥立他为"沛公"。没有几天的工夫，刘邦就率3000沛县子弟起义反秦，之后告别妻儿投奔项梁的部队去了。

这句成语形容彻底失败，不可收拾。

一笔勾销

宋朝，范仲淹作副宰相（参知政事）时，曾经把不称职的监司的姓名，从登记的名册上一笔勾去。当时富弼看见了，就对范仲淹说："你倒很简单，

'一笔勾去'就完事,你哪里知道有一家人在哭呵!"范仲淹说:"一家哭总不及一路哭要紧!"(一路:这里指众人)。

这个故事出于《五朝名臣言行录》。

后来人们常用"一笔勾销"来比喻一下子全部取消。

一筹莫展

蔡幼学,字行之,南宋时温州瑞安人。当时陈傅良很有学问,又会写文章。蔡就认陈为老师。不久,一般人都说,蔡写的文章,确在他老师之上。宋理宗死后,宋宁宗继位,征求群臣意见,要求直言无隐。蔡幼学奏道:"要当好皇帝,必须做到3件重要的事,一事亲,二任贤,三宽民。这三件事的根本在于讲学。近年以来,一些坏人制造安靖和平的议论来排斥好人。因此大臣想有所作为,却又怀疑自己生事;亲臣要尽心干一下,却又因为违背圣旨遭到不幸。这样一来,结果就是你一人孤立在上,而把群臣抛在一边。有学问的人充满了朝廷,'而一筹不吐',一点办法也拿不出来。在这种情况下,如果不努力提倡讲学,赶快求贤,那又怎么能振作天下的人才呵!"

这个故事出于《宋史·蔡幼学传》。

后来人们就用"一筹莫展",来说明人处在十分困难境地束手无策,一点办法也想不出来。

一毛不拔

春秋战国时期,有位大思想家叫墨子。他提倡生产、反对战争。主张互相友爱,并且这种爱是没有贵贱、亲疏之分。

当时还有位思想家叫杨朱。他和墨子的观点相反，他反对互相友爱，主张"为我"，提倡极端的个人主义。很多人是不赞成杨朱的观点的。

有一天，墨子的一个学生，见到杨朱就故意问他："老师，请问如果拔你身上的一根汗毛能使天下人都得到好处，你肯干吗？"杨朱想了想说："天下的问题复杂得很，一根汗毛是绝对解决不了的。"那位学生又说："如果能，你肯不肯拔下你的一根汗毛呢？"杨朱听了，支支吾吾，不回答。

因此，后来孟子在评论杨朱时说："杨朱这个人虽然有学问，但是太自私吝啬，还没要求他为国家做出什么牺牲，就连拔他身上的一根汗毛对国家有利，他都不肯，这样的人太过分。"

这句成语形容极端吝啬自私。

一钱不值

灌夫，字仲孺，汉朝人。本姓张，因为他父亲张孟曾为汉初大臣灌婴的"舍人"（侍从官），后就改姓灌。此人性情刚直，不畏权势，和他结交的人，多是豪侠之士。他爱喝酒，常常喝得醉醺醺地大发脾气。有一次，丞相田蚡（fén）大排宴席，灌夫在席上喝了很多酒。他本来就鄙视田蚡，这次他要和田蚡干杯，田蚡不肯喝，他就很不高兴，当众讽刺了几句。田蚡就怀恨在心，蓄意报复，后来终于把他害死。据《汉书·灌夫传》说，在那次宴席上，灌夫还找临汝侯灌贤喝酒。恰巧灌贤正凑近程不识的耳朵，悄声说话，没有注意到灌夫在找他，灌夫因此又很不痛快。原来这程不识虽是当时一员名将，但灌夫一向瞧不起他。这时，灌夫刚同田蚡生了气，加以酒也喝得过量了，见灌贤竟和程不识如此亲昵，便忍不住大骂道："我平日常说程不识不值一钱，你灌贤今天却和他学婆娘腔咬耳根子！"

"不值一钱"，也说作"一钱不值"，或"不值一文""一文不值""不值分文""分文不值",都是表示轻蔑和鄙弃的意思。

一目十行

南北朝时期梁国的简文帝萧纲,从小就十分聪明,智力超群。6岁时便能写出流利的文章。父亲梁武帝对他的早熟感到非常惊奇,似乎总有些不太相信。

一天,父亲把萧纲叫到身边,抚摸着他的头说:"今天我给你出个题目,你就坐在我面前当场写。让我看看你到底学会了多少知识。"说罢,吩咐左右拿来纸笔。

萧纲掠了一眼题目,稳稳当当地提起笔,颇有大将风度。

不一会儿工夫,一篇工整的文章跃然纸上。梁武帝一边看,一边不停地称赞道:"写得好!写得好!词句优美,文采横溢,这儿子,乃是我家的栋梁啊!"

萧纲长大后,仍十分喜好读书,并且速度极快,一眼可看完十行字,而且过目不忘。他博览群书,四书五经、诸子九流,样样都通。诗词歌赋,提笔成章,众人都称他是奇才。

这句成语形容看书速度很快。

一日千里

"一日千里"出自《史记·刺客列传》,在《荀子·修身》里也有记载。

荆轲为战国末期著名的刺客,卫国人,人称庆卿,后来游历至燕国,人们又称他为荆卿。

荆轲喜欢读书、击剑。在燕国时,和杀狗的高渐离交情甚深。高擅长击筑,两人每日在街市共饮,喝到酒兴上来的时候,高渐离击着筑,荆轲依调子高歌,他们时而乐呵呵的,时而相对哭泣,在稠人广众当中,两人一副旁若无人的样子。

荆轲为人深沉好学,燕国的一位著名人士田光很看重他,因为田光深知荆轲不是一个平庸之辈。

燕国的太子名叫丹,曾在赵国当过人质,而秦王嬴政(即后来的秦始皇)是在赵国出生的,小时候和太子丹是好朋友。后来,嬴政当了秦王,而太子丹又在秦国做人质,这期间秦王待他很不好,太子丹心怀怨恨,从秦国逃回了燕国。

这时,秦国日益强盛,不断向东扩展势力,出兵攻掠齐、韩、魏、赵乃至南方的楚国,眼看快要打燕国的主意了。燕国国小力弱,面对秦国的威胁,君臣上下都在担心大祸将至。

燕太子丹更急于报仇雪恨,但苦于力量太弱,找不到对付秦王的有效办法,便请教他的师傅鞠武。

鞠武先是讲了当前秦国势不可当的形势,劝太子丹不要去惹秦国,但太子一再问他还有什么别的良策,鞠武一时也拿不出个主意来。

后来,秦国将军樊於期得罪了秦王,逃至燕国,太子丹收留了他。鞠武力谏太子丹,说这样更会惹怒秦国,并说:"希望太子立即把樊将军送到匈奴人那里去,以免秦国借口找我们的麻烦。然后联合各诸侯国及北方的匈奴人,以对付秦国。"但太子丹既不肯送走樊於期,又觉得鞠武联合各国的计划太遥远,在太子丹一再请求下,鞠武建议跟田光商量一下,并请来田光与太子见面。

太子让左右的人全都退下后,挨近田光,含蓄而神秘地说:

"燕秦两国势不两立,请先生考虑这件事……"

田光十分明白太子的心事,回答说:"我听说:骏马处于壮盛时期,一日而驰千里,等到它衰老了,一匹劣马也能跑得比它快。太子您听到的关于我的传闻,那是我年轻时候的事了,您却不知道我现在老了,精力衰竭了!不过,我虽然不敢替太子去办国家的大事,我的好友荆卿却是可以担负重大使命的啊。"言罢,田光答应介绍荆轲来与太子共同商议。临别前,太子叮嘱田光，务必不要泄露此事，田光低头笑了笑，连声说："是。"

田光把荆轲引荐给了太子丹以后，为了解除太子丹的疑虑（担心田光因知道谋刺秦王的计划而泄密），便自杀而死。

后来荆轲到秦国去谋刺秦王嬴政，但没有成功，荆轲当场壮烈而死。而荆轲刺秦王这一悲壮感人的故事，则千古流传。

成语"一日千里"，本来是形容骏马跑得很快，后来用作形容进步或发展的迅速。

一鸣惊人

"一鸣惊人"出自《史记·滑稽列传》。

战国时代齐国的淳于髡是很有名的学者。他小时候，家里很穷，成年后连个媳妇也娶不起，只得入赘到女家。这种人在当时是最被人看不起的，遇到服劳役苦工、征伐打仗，首先要征用这些人。淳于髡身材矮小，大约只合现在4尺多高，长相也不太雅观，但是他机警聪明，博学多才。

齐威王即位以后，整天吃喝玩乐，醉生梦死，不问国政。文武群臣，上上下下，大大小小的官儿们也学着他的样儿，荒功废业，违法乱纪，致使各诸侯国都来侵犯。在他即位后的几年里，三晋伐齐灵丘，鲁国占领齐阳关，晋侵至齐博陵，卫夺齐薛陵，赵攻占齐甄地，齐国危在旦夕。在这国难当头的时刻，谁要是劝他改邪归正，不是给关押起来，就是遭到责骂，有的甚至杀头。

齐威王有个怪癖，喜欢听笑话、猜谜语。淳于髡滑稽幽默，言语风趣，他打算用谜语来劝告齐威王。

一天，淳于髡来到宫廷求见齐威王。齐威王正在饮酒作乐，厅堂里一群歌伎正伴着靡靡之音翩翩起舞。齐威王陶醉在其中，见到淳于髡很不耐烦，连说："你没看见我正忙着呢，有事明天再说。"

淳于髡说："大王，我最近听到一则谜语，特意来讲给您听。"

齐威王一听谜语，高兴地说："好啊，快讲，快讲。"

淳于髡说："咱们齐国有只大鸟落在大王的庭院里，3年的时间，它不飞也不叫。大王，您知道这是个什么鸟吗？"

淳于髡刚一讲完，齐威王就说："此鸟不飞则已，一飞冲天；不鸣则已，一鸣惊人。"

原来，齐威王以前的所作所为只不过是个假象。当时齐国的政权掌握在卿大夫手中，他自己需要等待观察、考察一下，哪个是忠，哪个是奸。

齐威王听出淳于髡是用谜语讽喻他，他认为这时时机已经成熟，于是下决心整顿朝纲，收复失地，振兴齐国。

第二天，齐威王召集大臣们入宫，严肃地说："从今天起，我要整顿朝政，有功的，加以奖励；对那些危害国家的，要严加惩罚。奖惩先从县吏开始，你们说一说下面县吏的情况？"

大臣们支支吾吾，没人能说出来。齐威王加重了语气又问一遍，又有几个大臣说："阿城县令很好，即墨县令最坏。"

齐威王下令全体县令都到都城述职，还在大殿前放了一口大锅，煮得滚开。大臣和县令上朝后，齐威王把所知情况统统摆出来。下令将阿城县令扔到滚开的大锅里煮了。

原来，齐威王早已派心腹将各个官员的情况摸透了。即墨县令为人正直，从不贿赂大臣，所以无人说他好话，而阿城县令荒废县政，只知玩乐，行贿受贿，所以许多大臣为他说好话。

接着，齐威王又命令将几个颠倒黑白的大臣也扔到锅里。从此，齐国上上下下，人人震惊恐惧，百官不敢为非作歹，都尽心竭力供职，齐国上下大治。同时，又收回了失地。20多年诸侯国不敢小视齐国。

后来，人们用"一鸣惊人"比喻平时不露声色，突然做出惊人的事。

一箭双雕

成语"一箭双雕"出自《北史·长孙晟传》

唐太宗李世民在位时，执掌六宫的皇后长孙氏是位非常贤惠而又极识大体的人。她从来不利用自己皇后这个特殊的身份，给娘家的亲朋好友争取分外的利益或谋取不应有的权力。为此，唐太宗对其格外敬重。

一次，唐太宗打算任命长孙皇后的哥哥长孙无忌为宰相，便征求她的意见。长孙皇后说："我哥哥长孙无忌心性太耿直，当宰相要有容人的度量，而他对看不惯的坏人、坏事绝不会宽容，我觉得当宰相他的素质不合格。"

说到此，长孙皇后看看唐太宗的脸色，接着又说："另外，他又是皇帝您的亲戚，影响怕也不好，天下贤人众多，何必一定要拜他为相呢？"

唐太宗听了长孙皇后的话，觉得皇后善于权衡利弊，特别是办事完全为国家社稷着想，而没有半点私心，便采纳了她的意见。

这件事不久便传出宫中，长孙无忌听到后，认为妹妹对自己的评价中肯正确，既看到了自己的长处，又看到了自己的不足，文武百官们则都称赞长孙皇后的贤德。

其他一些人听说这件事后，都认为长孙皇后一定是出身于诗礼传家的书香门第，其实不然，长孙皇后的父亲长孙晟是一名十分有名的将军。

长孙晟与隋朝开国皇帝杨坚，当年都是北周武帝宇文邕的将军，长孙晟以骁勇善战、弓箭之技超群而闻名，就连善射的少数民族首领都称赞他射箭的本领。

这一年，西北少数民族突厥的首领摄图派人来到北周，向武帝宇文邕求嫁公主。为了与突厥修好，宇文邕答应了摄图的请求，让一位公主嫁给了他。

公主踏上遥遥之途，为了路上的安全，武帝特派长孙晟带兵一路护送。

长孙晟一路风餐露宿，终于护送公主到达突厥。摄图听说北周神箭将军亲自护送公主而来，分外高兴，便以最隆重的礼节接待长孙晟，并亲自出面相陪。

摄图早就听说长孙晟臂力过人，箭法尤其超凡绝伦，便十分热情地邀请他一同去射猎。一听说要去射猎，长孙晟乐得眉开眼笑。

在酒宴上，长孙晟与摄图互叙友情，谈论射箭之道，越谈越投机，他们约好第二天便去射猎。

第二天，天高气爽，万里无云，长孙晟和摄图各骑一匹骏马来到郊外。早秋时节的塞外真是太美了，他们都沉醉在无限美好的秋色中。

摄图猛一抬头，看到空中有两只大雕正在为一块肉争斗不已，见此情景，摄图想，欣赏长孙晟精良箭法的机会来了，便从箭囊中取出两只箭递到长孙晟的手上。

长孙晟正在欣赏塞外的秋景，没有注意到两雕争肉。一看摄图递过两只箭，便明白了他的意思。

长孙晟却只接过一支箭，只见他催动坐下战马，抬头看到两只雕正为那块肉争得难分难解，立即弯弓搭箭，随着弓弦响过，只见两只大雕应声落地。

他的从人将两只雕拾起一看，一支箭洞穿两雕，只惊得摄图半天无语。

后来，人们用"一箭双雕"来比喻做一件事而达到两方面的目的。

一代楷模

语出《旧唐书·李靖传》。

隋朝末年，一向好大喜功、穷兵黩武的隋炀帝变本加厉，先是开凿南北大运河，后又几次大举兴兵东征，要置朝鲜于自己的统治之下。

隋炀帝的所作所为害苦了老百姓。青壮年男子大都被抽调修运河和当兵打仗去了。土地荒芜，但税赋却年年增加，陷于水深火热中的人们，于是奋起反抗。

当时正在山西马邑做官的李靖，对国家形势的严峻性有着清醒的认识。他知道国家将陷入不可收拾的大混乱，他从心里不愿看到这种状况。于是，他星夜赶往京城，去面见当时执掌军政大权的越国公杨素。

见到杨素，李靖向他说明了国家所处的严重局面，想以此说服杨素，拿出一个稳妥的办法，使国家安定下来。可是，杨素的看法与他不同。这使李靖十分失望。眼看救国无望，李靖便辞去官职，回到家中静观事态的发展。

李靖有位舅父叫韩擒虎，是隋朝的开国功勋，对《孙子兵法》颇有研究。辞官回家的李靖每天攻读兵书战策，以求有朝一日能大有作为。于是，舅甥俩时常在一起讨论学习兵法战策的体会。每次畅谈之后，韩擒虎都十分慨叹，称赞李靖有自己独到的见解。

不久，越国公杨素因病而死，全国各地纷纷起义，一时狼烟四起，烽火遍地。李靖来到太原，帮助李渊统一天下。

后来唐高祖李渊退位，太宗李世民做了皇帝，李靖由刑部尚书调任兵部尚书。

当时，西北边境的突厥、吐谷浑等少数民族，经常袭扰边境，他们肆无忌惮地抢劫牛马，残杀百姓，成为唐王朝的一大边患。

太宗李世民经过南征北战，人不离鞍马不停蹄地平定天下之后，以李靖为行军总管，率兵征讨，以彻底解除西北边境的威胁。

一次，李靖仅率3000名骑兵，出奇制胜，把突厥赶出了境外。但他们仍不死心，屡屡来犯。为了彻底平定边患，李靖常年统兵在外，运筹帷幄，经过大小百余次激战，突厥与吐谷浑人再也不敢轻举妄动。由于战功显赫，李靖升为尚书仆射。

李靖看到天下基本平定，以后不再会有什么大的军事行动，心想，自己是员武将，以后在朝中不会有什么太大作为，决定告老还乡。

一次，太宗派李靖去各地访察民情，李靖推辞说："臣已老了，怕辜负陛下的信任，请另派他人吧。"

李靖想告老还乡，把自己的想法详细写出奏章，送给太宗。太宗看了李靖的奏章，觉得措辞得体，态度恳切，心里非常感动，立即同意了他的请求。

第二天，太宗派中书侍郎向李靖传达旨意，对李靖大加褒奖，说："我看从古到今，做了大官而能知足的人太少了。不论聪明人、庸俗人大都不能知足。有些人本来就没有什么才能，却留恋权势，不肯辞官。我同意你辞官，不仅成全你的志向，更重要的是想把你树为一代楷模，让人们学习。"

辞官后，李靖将平生用兵的经验和体会写成一部《李卫公兵法》供人们借鉴。

人面桃花

这个成语故事出自唐代孟棨《本事诗·情感》。

唐德宗贞元初年，博陵（今河北定州市）举子崔护到京城长安参加进士考试，名落孙山，闷闷不乐。时逢清明，便独自到南郊游览散心。一路上，桃红柳绿，断山凝翠，小桥流水自东而西。崔护贪看景色，忘路之远近，不觉来到一家庄户门外。但见花木丛萃，寂若无人。崔护走得口渴，在叩门求水解渴中，巧遇桃小春。崔护见小春倚立在灼灼盛开的桃花之下，彬彬有礼，待人热情，尤其人面与桃花相映，更显得红艳、妩媚，不觉产生爱慕之情。桃小春见崔护人品俊秀、言谈多情，也自念念不忘。

自那次见面之后，相互都暗自思念。转眼到了第二年清明，崔护想起去年巧遇，情不可抑，于是急寻旧路，重访桃庄。谁知却是朱扉上锁，寂静无人，只有门前桃花，依旧笑对春风，灼灼盛开。崔护暗访知音不遇，心里怅然，便提笔在左边门上，题诗一首：

去年今日此门中，人面桃花相映红。

人面不知何处去，桃花依旧笑春风。

由于崔护写这首诗，确有真情实感，又抓住了桃花、人面这一鲜明形象的对比来表达自己的思想感情，所以这首诗动人情思，千古流传。

崔护的诗很快广为流传，人们给它加了一个光明的结局：

过了些日子，崔护仍然思念桃小春，又去那所庄院，敲门询问。一位泪痕满面的白发老翁出得门来，问过崔护的姓名后，便悲伤地告诉他说："我的女儿桃小春，自幼懂得诗书，成年后尚未有婆家。自从去年清明节后，总像有了心事，常常独自一人静思呆想。前几天又逢清明，我同她一道出门为亲人扫墓。傍晚归家，读过门扉上的题诗，就此茶饭不思，只是啼哭，如今竟离我而去了！"

崔护听了，顷刻间泪如雨下，恳请老翁允许他再见小春一面。桃翁见他情真意切，便领他来到女儿床前。崔护一见紧闭双眼、已经断气的小春，一面哭一面悲痛地连声呼道："小姐，崔护来了，崔护看你来了！"过了一会，桃小春竟然慢慢地又缓过气来，她睁开了双眼，一见自己日夜思念的意中人就在眼前，病也好了。此后，小春即与崔护结为夫妻。

这个故事连同崔护的诗，由于情真感人，有人编出了《人面桃花》《金碗钗》等很多的戏曲和杂剧，加以讴歌。成语"人面桃花"也随之而流传开了，多用来比喻青年女子美丽的面容，也用指所爱慕而又不能再相见的女子，以及由此产生的怅惘心情。

人非木石

这个成语故事出自西汉司马迁《报任安书》。

《报任安书》也称《报任少卿书》（任安，字少卿），是我国古代书信散文中杰出的佳篇。前人在评价这篇文章时，曾有过这样的评价：慷慨啸歌，大有燕赵烈士之风；忧愁忧思，则又直与《离骚》对垒。

司马迁在给他的好朋友任安的这封信中，沉痛悲愤地叙述了他因李陵事件而蒙受的奇耻大辱的始末之后，接着写道：

拳拳之忠，终不能自列，因为诬上，卒从吏议。家贫，货赂不足以自赎；交游莫救视，左右亲近不为一言。身非木石，独与法吏为伍，深幽囹圄之中，谁可告诉者！

拳拳：忠诚恭谨；自列：自我陈述，自我辩白；吏议：法庭的官吏判决的罪名；货赂：用以赎罪的财货，汉代法律规定可以用钱赎罪；幽：拘禁；囹（音 líng）圄（音 yǔ）：监狱。

这段话的意思是：我本是一片忠诚，但始终没有明白地表达出来，皇上就同意了执法的官吏给我定的诬上的罪名，要受宫刑。我家里很穷，拿不出钱财来赎罪，朋友们也无法救援，皇上身边的亲信谁也没有替我说句话。我并不是木头石块，是有感情有思想的人啊，但独自和法吏打交道，被拘禁在监狱之中，这种怨愤，能向谁去诉说呢！

后来，"身非木石"被引申为成语，多作"人非木石"，用来比喻人不是草木石头，是有知觉有感情的。

人杰地灵

这个成语故事出自初唐王勃《滕王阁序》。杰：杰出；灵：奇特，不一般。滕王阁，是唐高祖的儿子滕王李元婴在洪州（今南昌）任都督时修建的一座楼阁，故址在今江西南昌市赣江畔。唐高宗李治时，阎某（名字已无法查考）为洪州都督时，又重新加以修整。675 年（唐高宗上元二年），初唐著名文学家王勃去交趾看望在那里做官的父亲王福畤，路过洪州，正碰上农历九月九日重阳节，都督阎某在滕王阁上大宴宾僚，他应邀参加了宴会，并写下了这篇著名的序文《滕王阁序》。文章描绘了滕王阁周围秀丽如画的景色，寥廓雄伟的山川；叙述了当时宴饮娱乐的情形，抒发了自己怀才不遇的悲凉感慨。文辞丰富华美，运用了很多较为贴切的典故，其中有一些精辟之句，受到当时及后人的赞赏。

据传说，当时王勃出席阎都督的宴会，是最年轻的一个，只有 27 岁，坐在末位。阎都督要到会的文人学士，写一篇序文，为之刻石为碑，永留纪念。众宾客无人敢承担，最后还是居于末位的王勃，毫不谦让地挥笔成文。开始，阎都督还看不起王勃，吩咐随从看着王勃写些什么，随写随报。当王勃写下开头四句：

南昌故郡，洪都新府。星分翼轸，地接衡庐。

意思是：这本是汉代的南昌旧郡，如今称为洪州都府。地处翼轸二星的分野，又把衡、庐两山南北相连。

阎都督听说后，认为这是滕王阁的地理位置，很平常，没出奇之处。接下去，随从又报了几句，阎都督仍认为平常，不出色。但他一听到王勃写下了"物华天宝，龙光射牛斗之墟；人杰地灵，徐孺下陈蕃之榻"时，却一下子给震动了。王勃在这里连用了两个典故，把洪州的天时、地利、人杰都写出来了。

物华：指人世诸物的光华；天宝：天上的珍宝；龙光：指宝剑之光，《晋书·张华传》记载，晋惠帝时，张华见牛斗二星之间有紫气，便问雷焕，雷焕说这是由于丰城（即洪州）有宝剑的精气上通于天的缘故；徐孺：即徐稚，东汉南昌人，家贫，不肯做官；陈蕃：东汉名士，他做豫章太守时，素来不接待宾客，只有徐稚来时才招待，还为他专设一榻，待徐稚走后，就把该榻悬挂起来，不准使用。

这四句的大意是：地上的物产精美，有似天上的珍宝，龙泉宝剑的光芒直射牛、斗二星之间；人中有俊杰，大地有灵气，陈蕃专为徐孺设下几榻。

当阎都督正在玩味这几句说的洪州有珍宝，洪州出奇才的辞意，随从又继续报下去，他不禁连连拍案叫绝，说："写得好啊！"

王勃一气呵成，很快地写成全文后，在座的人无不惊奇、叹服。

后来，"人杰地灵"被引申为成语，用来指杰出的人物降生或曾经到这里，所以这地方也就成了名胜之地，不一般了。

人言可畏

这个成语故事出自《诗经·郑风·将仲子》。

这是一首民间的情歌歌词。诗中是一位热恋中的姑娘的自述，思念她的情人仲子，但又害怕被父母、诸兄和旁人发觉，惹来闲话。全诗共3章，第二、三章是：

将仲子兮，无逾我墙，无折我树桑。岂敢爱之，畏我诸兄。仲可怀也，诸兄之言，亦可畏也。

将仲子兮，无逾我园，无折我树檀。岂敢爱之，畏人之多言。仲可怀也，人之多言，亦可畏也！

将：请；仲子或仲：都是对情人的敬语爱称。

这两章诗的大意是：请求你，仲子呀！不要爬过我的墙，不要攀折我栽种的桑。我倒并不是爱惜这桑树，怕的是被诸位兄长发现。仲子啊，你是多么让我思念，但诸位兄长的话，可也让人害怕呀！

请求你，仲子呀！请不要再爬我家的园，别再折我种植的檀树了。我倒并不是爱

人言可畏

惜这棵檀树，怕的是那些好搬弄是非的人说闲话。仲子啊，你是多么地让我思念，人们的闲话，那又是多么让人可怕！

后来，人们便把"人之多言，亦可畏也"这两句诗，简化引申为"人言可畏"这个成语，用来形容那些不负责的闲言碎语，常常给人造成压力。

人微权轻

这个成语故事出自《史记·司马穰苴列传》。微：低下。

司马穰（音 ráng）苴（音 jū），本姓田，是齐国田完的后代，只不过他是婢妾所生的儿子，是所谓的"众贱子"。由于后来他做了齐景公的大司马，掌管军权，所以被称为司马穰苴。

司马穰苴是很有军事才干的将领，正像晏婴向齐景公推荐他时说的"文能附众，武能威敌"。司马迁在《司马穰苴列传》里，就具体而生动地描述了他是怎样附众和威敌的，塑造了一个名将的形象。司马穰苴受到晏婴的推荐时，正是齐国遭到晋国和燕国的侵略之时，齐军连遭惨败，形势非常危急。齐景公要他率兵抵御晋燕之军。当时，齐国本是大国，打的又是抗击侵略的正义仗，为什么会遭到如此的惨败呢？穰苴看清了，这是由于齐国军队的腐败和将领的无能。所以他一接受任命，首先想到的是要整饬军纪，建立威信，在短时间内把腐败的军队建设成有严格纪律的军队。但他也懂得，由于自己的地位卑贱，在军队中没有威信，说话难起作用，要做到这点是有困难的。因此，他要求齐景公派一位宠臣去监军。他说："臣素卑贱，君擢（即提拔）之闾伍（平民）之中，加之（委任的官职）大夫之上，士卒未附，百姓不信，人微权轻，愿得君之宠臣，国之所尊以监军，乃可。"

齐景公同意了，便派自己的宠臣庄贾做了监军。穰苴跟庄贾约定"日中会于军门"，按当时的军法，约定期限而迟到者是要斩首的。可是庄贾自恃是宠臣，有特权，根本不把军纪放在眼里，直到天晚才慢腾腾地走来了。穰苴按军法毫不容情地把庄贾斩了，使得三军将士无不为之震惊，谁都不敢破坏军纪了。

穰苴还以为国忘身的实际行动教育三军将士：

将，受命之日，则忘其家；临军约束，则忘其亲；援枹鼓之急，则忘其身。

这就是说，作为一个将军，为了国家的安宁、战斗的胜利，要忘掉个人的一切，直至贡献出自己的生命。将军是这样，士卒那就更不用说该怎么样去要求自己了。不仅如此，穰苴还十分关心士兵的生活，极为爱抚士兵。士兵有疾病，亲自去探问，给予及时的治疗。把自己的资粮拿出来供士兵食用，与士兵过着一样的生活。这样一来，他很受士兵的爱戴。有的士兵得了病都不愿留在后方，要求上前线，自觉地去奋勇作战。

这样的军队自然足以"威敌"了，晋、燕两国都争相罢兵。穰苴率兵追击，完全收复了被侵占的土地。穰苴也被景公尊为大司马。

根据这个故事，"人微权轻"被引申为成语，用来形容人的资历浅，威望和权力都不足以使大家信服。这个成语后转为"人微言轻"。

人事代谢

这个成语故事出自唐代孟浩然《与诸子登岘山》诗。

孟浩然，是唐代襄州襄阳（今湖北襄阳）人，早年隐居襄阳鹿门山，闭门读书，写诗作赋。40岁那年，西入长安举进士，不第而归，仍过着隐居生活。孟浩然虽说生活在所谓"开元盛世"，渴求一官半职而终不可得，只好在寂寞寥落的隐居生活中度过了一生。有一次，他与朋友们一起登岘（音 xiàn）山游览，凭吊山上的古迹，联想到自己功名不遂，政治抱负不能施展，便写了《与诸子登岘山》这首诗，抒发自己沉沦不遇的情怀。全诗共八句：

　　人事有代谢，往来成古今。

　　江山留胜迹，我辈复登临。

　　水落鱼梁浅，天寒梦泽深。

　　羊公碑尚在，读罢泪沾襟。

　　岘山，又名岘首山。在今湖北省襄阳城南，山东临汉水，是古今交通要道。山上有著名古迹羊公碑。羊公即羊祜，是三国末期西晋初年的大将军。晋武帝时他曾奉命镇守襄阳，与东吴对峙。在此期间，羊祜常到岘山游览，喝酒吟诗，终日不倦。由于他在襄阳有较好的政绩，后人便在岘山建祠立碑纪念他，看到碑的人常常追思流泪，因此便叫它"堕泪碑"。孟浩然的这首诗也颇有吊古伤今之感。

　　代谢：更迭，交替；留胜迹：前人留下的名胜古迹；我辈：指作者与同游的朋友；鱼梁：襄阳鹿门山附近沔水中的沙洲名；梦泽：古代云梦泽的简称，系大湖，在湖南、湖北交界处，后淤为陆地。这里借指那里的湖泊洞庭湖。

　　诗的大意是：人事不断更替变化，时光有往有来，这就形成了从古到今的历史。前人留下来的名胜古迹，我们登临观赏。冬季江水落了，鱼梁露出水面；天气寒冷，云梦泽水清冽澄澈，显得深邃。纪念羊祜的碑尚在，读过之后使人不禁泪湿衣襟。后来，"人事有代谢"这句诗，被简化引申出"人事代谢"这个成语，用来说明社会人事不断更迭、交替，新的替代旧的。

人琴俱亡

　　这个成语故事出自《世说新语·伤逝》，又见于《晋书·王徽之传》。俱：都；亡：死去，不存在。

王献之是东晋大书法家王羲之的第七个儿子，字子敬。他的书法艺术英俊豪迈，饶有气势，也是东晋颇享盛名的书法家，与其父齐名，合称"二王"。王献之有位哥哥名叫徽之，性格闲散，酷爱竹，初为大司马桓温参军，官至黄门侍郎。王献之与王徽之兄弟2人，自幼相亲，年轻的时候同居一室，常在晚上一起读书，边读边谈，感情十分好。后来，兄弟两人外出为官，不常在一起。晚年，王徽之任黄门侍郎（皇帝身旁的侍从官），深为宫廷生活的拘束所恼，就辞职回家。

王徽之回家不久，竟同王献之一同生起病来，而且病都不轻。当时有个算命先生曾说："一个人的寿命快要结束的时候，如果有人愿代他死，而把自己的余年给他，那么这人将会活下来。"王徽之连忙请求说："弟弟比我才德好，我愿代替他死，把我的余年给他。"可是，算命的人说，他的寿命也不会很长了，你是不可能代替献之去死的。

没过多久，献之果然先于徽之去世了。在办丧事期间，徽之居然一声不哭，呆坐在灵床上。他随手拿过献之生前用过的琴，想弹个曲子，《晋书》这样写道：

久而不调，掷地云：呜呼子敬，人琴俱亡！

意思是：他调了半天的弦，总也调不好，便把琴一摔，悲痛地说：子敬啊子敬，你是人和琴都同时不存在了啊！

过了一年多，由于过度的悲伤，病情不见好转，王徽之也死了。

人琴俱亡

根据这个故事，后来"人琴俱亡"被引申为成语，用来形容目睹遗物、悼念死者的悲痛心情。

人非圣贤，孰能无过

这个成语故事出自《左传》。圣贤：圣人与贤人，旧指智慧和才能出众的人；孰：谁。

春秋时候，晋国的国君晋灵公暴虐无道，当大臣们朝见他的时候，竟有失君道，常常用泥弹子弹人，以观其避弹，引以为乐。有一天，灵公要吃熊掌，熊掌味美但难熟。这次厨师给他送去的炖熊掌，炖得还不够透，晋灵公就把这位厨师杀了，并叫两个人肢解其尸，放在筐里，扔出宫去，刚巧被大臣赵盾、士季碰见了。他们看见露在外边的死者的手，才进而了解到这件事，决定进宫去进谏晋灵公。士季先进去，晋灵公装着没有看见。直到第三次，晋灵公才抬起头来，瞟了他一眼，说："吾知所过矣，将改之。"

意思是：我已经知道我犯的过错了，今后改了就是了嘛！

士季向晋灵公施过礼以后，回答说："人孰无过，过而能改，善莫大焉。诗曰：'靡不有初，鲜克有终。'夫如是，则能补过者鲜矣。君能有终，则社稷之固也。"

靡不有初，鲜克有终：语出自《诗经·大雅·荡》，意思是说，事情都有个开头，但很少有能到终了的；

人非圣贤，孰能无过

鲜：少。

这段话的意思是：哪个人敢说没有过错呢，有了过错改过了，那是最好不过的了。《诗经》上说："事情总是有个开头，但很少有能到终了的。"如果真像这样的话，那么真正能改正过错的人就不多了！假如您能坚持始终，国家的巩固，就有了保障了。

但晋灵公仍然不改，终于死于赵盾族人赵穿之手。

后来，西汉班昭《女诫》也说："自非圣贤，鲜能无过。"

根据这些记载，后来便引申出"人非圣贤，孰能无过"这个成语，多用来说明人总是会有点过失的；也用来勉励人们有了过失，要改正，不要背包袱。

人鬼可畏

典出《阅微草堂笔记》：（朱青雷言）有避仇窜匿深山者，时月白风清，见一鬼徙倚白杨下，伏不敢起。鬼忽见之，曰："君何不出？"栗而答曰："吾畏君。"鬼曰："至可畏者，莫若鬼人。"何畏焉？使君颠沛至此者，人耶？鬼耶？'一笑而隐。

朱青雷说有一个躲避仇家的人逃到深山里藏起来，这夜正值月色洁白、秋风清爽，他忽然看见一个鬼徘徊在白杨树下，便趴在地上不敢起身。

那鬼忽然发现了他，喊道："你为什么不出来呀？"

他浑混身战栗着回答说："我害怕您啊！"

鬼说："天下最可怕的莫如人，鬼有什么可怕呢？逼使您颠沛流离逃到这里来的，是人哪？还是鬼哪？"那鬼说罢，微笑了一下就消失了。

这则寓言在篇末说："此青雷有激之寓言也！"这则寓言的"激"处在哪里呢？就在于作者有感于人要比恶鬼更加厉害。在旧社会，迷信鬼神，只限制在观念形态里，仅影响到人们的心理、思想和情感而已，若不信它，也就啥也没有了。但是在社会上，天天、时时都在接触人，私有欲使人变成了"鬼"，而"鬼蜮"遍天下，随时可危及你的生命和声誉，可不比鬼更可畏哉！

人鼠之叹

典出：《史记·李斯列传》

李斯年轻时，做过郡里的小官吏。那时，他整日无所事事，碌碌无为。

一天，李斯去厕所里解手，厕所非常破败，满地都是大粪，一条条白腻腻的蛆扭动着身躯，在四下里乱爬。当他跨进厕所时，不禁大吃一惊！原来，一群老鼠正在厕所里抓蛆吃，见有人来，就四下里惊慌地逃走了。

又一天，李斯去郡里的仓库里，发现粮食堆里有几只大老鼠正在细嚼慢吞，安安稳稳地吃着粮食。李斯去赶它们，老鼠毫不理会。原来仓库里很少有人进来，所以老鼠没有半点儿恐惧感。看到仓里的老鼠养尊处优，长得又肥又大，李斯联想到厕所里的老鼠，不由得感慨万分：同是老鼠，由于所处的环境不同，其生活竟有天壤之别！人不是一样的吗？同样的人，爬上去了就是贤者、君子，沦落下层就是愚民、小人！

从这以后，李斯发誓要爬到统治阶层里去。经过多年的努力，他获得了成功，受到秦始皇的重用，对秦统一六国起了很大作用。

后人用"人鼠之叹"感慨世道的不公平和人与人之间的地位悬殊。

人妖颠倒

典出《搜神记》：晋时，吴兴一人有二男，田中作时尝见父来骂詈赶打之。童以告母，母问其父。父大惊，知是鬼魅。便令儿斫之。鬼便寂不复往。父忧，恐儿为鬼所困，便自往看。儿谓是鬼，便杀而埋之。鬼便遂归，作其父形，且语其家："二儿已杀妖矣。"儿暮归，共相庆贺，积年不觉。

晋朝时候，吴兴这个地方某人有两个儿子。

这天，儿子们正在田中耕作，忽然父亲赶来，将他们又打又骂。

一小孩子见此情况，跑回去告诉了他们的母亲。母亲去问父亲，父亲大吃一惊，猜知是鬼魅作怪，就悄悄告诉儿子们，如果鬼魅再来捣乱，就将它砍杀。鬼魅从此却销声匿迹没有再去。父亲在家坐立不安，很是忧虑，恐怕儿子们被鬼魅迷困，便亲自下地探望。两个儿子以为又是鬼魅，不由分说，一齐动手将父亲杀死埋掉了。

鬼魅这时又变作他们的父亲，跑到他们家里，对家里人说："这下好了，两个儿子将妖怪杀了。"

黄昏，儿子们耕作归来，家里人还共同庆贺了一番。

后来，又过了很多年，都没有发觉。

后人用"人妖颠倒"这个典故告诉人们，一切人间的妖魔鬼怪往往改头换面，欺骗蒙蔽一些人。对它们这种伎俩必须提高警惕，严加识别，决不能人妖颠倒，上当受骗。

人罚二甲

典出《韩非子·外储说右下》：秦昭王有病，百姓里买牛而家为王祷。公孙述出见之，入贺王，曰："百姓乃皆里买牛为王祷。"王使人问之，果有之。王曰："訾之人二甲。夫非令而擅祷者，是爱寡人也。夫爱寡人，寡人亦且改法而心与之相循者，是法不立；法不立，乱亡之道也。不如人罚二甲，而复与为治。"

战国时，秦国国君秦昭王有一次生了病。百姓每 25 家（一说 80 家或

100 家为一里）买一头牛，家家户户都
为秦昭王祈祷。公孙述外出看到了这
种情况，就进宫向秦昭王祝贺，说："老
百姓很关心君王的病，甚至每 25 家就
买了一头牛，为君王祈祷。"昭王听
后派人去查问，果然有这么回事。昭
王说："罚他们每人两件战衣。不合
法令规定而擅自为我祈祷，这固然是
爱护我。可是，如果百姓爱护我，我
就不执行法令而迁就他们，那么法令
就立不起来。法令不立，必然导致国
家混乱乃至灭亡。不如罚他们每人两
件战衣，仍然和百姓们一起实行法治。"

人罚二甲

"人罚二甲"就是从这个故事来的。甲：战衣。"人罚二甲"的意思是，
罚每人两件战衣。可用"人罚二甲"比喻严格执行规定，执法不苟。

人死留名

典出《五代史·王彦章传》：五代梁王彦章，骁勇善战，不知书，常为俚语，
谓人曰："豹死留皮，人死留名。"

五代时期，有一个叫王彦章的人，少年时随梁太祖（朱温）征战，建有
汗马功劳。太祖死后，他辅佐末帝（朱瑱），到处征伐，扩大梁王朝地盘。
当时梁朝的最大敌人是晋国，王彦章因对晋国作战时曾两次失利，为忌恨他
的人所诬，被免了兵权。但在不到半年的时间里，梁朝的主要地方都被晋军
侵占了，在危急时，彦章再被起用。在一次战役中，彦章因战马受伤，自己

人死留名

也身受重伤，所以被晋人活捉。晋王见王彦章后，问他说："你曾经说我是个小孩子，现在服不服呢？我听说你善于操兵，如何不守兖州呢？"彦章说："大势已去，不是我智力能预知的"。

晋王心里怜爱他的勇敢，亲自替他的伤口敷药，让他好好养伤；一面派人劝他投降。彦章向劝慰他的人说："我是一个普通的人，与贵国皇帝（指晋王）对抗了 15 年，现在兵败力穷，是应该死的……岂有做臣子做将领的人，早上替梁朝做事，晚间为晋朝服务的道理呢？能够死已是很荣幸了。"就这样，彦章被害了，但他的英名却永远被流传。

由于王彦章早年曾对里人说过"豹死留皮，人死留名"的话，而他自己也确是言行一致，故后来的人便将"人死留名"引为成语，用来说明一个人的节操，在遭遇困难或危险时，也是意志坚强，绝不为当时的荣华富贵而改变主意，即使遇难丧生，死后仍能保持原有的美名。

八斗之才

这个成语故事出自《南史·谢灵运传》、唐李商隐《可叹》诗。

曹植不仅在曹丕在位时遭到了严厉的打击和迫害，曾几次被贬爵移封；

就是曹丕死、曹睿即位后，他虽曾多次上书，希望能有报效国家的机会，但都未能如愿，继续遭受迫害。最后，在232年，终于在困顿苦闷中死去，年仅41岁。

曹植一生虽说短暂，可在诗歌艺术上的成就却是巨大的。在当时就被誉为汉末以诗歌为代表的"建安文学"最杰出的代表。他的作品内容相当广泛，思想积极，读过让人感到有一种奋发向上的豪迈气势；在形式上，他对四言、五言、六言、杂言全都做过摸索，而且都有创新的成就。尤其是他的五言诗，善用比兴手法，语言精练而词采华茂，可以说开创了五言诗的一代新风。曹植一生勤奋写作，在他在世的41年里，就留下200余篇诗赋和文章。他的《洛神赋》《赠白马王彪》等更是千古传诵的名篇。

由于曹植的刻苦学习，再加上天赋条件较好，他诗才敏捷，有时连曹操也感到吃惊。有一次，曹操看了他写的文章之后，就怀疑不是出自他的笔下，便盘问曹植是否是他自己写的。曹植回答说："言出为论，下笔成章。"

意思是说：我已经有这样的习惯了，用嘴巴说出来就是言论，用笔写下来就成了文章。

当然，曹植不仅在汉末建安时代名声响亮，对后世文学也有很大影响。在魏晋南北朝时期，一些著名的作家、评论家都以他为文学创作的范例。南朝宋代，有个叫谢灵运的人，他的诗写得很好，生平也最自负。他在读了曹植的诗文后，不禁拍案叫绝，连声赞叹地说："天下才其一石（十斗），曹子建独得八斗，我得了一斗，自古及今共一斗。"

八斗之才

南朝梁代的诗评家钟嵘的《诗品》，在论及曹植在诗人当中的地位时更有"譬人伦之有周礼，鳞羽之有龙凤，音乐之有琴笙"之说。

其后，唐代诗人李商隐也有过"宓妃愁坐芝田馆，用尽陈王八斗才"之诗句。陈王，即曹植，因曾受封为陈王，死后谥名思，所以又有陈思王之称。

根据这些记载和诗文，后来便引出了"八斗之才"这个成语，比喻才华出众。

力不从心

这个成语故事出自《后汉书·班超传》。

班超，东汉名将，字仲升，扶风安陵（今陕西咸阳东北）人。班超自公元73年（汉明帝永平十六年）奉命率将士36人赴西域，经过许多复杂的斗争，终于巩固了汉王朝在西域的统治。汉章帝刘炟初年，北匈奴贵族在西域反叛，班超在疏勒等地坚守，后得东汉王朝的援军，便开始反击，从公元87年（汉章帝章和元年）到公元94年（汉和帝刘肇永元六年），陆续平定了变乱，击败月氏人的入侵，保护了西域各族的安全和丝绸之路的畅通。班超在西域活动长达31年，被封为定远侯。

100年，当时班超已在西域近30年，人也快70岁了。他年高体弱，便上疏和帝，请求调回故土。汉和帝没有允准，也没有给他回信。这时，班超的妹妹班昭（东汉史学家，亦名姬），担任着皇后和妃嫔的教师，经常出入宫廷，也上疏和帝，请求让她哥哥回到洛阳。班昭在信中恳切地说："班超在西域30年了，现已人快70，体弱多病，白发苍苍，眼花、耳聋，连走路都要拄拐杖了。'如有卒暴，超之气力，不能从心。'"意思是：如果突然发生暴乱事件，凭班超的气力，也不能按照他自己的意愿那样去做了。

力不从心

汉和帝看了以后，很受感动，这才同意把班超召回洛阳。汉和帝永元十四年（102年）八月，班超回到洛阳，九月就病死了，年71岁。

根据这些记载和故事，便引出"力不从心"这个成语，用来形容心里想做，但力量不足。

三朝元老

"三朝元老"出自《后汉书·章帝纪》。

汉明帝永平十八年（公元75年），刘炟即位，即汉章帝。他命令大赦天下，并给文武百官晋封。太尉节乡侯赵熹在光武帝和明帝时都是太尉，人称他为"三世在位，为国元老"。大司空牟融在职多年间，勤勤恳恳，尽职尽责。章帝对两位元老十分敬重，请赵熹做太傅，教育皇子；牟融改任太尉、尚书令。章帝还诏谕众臣们说：如果我有什么地方做得不对，违背了正道，你们应该指正我，使我不致犯大错误。后来章帝在位15年，虽屡有天灾人祸，但仍能天下太平，百姓安居乐业。"三朝元老"即由"三世在位，为国元老"而来。

元老，古代指年老大臣中德高望重的人。三朝元老，即历事三朝的重臣；也有用来说在一个部门工作久、资格很老的人。

三户亡秦

这个成语故事出自《史记·项羽本纪》。三户：并非实指，言少数几户人家；亡：灭掉。

公元前209年，陈胜在安徽宿县大泽乡发动反秦的农民起义，后自立为张楚王，可就在这一年的腊月，就被自己的车夫庄贾杀死。项梁在确实弄清陈胜已死的消息后，便在薛县（今山东滕县东南）召集各路将领聚会，商讨灭秦大事。这时候，刘邦已在沛县（今江苏沛县东，史称沛公）起兵，也赶来参加。

当时，居鄛（今安徽桐城市）人范增，已经70岁了，他给项梁献了条战胜秦国的计谋。

他说："陈胜败固当。夫秦灭六国，楚最无罪。自怀王入秦不反，楚人怜之至今，故楚南公曰'楚虽三户，亡秦必楚'也。今陈胜首事，不立楚后而自立，其势不长。今君起江东，蜂起之将，皆争附君者，以君世世楚将，为能复立楚之后也。"

固当：这本是应该的；怀王：战国时楚国的国君，叫熊槐，于公元前299年被秦昭襄王骗诱入秦，扣留不放，死于秦国；反：同"返"；南公：战国时楚国人，据说是一位预言家，名已无处查考；首事：首先发动起义；蜂起：纷然并起；将：四方起义将领。

范增这段话的意思是：陈胜的失败本是不可免的。秦灭六国，其中楚国最冤枉。当年，楚怀王入秦国而一去不复返，直到今天楚国人还在怀念他，而为之痛惜。因此，楚国的一位预言家南公说："楚国即使剩下三户人家，灭秦国的也必然还是楚国。"如今陈胜首先起义，不立楚王的后代，而自己当了张楚王，这势必不会长久的。现在你从江东起义后，楚国四面八方的起义将领，都争着归附你，就是因为你们项家世世代代都是楚国的将领，大家相信你能再立楚王的后人做领袖。

项梁觉得范增说得很对，就在民间找到了一个正在给人放羊的楚怀王的孙子熊心，乃立为楚怀王，以顺民心，来提高自己这支反秦义军的威望。

根据这个故事，后来人们就把"楚虽三户，亡秦必楚"简化引申为"三户亡秦"这个成语，比喻为正义而战的弱小力量，也是能够战胜强暴的。

三令五申

这个成语故事出自《史记·孙子吴起列传》。三和五不是指具体实数，表示多次的意思；申：表达，说明。

孙子，名武，是春秋末期著名的军事家，人们尊称他为孙子。孙武本是齐国人，因避乱投奔到吴国，后经伍子胥的介绍在吴国做了将军。他总结作战的经验写成《孙子》13篇，献给了吴王阖闾。吴王读了他的著作，很满意地说："您的十三篇，我全都看过了，可以试试练兵的方法让我看看吗？"孙武回答说："可以。"吴王又说："可以用妇女来试一试吗？"孙武说："可以。"

于是吴王便从宫中挑选出了180个美女交给孙武。孙武把她们分成两队，分别让吴王两个心爱的妃子当队长，又把操练的要求和方法作了详细的讲解，直到大家都明白了以后，才开始操演。《史记》接着写道：

约束既布，乃设铁钺，即三令五申之。于是鼓之右，妇人大笑。孙子曰："约束不明，申令不熟，将之罪也。"复三令五申而鼓之左，妇人复大笑。孙子曰："约束不明，申令不熟，将之罪也；既已明而不如法者，吏士之罪也。"乃欲斩左、右队长。

约束：这里指规定的纪律；铁（音 fū）钺（音 yuè）：斧形的刑具；鼓之右：

击鼓命令她们向右；鼓：击鼓传令；不如法：不依照号令；吏士：官兵。这段话的大意是：孙武宣布了纪律，就设下了执行军法用的斧钺刑具，接着又把纪律反复地交代几遍。然后便击鼓传令她们向右，妇女们大笑不止。孙武说："纪律不明白，告诫命令不熟悉，这是主将的过错。"于是又把纪律反复地讲了几遍，再击鼓传令她们向左，妇女们又是哄笑。孙武说："纪律不明白，告诫命令不熟悉，是主将的过错，既已经明白，还不依照号令去做，这便是官兵的过错了。"说罢，就要按军法斩左、右队长。

在台上观看操演的吴王阖闾，见要杀他的两个爱姬了，大吃一惊，赶快派人下来传令说："我已经知道将军能够用兵了。我没有这两个爱妾，吃东西都会感到没有味道。请您不要杀她们吧。"

孙武回答说："我既然接受命令为将，将在军队里指挥战斗，君主的命令也有不能接受的。"

当即把两个队长斩首示众，另外指定两人当队长。这样一来，再发号令，妇女们向左向右，向前向后，跪下起立等，动作都符合标准，毫无嬉笑喧哗的声响了。于是孙武便派人向吴王报告，说兵已训练好了，随大王怎样使用，即使让她们赴汤蹈火也做得到。吴王终于知道孙武善于用兵，就任命他做了将军。后来，吴国向西打败强大的楚国，攻入郢都；向北威慑齐国、晋国，在各国诸侯中名声显赫。这无疑都有孙武的一份功劳。

于是，人们便由这个故事，引出"三令五申"这个成语，用来表示再三告诫的意思。

三折其肱

典出《左传》定公十三年：三折肱，知为良医。

晋国时，有范氏和中行氏两个集团的人，准备起兵攻打晋定公。当时有人指出战事成功和失败的关键，要看民众是否支持，假如不能取得民众的信任和支持，便将失败无疑。何况晋定公自己曾经伐军失败，落得流居异国的田地，可以说是经历过失败的过来人。正如一个经过三次折伤手臂的人，虽经医疗后获得痊愈，但他已尝透了折臂的滋味；在几次三番的折臂和治疗的经历中，他已了解到折臂的原因，和治疗的经过与方法，换句话说，他已是个中的老手了。

后人有"三折其肱"比喻经过多次挫折，从艰苦中奋斗而得到成功。

三折其肱

三虱相讼

典出《韩非子》：三虱相与讼。一虱过之，曰："讼者奚说？"三虱曰："争肥饶之地。"一虱曰："若亦不患腊之至而茅之躁耳，若又奚患？"于是乃相与聚嘬其身而食之。

一天，3 只虱子在一头肥猪身上，相互争吵起来。

这时，另外一只虱子经过这里，见它们争吵不休，便问道："你们为什么争吵呢？"

三虱回答说："为了争夺猪身上最肥美的地方。"

那只虱子听了，说："你们难道不忧虑腊祭的时日即将来临吗？到时候，茅草一烧，这头猪便要被杀掉煮熟成为祭品，你们不趁机吮吸它的鲜血，还争吵什么呢？"

虮子们一听，恍然大悟。于是，停止争吵，挤在一起拼命吮吸着猪血。

后人用"三虮相讼"的这个典故说明一切靠剥削过活的寄生虫，在对待被压迫者的态度上从来是既争夺又勾结。

三千珠履

典出《史记·春申君列传》：赵平原君使人于春申君，春申君舍之于上舍。赵使欲夸楚，为玳瑁簪，刀剑室以珠玉饰之，请命春申君客。春申君客三千余人，其上客皆蹑珠履以见赵使，赵使大惭。

春申君是战国时期著名的"战国四君子"之一。他名叫黄歇，原是楚国的大臣。有一年秦昭王命白起为将，联合韩国和魏国共同讨伐楚国，企图一举灭掉楚国。黄歇听说这个消息后，马上写信给秦昭王，说服他不要攻打楚国，并愿意作为人质到秦国去，以求两国议和。秦昭王答应了黄歇的请求，将白起的军队撤回，两国订立了盟约。黄歇和楚太子完到秦国当了人质。

几年之后，楚国的顷襄王生了病，病得很厉害，黄歇打算让太子完回楚国去继承王位，但秦王不准。黄歇找到秦相应侯说："现在楚王恐怕活不长了，如果让太子完回国继承王位，将来他势必侍奉秦国。如果不叫他回国，他在你们这里不过是咸阳的一个布衣。楚国一旦立了别人为国君，就不一定与秦国和好了。请你同秦王说一下，放太子完回楚国去吧！"

秦相应侯果真对秦昭王讲了，可秦昭王只允许黄歇回国看看，不让太子完离开秦国。黄歇想了一条计策，叫太子完换了一身衣服，化装成楚国使者，混出了城。秦昭王发觉后，太子完早已走远。他气得火冒三丈，想杀死黄歇，但被秦相应侯劝住了。应侯说："黄歇是位人臣，当然要为他主子效命，杀了他又有何用？不如放他回国，以后还会亲善我们。"秦昭王只好放了黄歇。

楚国的顷襄王不久病死了，太子完做了国君，称为考烈王。黄歇做了相国，并被封为春申君，受赐淮北 12 县为封地。

当时齐国的孟尝君，赵国的平原君，魏国的信陵君，都广招天下贤士为门客，辅国持权，门客的待遇都相当优厚。有一年，赵国的平原君派自己的门客为使者，去拜见春申君。春申君盛情接待，让赵国使者住漂亮的房子，乘豪华的马车……

平原君的门客想在春申君三千门客面前炫耀一番。他拿出用玳瑁制作的头簪和饰有珠玉的剑鞘给他们看，以为他们必定会感到惊奇。然而赵国的使者想错了，春申君的门客一点也没有羡慕的神色，有的甚至还不屑一顾。赵国使者迷惑不解："这些上好的珠玉他们为啥不动心呢……"他往春申君门客的脚上一看，顿时明白了：好多门客的脚上竟然穿着用珠玉装饰的鞋子！相比之下，他感到自愧弗如，赶忙收拾起头簪和宝剑，躲进屋里去了。

成语"三千珠履"就是由此而来，后来用它形容门客多而且豪侈。

三缄其口

典出《说苑·敬慎》：孔子之周，观于太庙。右陛之前，有金人焉，三缄其口，而铭其背曰："古之慎言人也，戒之哉！戒之哉！无多言，多言多败；无多事，多事多患，安乐必戒，无行所悔。勿谓何伤，其祸将长；勿谓何害，其祸将大；勿谓何残，其祸将然：勿谓莫闻，天妖伺人。荧荧不灭，炎炎奈何；涓涓不壅，将成江河；绵绵不绝，将成网罗；青青不伐，将寻斧柯。诚不能慎之，祸之根也；口是何伤，祸之门也。强梁者不得其死，好胜者必遇其敌；盗怨主人，民害其贵。君子知天下之不可盖也，故后之，下之，使人慕之，执雌持下，莫能与之争者。人皆趋彼，我独守此；众人惑惑，我独不从：内藏我知，不与人论技；我虽尊高，人莫我害。夫江河长百谷者，以其卑下也。天道无亲，常与善人。戒之哉！戒之哉！"孔子顾谓弟子曰："记之，此言虽鄙，而中事情。《诗》曰：'战战兢兢，如临深渊，如履薄冰。'行身如此，岂以口遇祸哉！"

春秋时，孔子到东周去，在周天子的祖庙里参观。庙堂右边台阶的前面有一尊铜像，它的嘴上贴着三层封条，并在背上刻有铭文说："这是古代说话谨慎的人。要引以为戒啊，要引以为戒啊！不要多说话，多说话多败亡；不要多管事，多管事多祸患。安乐时一定要警诫自己，不要忘乎所以，去做使自己后悔的事情。别认为没什么妨害，其祸患将会很长久；别认为没什么损害，其祸患将会很大；别认为没什么残害，其祸患将会蔓延；别认为无人知晓，天降的灾祸将会惩罚你。不扑灭小火微光，对熊熊大火就无可奈何；不堵住涓涓细流，就会汇成滔滔的江河；不剪断绵绵的丝线，就会织成罗网；不砍伐青青的幼树，枝繁叶茂之后，将需要找来大斧砍伐。如不能谨慎行事，就会造成祸患的根源；口有什么坏处呢？它是招祸之门。强暴蛮横的人不得好死，争强好胜者必然遇上对手；盗贼怨恨主人，百姓妒忌显贵。君子深知自己不可能压倒天下的人，所以甘落人后、甘居人下，也因此使人敬慕。取柔弱之势，居低下之位，谁也不能与之抗争。人都趋向彼方，我独坚守此处；众人迷惑、盲从，独我不肯随波逐流；内心蕴藏自己的智慧，不与别人比试技能高下；这样，即使身份尊贵，地位显赫，也没有人加害于我。大江大河所以比众多的溪流更加渊远而流长，就是因为它地处低下。上天行事不分亲疏，常常保护好人。要以此为戒啊！要以此为戒啊！"孔子看后，回头对他的弟子们说："你们要记住这些话！这些话虽然粗俗，但切中事情的要害。《诗》上说：'小心谨慎，如面临深池，如脚踩薄冰。'如果能这样立身处世，难道会因说话招来灾祸么！"

"三缄其口"就是从这个故事来的。缄：封。人们用"三缄其口""三缄"指说话谨慎或尽量不说话。

三人成虎

典出《战国策·魏策二》：庞葱与太子质于邯郸，谓魏王曰："今一人言市有虎，王信之乎？"王曰："否。""二人言市有虎，王信之乎？"王曰："寡人疑之矣。""三人言市有虎，王信之乎？"王曰："寡人信之矣。"庞葱曰："夫市之无虎明矣，然而三人言而成虎。……"

战国时代，互相攻伐，为了使大家真正能遵守信约，国与国之间通常都将太子交给对方作为人质。

魏国大臣庞葱，将要陪魏太子到赵国去作人质。临行前对魏王说："现在有一人来说街市出现了老虎，大王可相信吗？"魏王道："我不相信。"庞葱说："如果有第二个人说街市上出了老虎，大王可相信吗？"魏王道："我有些将信将疑了。"庞葱又说："如果有第三个人说街市上出现了老虎，大王相信吗？"魏王道："我当然会相信。"

庞葱就说："街市上没有老虎，这是很明显的事，可是经过3个人一说，好像真的有了老虎了。现在赵国国都邯郸离魏国国都大梁，比这里的街市远了许多，议论我的人又不止3个，希望大王明察才好。"魏王道："一切我自己知道。"

庞葱陪太子回国，魏王果然没有再召见他了。

市是人口集中的地方，当然不会有老虎。说市上有虎，显然是造谣、欺骗，但许多人这样说了，如果不是从事物真相上看问题，也往往会信以为真的。

这故事本来是讽刺魏惠王无知的，但后世人引申这故事成为"三人成虎"这句成语，乃是借来比喻有时谣言可以掩盖真相的意思，能够以假乱真，无中生有。

三石之弓

三石之弓

典出《吕氏春秋·贵直论·壅塞》：齐宣王好射，说人之谓己能用强弓也。其尝所用不过三石，以示左右，左右皆试引之，中关而止，皆曰：“此不下九石，非王其孰能用是？”

宣王之情，所用不过三石，而终身自以为用九石，岂不悲哉？

齐宣王喜欢射箭，专爱听别人吹捧自己能使用强弓。他曾使用的不过是拉力三石的弓，故意拿给左右的臣子看，左右的臣子一个个试着拉，只拉开一半就停下来，都异口同声地说：“这弓拉力不下九石，要不是大王谁能使用它？”

宣王的真实情况，所使用的不过是三石之弓，而终身自认为用的是九石之弓，这难道不可悲吗？

后人用“三石之弓”抨击了自己本来能力不大，却爱听别人的吹嘘，而毫无自知之明的人。

三旨相公

典出《宋史·王珪传》：珪以文学进，流辈咸共推许。其文闳侈瑰丽，自成一家，朝廷大典策，多出其手，词林称之。然自执政至宰相，凡十六年，

无所建明，率道谀将顺。当时
目为"三旨相公"，以其上殿
进呈，云"取圣旨"；上可否
讫，云"领圣旨"；退谕禀事者，
云"已得圣旨"也。

北宋大臣王珪，字禹玉，
成都华阳（今四川双流）人。
曾祖父王永，在宋太宗时期任

三旨相公

右补阙。王珪幼年聪明绝顶，经常出语惊人。后来考取进士，走上仕途。从
宋仁宗时期开始，中经英宗、神宗，直到哲宗时期，王珪都在朝廷担任要职，
在神宗时期任宰相，是一个很会保官的人物。

王珪擅长文学，并以此为资本使自己官运亨通，当时的人都对他推崇备
至。他的文章内容丰富，辞藻华丽，风格自成一家，朝廷里重要的文书文告，
大都出自他的手笔，文学界的人都称赞他。然而，王珪在朝廷执政直到当了
宰相要职，前后长达16年。这期间，他一直没有什么建树，只会顺情说好话。
当时人都把他称为"三旨相公"。为什么这样称呼他呢？因为他只干3件事：
上殿进呈奏书，叫"取圣旨"；皇上提出肯定否定的决定，他去听个信儿，叫"领
圣旨"；下殿告诉奏事的人，叫"已得圣旨"。

"三旨相公"就是从这个故事来的。可用来讽刺身居高官却无所作为
的人。

三个大会

春秋时期，齐桓公的大臣隰朋听说天子家里有纠纷，想要拜见太子。周
惠王面露不悦之色，但又怕怠慢霸主的使臣，只好勉强叫太子郑和第二个儿

子公子带一同出来见面。原来太子郑是王后亲生的，公子带则是妃子生的。王后死后，周惠王就立这个爱妃为王后，后人称她为惠后。周惠王因宠爱惠后，当然也对她的儿子格外偏爱，有意废掉太子郑，改立公子带为太子。如今隰朋要见太子，天子却叫他们兄弟俩同时出来，隰朋心里已经揣测出了八九分。他回去告诉齐桓公说："主公既然做了霸主，可得替太子撑腰呀！"

齐桓公叫管仲出个主意。管仲说："楚人态度很强硬，光晓以大义没有效果，还是得用兵马施加压力。"中原的兵马就一同开拔到汉水附近。楚成王早已派斗子文为大将，把甲兵屯扎在汉水南边，只等着八国的兵马渡汉水的时候，给他们迎头一击。斗子文见中原的兵马不过河，就对楚成王说："管仲精通兵法，不会轻举妄动，他统领着八国大军，竟不敢渡河过来，一定有原因。咱们最好派人去探听探听，他们有多少的兵力？到底是为什么而来的？然后再决定放手一搏或讲和修好。"楚成王说："派谁去呢？"斗子文说："屈大夫既已和管仲见过面，就请他再辛苦一趟吧！"屈完说："为了我们没有进贡包茅的事情，我已经认了错，如果大王打算跟他们订盟约的话，我愿意再去一趟；如果要打仗的话，另请高明的人去吧！"楚成王说："讲和或开战，由你随机应变，看着办，你还是勉为其难再跑一趟吧！"

这一次见面，齐桓公和管仲都对屈完非常礼遇，屈完的内心就有了几分讲和的盘算。他说："我们没进贡包茅固然不对，可是你们用武力压迫我们，我们也忍无可忍。如果你们退兵30里，咱们有话好商量。"齐桓公说："大夫能帮助楚国服从天子，我还有什么可说的呢？"

屈完回去把经过情形告诉了楚成王，楚成王派人去查看，八国的兵马果然后退了30里，他认为对方八成是怕他，因此他又不打算进贡包茅了。屈完和斗子文都说："人家八国诸侯说到就做到，咱们可别说话不当真呀！"楚成王只好叫屈完带了一车包茅以及分赠给八国诸侯的礼物送到那边去。八国诸侯高高兴兴地收了礼，他们一边招待屈完，一边查验了包茅，仍然请屈完带回去，叫楚国直接进贡给周天子。

这件事就这么圆满地办好了。齐桓公得意扬扬地对屈完说："您可曾见识过中原的兵马？"屈完说："我生长在南边，地方僻远，哪儿见过中原大军的声势呢？要是能见识见识，真是太好不过了！"齐桓公就带着屈完，一同坐上车，观看各路的兵马。这八国兵马，各据一方，连绵达数十里。突然，齐国军营里传来一声鼓响，其他七国军营跟着擂鼓呼应，声势之浩大，简直是惊天动地。齐桓公喜形于色地对屈完说："您瞧瞧，有这么威风的兵众，还怕打不了胜仗吗？"屈完笑着说："君侯服膺天子，讲道义，济弱扶倾，爱护百姓，所以主公不妨呈上一道奏本，就说列国诸侯要会见太子。只要太子能出来跟列国诸侯见面，大家拜见了他，君臣的地位就分明了、确定了，天子即使想废掉他，也得斟酌再三。"

公元前 655 年，齐、宋、鲁、陈、卫、郑、许、曹八国诸侯在首止（卫地，在河南睢县东南）开会。周天子慑于齐国的强大，再加上诸侯拜见太子也是天经地义的事，只好打发太子郑去会见他们。诸侯们要用大礼拜见太子，太子再三谦让。齐桓公说："小白等见到太子就像见到天子一样，怎能不拜呢？"太子无奈，浑身不自在地让他们行了大礼。当晚，太子郑请齐桓公到行宫里来，支支吾吾地说出了他的心事，齐桓公说："小白和赴会的各位大臣打算订立盟约，辅助太子，请太子不必担心！"太子感谢不已，就留住在行宫里，等候他们订立盟约。诸侯们也不敢回国，都在公馆里等候霸主的命令。八国诸侯轮流宴请太子，太子恐怕太打扰人家，打算要回去。齐桓公说："我们之所以跟太子往来密切，为的是要让天子知道我们都拥戴太子，舍不得跟太子分别。再说现在正是盛夏，等秋凉的时候，我们再送太子回去。"齐桓公就决定在八月时订盟，诸侯们跟着也逗留在首止，周惠王为此非常不痛快。

周惠王见太子久久不回来，本来就满肚子不高兴，惠后跟公子带又成天在他面前绘声绘影地胡诌。他就对太宰周公孔（简称宰孔）说："齐侯耀武扬威地去打楚国，却又不敢真打。现在楚国进贡包茅，顺从王室，跟以前大不相同了。楚国不见得就比不上齐国。现在小白又领着诸侯扣留太子，也不知安的是什么心？他简直太叫我难堪了！我想，还是请太宰授意郑伯捷，叫他去联络楚国，请楚国出面对付齐国，只要楚国好好地扶助王室，我不会亏待他的。"宰孔说："楚国进贡包茅，全靠齐国促成，齐侯尊重王室，功劳不小，天子您怎么竟要舍弃中原诸侯去倚靠南蛮子呢？"周惠王说："谁知道齐侯到底在玩什么花招呢？我心意已定，你别再多说了！"宰孔默默不敢作声。

天子写了一封信，悄悄地派人送给正在首止开会的郑文公捷。郑文公打开信一瞧，上面写着："太子郑叛逆父命，树立私党，不配为太子，我要改立公子带。如果你能邀约楚国，共同辅助公子带，我愿意请你管理朝政。"郑文公喜出望外，他对大夫们说："本来嘛，咱们的先君武公、庄公，历代都是王室的卿士，号令诸侯，有权有势。谁料到国势中衰，竟沦为弱国。如今天子又看中了郑国，把重大的责任交付给我，看样子，郑国又可以扬眉吐气了。"大夫孔叔劝谏说："齐侯为了咱们，出兵去打楚国，他帮了咱们不少忙，您怎么反倒背叛他呢？楚国侵犯咱们，您怎么反倒去归顺他呢？再说辅助太子也是天经地义的事，主公怎么可以背悖正理呢？"郑文公说："话不能这么说！与其归附霸主，年年向他进贡，随时听他使唤；不如遵从天子。再说，听天子的话总比听齐侯的话更要紧吧！"大夫申侯拉长了脖子附和说："主公说得有理！天子的命令谁敢违抗？只要咱们一离去，别的诸侯一定会起疑，大家一起疑，订盟的事就不可能顺利进行了。"郑文公听信了申侯的话，就借口国内有事，不辞而别了。

齐桓公听说郑伯擅自离去，怒不可遏，立刻要去征伐。管仲说："这一定是周人的诡计。老实说，郑伯一个人的去留，并不足以影响咱们的大计，还是先跟诸侯订立盟约再说吧！"于是七国诸侯就在首止饮血为盟，太子郑则在现场监督。盟约的内容是："凡我同盟，共辅太子，尊重王室；谁违盟约，天打雷劈。"会盟后，七国诸侯各派车马护送太子郑回去。而郑国，倒是派申侯偷偷地给楚国送礼去了。

　　从此以后，齐国打郑国，楚国去救；楚国攻郑国，齐国去救。郑国被弄得两面不讨好，简直成了齐、楚两国的战场。公元前 652 年，齐桓公又发兵攻打郑国，郑国人都埋怨国君当初不听孔叔的忠告，也都指责申侯是个小人。郑文公后悔莫及，他杀了申侯，向齐国赔罪，要求订立盟约。齐桓公慨然答应了。可是郑文公碍于情面，不敢公然赴会，就打发他的儿子公子华去会盟。公子华因为父亲比较偏爱小兄弟公子兰，担心将来不能继承君位，曾经和郑国的大夫孔叔、叔詹及师叔讨教。但这 3 位大夫不约而同地劝他听从父亲的安排，不要轻举妄动。公子华认为他们只求自保，根本无心帮助他。他非常不满，有意除掉他们。他见了齐桓公，就偷偷地对他说："敝国的大权全操在孔叔、叔詹、师叔 3 个大夫手里。上次就是他们唆使我父亲逃盟的，假使您能把他们 3 个除了，我情愿做您的外臣。"齐桓公点头说："好吧！"他就把公子华的计谋告诉管仲。管仲一听，连声说："不行哪！不行哪！主公千万别听他胡说八道！那 3 个大夫是郑国的贤大夫，郑国人把他们叫做'三良'。公子华一心想篡位，就因为有'三良'，才不敢下手。"齐桓公听了，很生气，马上叫管仲派人把公子华的奸计通知郑文公。

　　郑文公立刻杀了公子华，为了这件事，他非常感激齐桓公，随后就派孔叔去跟齐国订盟约。

　　公元前 652 年，周惠王归天了。齐桓公唯恐周室会出乱子，过完年后就召集诸侯在洮城（今山东省濮县西南）开会。郑文公也亲自赴会，郑、齐、宋、鲁、卫、陈、许、曹八国诸侯共同立太子郑为天子，就是周襄王。惠后和公子带虽不甘心，却不敢再起坏念头。

　　周襄王祭祀了太庙，正式即位，就派宰孔送祭肉给齐桓公，表彰他辅助王室的功劳。齐桓公于是在葵丘（宋地，在河南省东仁县；齐襄公派连称和管至父去戍守的葵丘是另一个地方）联合诸侯，招待天子的使臣。管仲有感而发，在半路上对齐桓公说："周室为了王位，差点酿成内乱，全仗着主公，新天子才顺利地即了位。如今主公您也上了年纪，总该及早作番打算，以免将来诸位公子为了争夺君位，闹得鸡犬不宁。"齐桓公说："我那 6 个儿子全都不是正夫人生的。论年岁，要算无亏最大；论才能，还是昭儿最优秀，我也左右为难，不知该立哪个好？"管仲说："既然都不是正夫人生的，就不一定非立长子不可。再说齐国若要继续称霸诸侯，就非得有个贤明的君主不可。主公既然认为公子昭最贤能，就立他为太子吧！"齐桓公说："就怕无亏仗恃着年长去跟他争。"管仲说："主公干脆在这次会盟的诸侯中间挑一个最可靠的人，把公子昭托付给他，公子昭将来有了帮手，就没啥可担忧的了。"齐桓公额首称是。

他们到了葵丘，列国诸侯和宰孔也都陆陆续续全到齐了。此时，宋桓公御说已经去世了，宋国的太子让位给公子目夷，公子目夷不接受，又让给太子。太子这才即位，就是宋襄公。宋襄公虽仍在守孝期间，却非常尊重霸主，他穿着孝服亲自来赴会。管仲对齐桓公说："宋公肯让位，一定是个贤君；这下又穿着孝服来与会，可见他对齐国相当忠顺。咱们把公子昭托付给他，您看怎么样？"齐桓公就叫管仲请宋襄公过来，宋襄公毕恭毕敬地来见齐桓公。齐桓公握着他的双手，语重心长地将公子昭托付给他。宋襄公受宠若惊，一再地说："我不敢当！我不敢当！"内心里十分感激齐桓公的抬举。

到了开会当天，宰孔率先登台，列国诸侯也依序上去，大家先向天子的座位行了大礼，然后彼此行礼，各自就座。齐桓公把大家商议好了的公约念了一遍，其中最富深意的一条是：防水患、修水利，不准把邻国作为水坑亦即不准掘河淹邻国。邻国因灾荒来买粮，不准禁籴。最后，大家共同起誓："凡是同盟的人，订立盟约之后，言归于好。"接着，宰孔捧着祭肉，传达新天子的命令，说："天子赏祭肉给齐侯！"齐桓公跪下去接受，宰孔阻止他，说："天子还有命令：由于齐侯上了年纪，加升一级，不必行大礼。"齐桓公就站起来。管仲在一旁示意他："这是天子的恩典，主公不可不恭敬！"齐桓公说："当然！当然！小白怎么敢不恭敬？"说着，他就有模有样地跪下，磕了 3 个头，然后接过祭肉，在场的诸侯都赞美他，说他有礼。

宰孔从葵丘回去，中途遇见一位从西方赶来赴会的国君。宰孔说："已经散会了。"那位国君跺着脚，遗憾地说："唉！敝国距离这儿太远了，没赶上这场盛会，真太可惜了！"宰孔说："您既然来迟了，就算了吧！"那位国君只好垂头丧气地回去。

后人用"三个大会"这个典故来概括齐桓公的一生中的一段伟业。

三家分晋

典出《史记·晋世家》：静公二年，魏武侯、韩哀侯、赵敬侯灭晋后而三分其地。静公迁为家人，晋绝不祀。

韩康子、赵襄子、魏桓子三家灭了智伯，不但三家的领地大了，而且因为这三家对待老百姓要比晋国的国君好些，老百姓也都愿意归附。三家都想趁着这时候把晋国瓜分了，各立各的宗庙。要是再延迟下去，等到晋国出了个英明的国君，重新把国家整顿一下，到那时候，韩、赵、魏三家想要安安定定地做大夫也许都保不住。可是这么大的事情也不能说做就做，总得找个恰当的时机才好干。到了周考王三年（公元前438年），晋哀公死了，儿子即位，就是晋幽公。韩康子、赵襄子、魏桓子他们一见新君刚即位，软弱无能，大伙儿商定了平分晋国的办法。他们把绛州和曲沃两座城留给晋幽公，其他的地区就由三家平分了。这么一来，韩、赵、魏三家就称为"三晋"，各自独立。晋幽公一点力量也没

三家分晋

有，只好在"三晋"的势力之下忍气吞声地活着。他不但不能把三晋当作晋国的臣下看待，而且因为害怕"三晋"，他自己反倒一家一家地去见他们。君臣的名分地位就这么颠倒过来了。

这个消息传到了齐国，齐国的田盘（田恒的儿子）也如法炮制了一番。他把齐国的大城都封给田家的人。这是并吞齐国的头一步。同时，他跟"三晋"交好，有事相互帮助。从此，齐国和晋国只要是和列国诸侯来往的事，都由田家跟韩、赵、魏三家出面办理，后来两位国君反倒慢慢地没有人知道了。

公元前 425 年（周考王的儿子周威烈王元年），赵襄子得了重病。他自己觉得活不了，就立他哥哥伯鲁的孙子为继承人。赵襄子自己有 5 个儿子，怎么反倒叫他的侄孙做继承人呢？

原来赵襄子无恤是赵鞅和一个使唤丫头生的。论他的身份，在那时候看来是挺低的。可是赵鞅觉得大儿子伯鲁庸庸碌碌，没有什么能耐，才想立小儿子无恤做继承人，又怕人家说他的母亲身份太份，因此，还没决定。后来他做了一篇训诫的文章，同样写了两份，一份给伯鲁，一份给无恤，叫他们好好地用心念。过了好些日子，赵鞅突然考问伯鲁，伯鲁一句也答不上来，那篇东西早就丢了。赵鞅考问无恤，无恤背得滚瓜烂熟，已经念成顺口溜了。向他要那篇文章，他立刻拿出来。赵鞅不再犹豫，立刻立无恤为继承人。无恤老想到哥哥伯鲁当初因为他才丢了长子的名分，就打算将来立伯鲁的儿子为继承人。没想到伯鲁的儿子死了，赵襄子这才立伯鲁的孙子为赵家的继承人。

就在赵襄子死的那一年，韩康子和魏桓子也都病死了。韩虔继承韩虎的位子，赵籍继承赵浣的位子，魏斯继承魏驹的位子；齐国的田和（田盘的孙子，田恒的曾孙）继承田盘的位子。从此以后，韩虔、赵籍、魏斯、田和 4 个大夫连成一气，他们打算自己正式做诸侯。

公元前 403 年（周威烈王二十三年），韩、赵、魏三家打发使者到成周去见周天子。韩家派了侠累，赵家派了公仲连，魏家派了田文一块儿去见天子，请天子把他们三家加在诸侯的名册上。威烈王就对三家的使者说："晋国早就失去了势力了，内忧外患不断地发生，弄得国家简直没有安静的日子。韩、赵、魏三家凭着自己的力量，把那些造反的人消灭了，把他们的土地没收了。那些土地并不是从公家手里抢过来的。"威烈王又问："三晋既然要做诸侯，何必又来跟我说呢？"赵家的使者公仲连回答说："不过他们都尊敬天子，所以来禀告一声。只要天子正式封了他们，他们就能辅助天子，那可有多好啊！"威烈王一想，就是不认可也没用，还不如顺水推舟做个人情。他就正式封魏斯为魏侯，赵籍为赵侯，韩虔为韩侯。战国时代就从这一年（公元前403年）开始了。

魏侯以安邑作为都城；赵侯以中牟作为都城；韩侯以平阳作为都城。这新兴的3个国家都宣布了天子的命令，各自立了宗庙，并向列国通告。各国诸侯都来给他们贺喜。只有秦国自从和晋国绝交之后，早就不跟中原诸侯来往了，中原诸侯也都把它当做戎族来看。秦国当然没派人来道喜。

晋幽公之后，到了晋静公，"三晋"就把这个挂名的国君也废了，让他做个老百姓。从此，晋国从唐叔以来的统治系统就断了，连晋国这个名号也不用了。

"三家分晋"讲了春秋战国时期的一段史实。

三家灭智

典出《史记·赵世家》：三国攻晋阳，岁余，引汾水灌其城，城不浸者三版。……乃夜使相张孟同私于韩、魏。韩、魏与合谋，以三月丙戌，三国反灭知氏，共分其地。

吴王夫差和越王勾践一先一后起来的时候，中原诸侯非常衰弱。因此，黄池大会，夫差当上了霸主；徐州大会，勾践当上了霸主。可是中原诸侯越是衰弱下去，大夫的势力越发大了起来。那时候，鲁国的"三桓"把持着鲁国的大权；齐国的田恒（就是陈恒）把持着齐国的大权；晋国的"六卿"把持着晋国的大权。这三国的君主全成了挂名的国君。黄池大会之后，田恒杀了齐简公，灭了鲍家、晏家、高家等，把齐国的土地从平安以东都作为他自己的封邑，齐国的大权全把持在他自己手里。晋国的六卿眼见田恒杀了国君，灭了各大家族，还得到了齐国人的拥护，他们也就自己并吞起来了。

晋国的六卿乱七八糟地混战了一阵。末了，范乐和中行氏给人家打败了，晋国的大权可就归了四家，就是：智家、赵家、魏家、韩家。这四家暗地里把范乐和中行氏两家土地分了，晋出公（晋定公的儿子）挺生气。他以为范氏和中行氏既然灭了，那两家的土地按理应当归还公家，怎么能让四家大夫自己分了呢？他就背地里派人去约齐国和鲁国一起来征伐那四家。那时候各国的大夫占有着大量的土地，直接剥削农民的劳动，势力超过国君，而且农民在他们的手底下比在国君的直接统治下日子好过一些，压迫和剥削也轻一些，有不少人因为受不了国君的压迫和虐待，情愿逃到大夫的封地里去做农奴或佃农。各国的大夫为了保持自己的势力，在国内对老百姓作了一些让步，让他们的生活能好一些，在国外又跟别国的大夫连成一气。齐国的田家和鲁国的三家反倒把晋出公的计划向晋国的智家泄了底。智家得到了这个消息就在公元前458年（周贞定王十一年）跟那三家一块儿对付晋出公。晋出公自讨苦吃，只好逃到别国去了。不料他死在路上，四家就把晋昭公的曾孙拉出来当个挂名的国君，就是晋懿公。

晋国的四家——智伯瑶、赵襄子无恤、魏桓子驹、韩康子虎——之中，要数智伯瑶的势力最大。他对赵、魏、韩三家说："晋国素来是中原的霸主，没想到在黄池大会上，赵鞅让吴国占了先，在徐州大会上又让越国占了先。这是咱们的耻辱。如今只要能够把越国打败，晋国仍然能够当上霸主。我主张每家大夫拿出100里的土地和户口来归给公家。这样，公家增加了收入，才能够有实力。"这三家大夫早就知道智伯存心不良，他是想独吞晋国。他所说的"公家"其实就是"智家"。可是他们三家心不齐，没法跟智伯闹别扭。智伯派人向韩康子虎要 100 里的土地和户口，韩康子虎如数交割了。智伯派人向魏桓子驹要 100 里的土地和户口，魏桓子驹也如数交割了。智伯就这么增加了 200 里的土地和户口。跟着他又派人去找赵襄子无恤要 100 里的土地和户口。赵襄子无恤可不答应。他说："土地是先人的产业，我哪儿能随便送给别人呢？韩家、魏家他们愿意送，不关我的事；我可不行！"来人回去把赵襄子的话向智伯说了一遍。智伯气得鼻子呼呼地响。他派韩、魏两家一块儿发兵去打赵家，还应许他们灭了赵家之后，把赵家的土地三家平分。

智伯自己统率着中军，韩家的军队在右边，魏家的军队在左边，三队人马直奔赵家。赵襄子知道寡不敌众，就带着自己的兵马退到晋阳（在山西省太原）城里，打算在那儿死守。这个晋阳城是赵家最严实的一座城。当初由家臣董安于一手经营，里头盖了挺大的宫殿，宫殿的围墙内部全用苇泊、竹子、木板做成；外头再用砖和石头砌上。宫殿里的大小柱子全都是顶好的铜铸成的。所有的建筑又结实又好看。董安于之后又有家臣尹铎治理晋阳城。这个尹铎老想着办法去安抚老百姓，很得民心。这回晋阳人一听到赵襄子来了，全都去迎接。赵襄子一见晋阳城挺严实，粮草又充足，老百姓都乐意跟他在一块儿，他就放心多了。

没有多大工夫，三家的兵马把城围上了。赵襄子吩咐将士们只许守城，不准交战。每逢三家攻打的时候，城上的箭就好像雨点似地落下来，智伯一时打不进去。晋阳城就仗着弓箭守了一年。可是把箭都使完了，怎么办呢？赵襄子为了这个，闷闷不乐。家臣张孟谈对他说："听说当初董安于在宫殿里预备了无数的箭，咱们找找去。"这一下子把赵襄子提醒了，他立刻叫人把围墙拆了一段。果然里头全都是做箭杆的材料。又拆了几根大铜柱子，做成了无数的箭头。赵襄子叹息说："要是没有董安于，如今上哪儿找这么些兵器去呢？要是没有尹铎，老百姓哪儿能这么不怕辛苦、不怕死地守住这座城呢？"

三家的兵马把晋城围了两年多，没打下来。到了第三年（公元前 453，周贞定王十六年），有一天，智伯正在察看地形的时候，忽然想起晋阳城东北的那条晋水来了。晋水由龙山那边过来，绕过晋阳城往下流去。要是把晋水一直引到西边来，晋阳城不就淹了吗？他就吩咐士兵们在晋水旁边另外挖了一条河，一直通到晋阳城，又在上游那边砌了一个挺大的蓄水池。在晋水上垒起土堆来，让上游的水不再流到晋水里去。这时候正是雨季，一连下了几天大雨，蓄水池里的水都满了。智伯叫士兵们开了一个大口，大水就一直向晋阳城灌进去。不到几天工夫，城里的房子多半都淹了。老百姓跑到房顶上避难。竹排，木头板子都当了小船。烧火、做饭都在城墙上。可是全城的老百姓，宁可淹死，决不投降。

赵襄子叹息着说："这全是尹铎爱护百姓的功德啊！"回头又对张孟谈说："民心虽说没变，要是水势再高涨起来，咱们不就全完了吗？"张孟谈说："形势当然非常紧急，可是我老觉得韩家跟魏家绝不会把自己的土地平白无故地让给智伯。他们也是出于无奈，才跟着他来打咱们。依我说，主公多预备小船、竹排、木头板子，再跟智伯在水上拼个死活。我先去见见韩、魏这两家去。"赵襄子当天晚上就派张孟谈偷偷地去跟两家相商。

第二天，智伯请韩康子和魏桓子一起去察看水势。他指着晋阳城，挺得意地对他们说："你们知道吗？水能灭国。早先我以为晋国的大河像城墙一样可以挡住敌人；照晋阳的情形看来，大河反倒是个祸患了。你们瞧：晋水能够淹晋阳，汾水就能淹安邑（魏家的大城），绛水也就能淹平阳（韩家的大城）。"他们两个人连连答应着说："是，是！"智伯见他们答话有点慌里慌张，好像挺害怕的样子，自己才觉得话说错了。他笑着说："我是直心眼，有一句话说一句，你们可别多心！"他们又都连着回答说："哪儿会呢！哪儿会呢！您是顶天立地的英雄。我们能够跟着您，蒙您抬举，真是非常荣幸了。"他们嘴里尽管这么说，心里可都觉得赵襄子派张孟谈来找他们，对他们是有好处的。

第三天晚上，约莫四更天光景，智伯正在梦里，猛然间听见一片嚷嚷声。

他连忙从卧榻上爬起来，衣裳和被窝已经湿了。兵营里全是水。他想大概是堤防决口了，赶紧叫士兵去抢修。不一会儿工夫，水势越来越大。智伯的家臣智国和豫让带着水兵，扶着智伯上了小船。智伯在月光下回头一瞧，就见兵营里的东西在水里漂荡着。士兵们在水里一起一沉地挣扎着。智伯这才明白是敌人把水放过来的。正在惊慌未定、满眼凄惨的当儿，一霎时四面八方都响起战鼓来了。一看韩家、赵家、魏家三家的士兵都坐着小船和木排，一齐杀了过来，见了智家这些"落水狗"，就连打带砍，一点不肯放松。当中还夹带着喊叫的声音："别放走了智瑶！拿住智瑶的有赏！"智伯对家臣豫让说："原来那两家也反了！"豫让说："别管他们反不反，主公赶紧往那边走，上秦国借兵去吧！我留在这儿豁出命对付他们。"说着，他跳上一只木排，把敌人杀散，叫智国保护着智伯逃跑。

智国保护着智伯，坐着小船一直向龙山那边划去。这一带没有追兵。智伯这才喘了口气。好容易他们把船划到龙山跟前，急急忙忙地上了岸。幸亏东方已经发白，他们顺着山道走去。跑了一阵子，略略宽了宽心。不料刚一拐弯，迎头碰见了赵襄子！赵襄子早就料到智伯会打这条路儿跑，预先带了一队兵马在这儿等着他。当时就逮住智伯，砍下了他的脑袋。智国也就自己抹了脖子了。

三家的兵马会合到一块儿，把沿着河边的堤防拆了，大水仍旧流到晋水里去，晋阳城又露出干地来了。

赵襄子安抚了居民之后，就向韩康子和魏桓子道谢。他说："这回全仗着两位救了我的命，实在出乎意料。可是智伯虽然是死了，他的同族人还多着呢。斩草得除根，不然的话，终究是个祸患。"韩康子和韩桓子一起说："一定得把他的全族灭了，才能解恨！"他们一同回到绛州，宣布智家的罪恶，就照古时候的习惯把全族的男女老少杀得一干二净。赵襄子气还不消，他把智伯的脑壳做成一个瓢，外面涂上油漆，解恨地管它叫"夜壶"。

韩家和魏家的100里土地，当然又由各人收了回去。他们把智伯的土地三股平分了。晋哀公当然没有份。

这个故事讲述了那一段历史事实。

三日新妇

典出《梁书·曹景宗传》：性躁动，不能沉默，出行常欲褰车帷幔，左右辄谏以位望隆重，人所具瞻，不宜然。景宗谓所亲曰："我昔在乡里，骑快马如龙，与年少辈数十骑，拓弓弦作霹雳声，箭如饿鸱叫。平泽中逐獐，数肋射之，渴饮其血，饥食其肉，甜如甘露浆。觉耳后风生，鼻头出火，此乐使人忘死，不知老之将至。今来扬州作贵人，动转不得，路行开车幔，小人辄言不可。闭置车中，如三日新妇。遭此邑邑，使人无气。"

三日新妇

南北朝时期，梁朝有一个大将，叫曹景宗，字子震。他性情好动，不耐寂寞，每次乘车出行，都要把车上的帷幔掀开，往外看热闹。每当此时，他身边的侍卫就劝说："你位高望重，人们都想看你的风度，你把帷幔掀开，就不合适了。"对此，曹景宗感到很不习惯，他对亲近的人说："从前，我在乡里时，常与数十个少年在野地里追逐獐鹿，把马儿骑得极快，犹如飞龙一般。与少年们一起开弓射箭，弦声如霹雳，箭声如鸥鸟狂叫。在平坦的沼泽地追上獐鹿，在它的肋部连射数箭，渴了，就喝它的血；饿了，就吃它的肉，真是甜美极了，就像甘露、糖浆一般。追逐起来，只觉得耳后生风，鼻孔喷火，使人乐而忘死，不知老之将至。这次来扬州，身为显贵要人，却动弹不得。走在路上掀开车子帷幔，一班小人还说万万使不得！闷坐在车里，就好像刚过门3天的新娘，处处受拘束。如此憋闷，实在叫人丧气。"

"三日新妇"就是从这个故事来的。它的意思是，好像刚过门3天的新娘，行动受束缚，局促不安。人们用它形容行动受拘束。或用它形容做官拘束无味。

三十而立

典出《传家宝·笑得好》：师出"三十而立"的破题，令二生做。一生作破云："两个十五之年，虽有椅子板凳而不敢坐焉。"一生作破曰："年过花甲一半，惟有两腿直站而矣。"

一个老师出了一个"三十而立"的题目，让两个学生破题。一个学生写的是："两个十五之年，虽然有椅子板凳也不敢坐。"另一个写的是："年龄已过花甲的一半，只是两条腿还得站立。"

后人用"三十而立"的这个典故告诫人们，学习要严谨，认真，切不可望文生义，穿凿附会。

三十而立

三豕涉河

典出《吕氏春秋》卷二十二《察传》：子夏之晋，过卫，有读史记者曰："晋师三豕涉河。"子夏曰："非也，是己亥也，夫己与三相近，豕与亥相似。"至于晋而问之，则曰晋师己亥涉河也。

孔子有一个学生，名叫卜商，字子夏。有一年子夏去晋国游学，路过卫国的时候，碰见一位学者正在阅读史书，他们就谈起学问来。这位学者谦虚地请教说："听说你是孔子的门生，一定很有学问的，有一个问题想请教你……"

子夏忙说："不要这样讲，你尽管说，我们一块商讨……"

"哦，这卷书里说'晋师三豕涉河'，这是什么意思呢？豕是猪呀，怎能说晋师里有3只猪过河呢？所以请你解释一下……"

子夏拍拍脑袋，怎么也想不出其中的道理来。他想呀、想呀，忽然兴奋地叫起来：

"那不是'三豕'呀，是'己亥'二字，这两字古时的写法与'三豕'相近，可是抄写的人给抄错了，就这样讹传下来。"

卫国的学者也恍然大悟，说："对呀，如果是己亥二字就能够讲通了，己亥是表示年代顺序的呀，那么这句话的意思就是：'晋国的军队在己亥这年时渡河。'我谢谢你啦，这句话憋得我好苦呀！"

几天以后，子夏到达晋国，问晋国的朋友说："贵国有'晋师己亥涉河'的事情吗？"

"有呀，就是己亥涉河呀！"

当子夏把路上所发生的故事讲给那位朋友时，两人不禁放声大笑。

后人用"三豕涉河"这句成语比喻文字传写或刊印的讹误。

"三豕涉河"也可写作"三豕渡河"。豕：猪。

三纸无驴

典出《颜氏家训·勉学》：问一言则酬数百，责其指归，或无要会，邺下谚云："博士买驴，书券三纸，未有驴字。"

颜之推（531—？），字介，是在战乱之中逃奔北齐的南方作家。他所著的《颜氏家训》一书，是质朴的散文，内容是用儒家思想教训子弟如何做人。在文学上他提倡质朴，反对"趋末弃本，率多浮艳"的文风。

颜之推在批评某些浅薄、粗俗的儒士时说："问他们一句话，这些人就会酬答数百句，真是废话连篇。问他们讲的是什么意思，他们却稀里糊涂不得要领。所以，邺下地方流传谚语说：'博士要买驴，券契已经写满了 3 张纸，却未言及驴字。'"

"三纸无驴"就是从这个故事来的。人们用它形容文章、言语冗长而不得要领，废话连篇。

三纸无驴

三重楼喻

典出《百喻经》：往昔之世，有富愚人，痴无所知。到余富家，见三重楼，高广严丽，轩敞疏朗，心生渴仰。即作是念："我有财钱，不减于彼，云何顷来为不造作如是之楼？"即唤森匠而问言曰："解作彼家端正舍不？"木匠答言："是我所作。"即使语言："今可为我造楼如彼。"

是的，木匠经地垒墼作楼。愚人见其垒墼作舍，犹怀疑惑，不能了知。而问之言："欲作何等？"木匠答言："作三重屋。"愚人复言："我不欲下二重之屋，先可为我作最上屋。"木匠答言："无有是事。何有不作最下重屋而造彼第二之屋？不造第二，云何得造三重屋？"愚人固言："我今不用下二重屋，必可为我作最上者。"时人闻之，便生怪笑。

很久以前，有个愚蠢的富人，痴痴呆呆，什么都不懂。一天，他到另外的富人家去，见了一栋三层楼房，又高又大，庄严华丽，屋子里既宽敞又明亮，心里很羡慕。于是产生了这样的念头："我有钱财，比他不会少，为什么不马上造一栋这样的楼呢？"便叫来木匠问道："你懂得造那家的高级楼房吗？"木匠回答说："那座楼是我造的。"富人马上说："现在给我造一座楼，像那座楼房一样。"

这时木匠便规划好地面，把砖头一块块地砌起来。那愚蠢的富人见木匠在地面砌砖，心中特别疑惑，不懂得木匠的意图，便问木匠说："你要造什么样的房子？"木匠回答说："造三层楼啊。"那蠢人又说："我不要下面的两层屋，先给我造最上一层屋。"木匠说："没有这样的事。哪里有不造最下一层屋而能造第二层楼的呢？不造第二层，怎么能造第三层呢？"

三重楼喻

蠢人听了，还是固执地说："我现在用不着下面的两层屋，你可一定要给我造最上的一层。"当时的人听了，都觉得非常可笑。

万丈高楼平地起。做任何事情，如果忽视基础，反对循序渐进，都是愚蠢的。后人把这个故事概括为成语"空中楼阁"。

三省吾身

典出《论语·学而》：曾子曰："吾日三省吾身：为人谋而不忠乎？与朋友交而不信乎？传不习乎？"

春秋时期，孔子有一个得意的门生，姓曾名参，字子舆，人称曾子。他为人忠厚、勤奋，深得孔子的喜爱。同学们向他请教修养德行的经验和体会，曾子说："我每天都要多次问问自己：替别人出主意做事情，有没有不忠的地方呢？与朋友交往，有没有不讲信用的地方呢？老师所传授的东西，是否温习好了呢？"

"三省吾身"就是从这个故事来的。省：察看、检查。"三省吾身"的意思是经常自我检查、反省自己。人们用它形容虚心自问。

三顾茅庐

典出《三国志·蜀书·诸葛亮传》：刘备以亮有殊量，乃三顾亮于草庐之中。

汉末，黄巾事起，天下大乱，曹操坐据朝廷，孙权拥兵东吴，汉宗室豫州牧刘备听徐庶（三国时颍州长社人，为著名谋士）和司马徽（三国时颍州阳翟人，也是著名谋士）说诸葛亮很有学识，又有才能，就和关羽、张飞带着礼物到隆中（今湖北襄阳市）卧龙岗去请诸葛亮出来帮助他替国家做事。恰巧诸葛亮这天出去了，刘备只得失望地转回去。不久，刘备又和关羽、张飞冒着大风雪第二次去请。不料诸葛亮又出外闲游去了，张飞本不愿意再来，见诸葛亮不在家，就催着要回去。刘备只得留下一封信，表达自己对诸葛亮的敬佩和请他出来帮助自己挽救国家危险局面的意思。

过了一些时候，刘备吃了3天素，准备再去请诸葛亮。关羽说诸葛亮也许是徒有一个虚名，未必有真才实学，不用去了。张飞却主张由他一个人去叫，如他不来，就用绳子把他捆来。刘备把张飞责备了一顿，又和他俩第三次拜访诸葛亮。到时，诸葛亮正在睡觉。刘备不敢惊动他，一直站到诸葛亮自己醒来，才彼此坐下谈话。

诸葛亮见到刘备有志替国家做事，而且诚恳地请他帮助，就出来全力帮助刘备建立蜀汉皇朝。

《三国演义》把刘备三次亲自敦请诸葛亮的这件事情，叫做"三顾茅庐"。诸葛亮在著名的《出师表》中，也有"先帝不以臣卑鄙，猥自枉屈，三顾臣于草庐之中"之句。

后人用"三顾茅庐"比喻诚心诚意地去拜访和邀请，表示对人才的渴求。或者表示帝王的礼遇之恩。

寸木岑楼

"寸木岑楼"成语由"方寸之木可高于岑楼"变化来，出自《孟子·告子下》。

有一位任国的人向孟子的学生屋庐子问礼与食哪个重要的问题，屋庐子随口答道"礼重要"。任人又问道："娶妻与礼哪个重要？"屋庐子答道："还是礼重要。"

随后，这位任人便一本正经地说道："要是按着那些礼节去找吃的，恐怕就要挨饿，甚至饿死；如果不按着那些礼节去找吃的，可能就会有吃的。在这样的情况下，难道还要按着礼节去行事吗？再有，假如按照亲迎礼，就得不到妻子；要是不行亲迎礼，就能得到妻子，还一定要行亲迎礼吗？"

这一问，屋庐子没有答出来。第二天，便去邹国，转告了老师孟子。

孟子听后，说道："回答这个问题有什么困难的？如果不揣度基地的高低是否一致，那么一寸长的小木头也可能比顶端的高楼还要高。说金子比羽毛重，但是，岂能说三钱多重的金子也比一车的羽毛还要重？拿吃的重要与礼的细节相比较，何止于吃的重要？拿娶妻的重要与礼的细节相比较，何止于娶妻重要？你去这样回答他：'扭折了自己哥哥的胳膊而夺取了他的食品，自己便有了吃的；而不扭折，便得不着吃的，那么他会去扭折吗？越过东邻的墙去搂抱人家的女子，便得到了妻子；而不去搂抱，便得不着妻子，那么他会去搂抱吗？'"

后人用"寸木岑楼"成语来比喻差距悬殊。

大惊失色

"大惊失色"出自《汉书·霍光传》。

汉朝元平元年（公元前74年），汉昭帝去世。昭帝无子，其父汉武帝的6个儿子当时也只有广陵王刘胥在世。群臣议论，认为只有广陵王可以继位。但是广陵王因为行为不轨、大逆不道，武帝在时就弃之不用。为此，辅政的大司马霍光心中十分不安。正在此时，有一个人上书说："周太王废长子太伯而拥立太子王季，周文王也弃长子伯邑考而立武王。只要称职，即使废长立少也行啊。广陵王不能继承皇位！"此书所说正合霍光心意，第二天便以皇太后的诏书迎立武帝孙子昌邑王刘贺继位。

但刘贺即位后，贪色淫乱，十分昏庸。霍光心忧如焚，便私下征求好友大司农田延年的意见。田延年说："你身为大将军、国家柱石，要是看此人不行，何不向太后建议，选贤重立呢？"霍光说："我本想这样，不知古时候有这样的事没有？"延年回答："伊尹辅政殷朝时候，曾废太甲以安国家，后世称其为忠臣。将军如果也能这样，就是汉朝的伊尹啊！"

于是霍光便与车骑将军张安世秘密商议，召集丞相、御史、将军、列侯等群臣于未央宫开会。会上霍光说："昌邑王昏庸混乱，危及国家大业，怎么办？"群臣人人惊愕失色，连话都说不出来了。田延年霍地站起，手按宝剑，十分激昂地说："先帝让霍将军辅佐幼孤，把天下大任交给了将军，认为将军的忠贤能够安定刘家天下。现在群臣议论纷纷，社稷危险，如果汉家绝了天下，将军死了，有何面目见先帝于九泉之下呢？今日应快快决定，如有不先应者，我当即杀了他。"群臣皆曰："愿听大将军之命。"

就这样，霍光与众大臣联名上书皇太后，下诏废昌邑王，迎立寄养在民间的卫太子孙（即汉武帝的曾孙刘询）即位，他就是汉宣帝。此后，西汉进入了中兴时期。

"大惊失色"即由"惊愕失色"而来，形容非常害怕，脸色都变了。色，指脸色。

大逆不道

这个成语故事出自《史记·高祖本纪》。逆：叛逆；道：道德。

项羽在历史上曾经是起过作用的。他的最大贡献是在中国历史上第一次的农民大起义中，推翻了秦王朝的暴虐统治。特别是当陈胜和吴广的起义军已趋覆灭，楚军的主力已被击破，主将项梁战死，赵国被围困，即将破灭时，即农民起义的形势在逆转，镇压起义军的秦国统治者声势复振的时候，项羽以过人的才气，抱着决死的决心，拼死地击溃了秦军主力，完成了陈胜、吴广所没能完成的事业。但在楚汉相争中，项羽仍然失败了。项羽失败的原因，司马迁在《项羽本纪》里讲了4条：一是背弃关中，放弃秦地，定都彭城（今徐州市）；二是放逐义帝，自为霸王；三是凭已有的私智，不知师法古人；四是要以武力来统一天下。用今天的观点来分析，这些虽都不是主要的原因，但对于项羽的失败，确有重大关系。比如，公元前205年项羽出了函谷关，就派人把义帝迁徙到长沙郡郴县（今湖南郴县），后又命令黥布等派人将义帝杀死在江南。刘邦就利用这件事，为义帝发丧，号召各路诸侯征讨项羽。对此，《高祖本纪》写道：

三月，汉王从临晋渡，魏王豹将兵从。下河内，虏殷王，置河内郡。南渡平阴津，至洛阳新城，三老董公遮说汉王，以义帝死故。汉王闻之，袒而大哭。遂为义帝发丧，临三日。发使者告诸侯曰："天下共立义帝，北面事之。今项羽放杀义帝于江南，大逆无道。寡人亲为发丧，诸侯皆缟素。悉发关内兵，收三河士，南浮江汉以下，愿从诸侯王击楚之杀义帝者。"

义帝：战国时楚怀王熊槐的孙子熊心，公元前208年被项梁拥立为楚怀王，公元前206年项羽又尊怀王为义帝，即名义上的皇帝或临时皇帝；三月，即公元前205年（汉王刘邦二年）三月；临晋即临晋关，在今陕西大荔县黄河西岸；河内郡：治所在今河南武陟县西南；新城：地名，在今河南洛阳市南；三老：古代掌管教育和风俗习惯的地方官吏；遮：拦阻；袒（音 tǎn 坦）：露出左臂；临：聚众哭丧；缟素：白色的丧服；三河：这里指河南、河东、河内3个郡；江汉：指长江和汉水。

这段话的意思是：三月间，刘邦率军从临晋关渡过黄河，魏王魏豹带兵投降了汉兵。接着，刘邦又攻下河内，俘虏了殷王司马卬，设置河内郡。再向南进军，渡过平阴津，来到了洛阳。在洛阳南面的新城，掌管教育和风俗习惯的地方官吏向汉王诉说义帝熊心被杀的经过。刘邦听后，袒臂大哭。随即为义帝发丧，公祭3日。同时又派出使者向各国诸侯宣告说："义帝本是我们大家共同拥立的，向他北面称臣。如今却被项羽放逐，杀死在江南，这是犯上作乱，严重地破坏了道德秩序。我亲自为义帝发丧，诸侯都要着丧服。并将调集关中的全部兵马，征集三河的士兵，顺长江、汉水南下，愿意跟随各诸侯王讨伐杀害义帝的那个人。"

后来，"大逆无道"被引申为"大逆不道"这个成语，原指犯上作乱，严重地违反了封建的道德。现在也泛用来指严重地破坏道德规范的言行。

大事不糊涂

这个成语故事出自《宋史·吕端传》。大事：指有关政治性的大是大非问题。

吕端，字易直，北宋幽州安次（今属河北）人。后晋时以父荫补官。入宋后，历任成都府、蔡州知府，后升为枢密直学士。吕端为官正直，能识大体，又敢于坚持原则。995年（宋太宗赵光义至道元年），宋太宗想提拔他当丞相：

或曰："端为人糊涂。"太宗曰："端小事糊涂，大事不糊涂。"决意相之。

意思是说：有人反对，说吕端这个人糊里糊涂的，难担此大任。宋太宗却说：吕端在小是小非问题上糊涂，在政治上的大是大非问题上头脑很清楚。决定任吕端为宰相。于是便免去了当时的宰相吕蒙正的职务，提升吕端当了宰相。

吕端拜相之后，果然"为相持重，识大体，以清简为务"。998年，宋太宗死了，李皇后与内侍王继恩阴谋废太子，被吕端及时发觉，把王继恩拘禁起来，辅佐赵恒即位，即真宗，挫败了李皇后等人的阴谋。

根据这个故事，便引出"大事不糊涂"这个成语，用以指在大是大非问题上头脑清醒，也用来泛指办事能坚持原则。

大谬不然

"大谬不然"出自《汉书·司马迁传》。

司马迁生于汉武帝时代，他继承父业，为太史令，主管史书编撰工作。当时，大将李陵征讨匈奴，被俘而降。为此，汉武帝抄了李陵的家并灭了三族。司马迁认为李陵并非真心投降，不过是为情势所迫，而且还以李陵过去有战功为由进行辩解。结果汉武帝将司马迁投进监狱，处以腐刑。司马迁忍辱受刑，心中无比愤恨。他在给友人任少卿的信中谈了自己当时的心情。他说，他蒙恩受到汉武帝的重用，本想鞠躬尽瘁报知遇之恩。但万万没有料想到，由于自己过分的忠诚，反而受到了羞辱和摧残。天下事真是太荒谬、太离奇了，大大出乎人的意料之外。后人以"大谬不然"为成语，来形容料想不到的荒谬或大错特错。

下笔成章

这个成语出自《三国志·魏书·陈思王植传》。

据《三国志》载，曹操的第三个儿子曹植（字子建）从小就很聪明，十分好学，10岁多的时候，就已读了不少诗论及辞赋。写起文章来，又快又好。曹操看了曹

下笔成章

植的文章，非常高兴，却又故意问道："你是请人代写的吧？"曹植跪着说："言出为论，下笔成章。我情愿你当面测试，怎么会请人代写呢？"恰巧，当时正值铜雀台刚刚落成，于是曹操便将几个儿子都招来，让他们登台游览一番，然后各写一篇《铜雀台赋》。曹植登台观后，不假思索，提笔疾书，很快就交了卷。曹操拿过来一看，文情并茂，字体秀丽，非常惊奇，从此对曹植更加欢喜。

后来，人们以"下笔成章"来形容某人文思敏捷。

工欲善其事，必先利其器

"工欲善其事，必先利其器"为孔子的话，出自《论语·卫灵公》。

一天，子贡问老师关于仁的问题，孔子说："做工的人要做好他的工作，就一定要先把自己的工具搞得精良。住在这个国家，要考虑敬奉好这里大大中之贤达者，同时还要物色好士人中之仁义者交朋友。"

后人将"工欲善其事，必先利其器"作成语用，比喻要做好工作（或完成任务），必须有充分的准备，不打无准备之仗。

工欲善其事，必先利其器

与人为善

"与人为善"其本意是同别人一起做好事，出自《孟子·公孙丑上》。

孟子对有德行的人，从来都是表示赞赏或崇拜的。他曾说："孔子的学生子路，只要是有人告诉他他有过错，他就非常高兴。夏禹王听到了善言，他就给人作揖。至于舜帝那就更伟大了：他对别人和对自己都是一样，他舍己从人，他还很善于吸取他人的优点来充实自己，以便更好地行善。舜帝从耕种庄稼、制作陶器、捕捉鱼虾一直到做天子，没有什么不是从别人那儿吸取来的。吸取别人的优点来自己行善，这就是同别人一道行善。所以君子的最高德行就是与人为善。"

后人以"与人为善"为成语，与其原意已有所变化，现在一般用作善意帮助别人或帮助别人进步的意思。

万马齐喑

这个成语故事出自清代龚自珍《己亥杂诗·九州生气恃风雷》。

龚自珍怀着满腔的爱国热情，写下了许多主张变法革新、振兴国家的诗文，不仅得不到清王朝统治者的采纳，反而遭到顽固派的诽谤和攻击，他怀着激愤的心情，以诗为武器，不断给予回击。道光十九年（1839年）四月末，48岁的龚自珍，终因受到反对革新的顽固分子们不断的打击迫害，自己振兴国家的抱负难以实现，而决计辞官归故乡，以示反抗。他离开北京时的情景，正如作者在《己亥杂诗》一诗前的自注：

予（即我）不携眷属，雇两车，以一车自载，一车载文集百卷出都（指京城北京）。

《己亥杂诗》，就是作者于当年农历四月二十三日出京，七月九日到家，把回归途中的见闻、感想，或对往事回忆等等，写成的自叙诗，共315首。在《浩荡离愁白日斜》这首诗中，作者就记叙了他离京时的情景和对未来战斗生活的渴求。全诗共四句：

浩荡离愁白日斜，吟鞭东指即天涯。

落红不是无情物，化作春泥更护花。

浩荡：很多，万分；天涯：遥远的地方；落红：即落花，暗喻自己离开官场。

诗的大意是：夕阳西坠，黄昏临近的时刻，我怀着无限悲愤的心情离开了北京城；吟着诗句，马鞭一挥，车出东门登上了路程遥远的归途。我虽然辞去了官职，但就像落花不是无情的东西那样，我的心将变成肥沃的泥土去培育着更美好的春花的成长。

龚自珍离开北京后，一路上看见沿途商业衰败，田园荒芜，人民苦难难言。这种一片死气沉沉的景象，更增加了他的愤恨之情。

这年夏末的一天，当龚自珍坐着马车来到江苏镇江南郊长江边上一座古庙前时，只见庙前旗幡招展，青烟缭绕，穿着宽袍大袖的道士们与手执纸烛的善男信女们，向着神龛上的玉皇大帝、雷神、风神朝拜。原来这里久旱不雨，人们正在迎神祈雨。人多得竟达万余。当人们辨认出这位坐车的书生模样的人，就是当今的大文豪龚自珍时，一位道长就请求他代写一篇祭文献给天神。此刻，龚自珍联想到国家的危亡，眼前百业荒芜、人民受难，朝廷因循苟且，不思变革，这多么需要各种各样的优秀人才来打破这种万马齐喑的局面啊！于是欣然应允，饱含着满腔的愤懑，以浪漫主义的手法，提笔疾书，顷刻间纸上就出现了气势磅礴的四行短诗：

九州生气恃风雷，万马齐喑究可哀。

我劝天公重抖擞，不拘一格降人材。

九州：整个中国的代称；恃：凭借；喑（音 yīn）：哑，沉闷；天公：老天，大自然；究：到底；抖擞（音 sǒu）：振奋精神；不拘：不受束缚。

诗的大意是：清王朝统治下的中国要有生气，就得靠疾风迅雷般的社会大变革；像现在这样到处死气沉沉，群众受压抑不敢讲话，实在令人悲愤。我还是劝老天重新振作起来，不拘资格辈分，把立志革新的人才多多地降到人间来。

后来，人们便把"万马齐喑究可哀"这句诗，简化为"万马齐喑"这个成语，用来比喻人们都沉默不语，不提建议，不发表意见。

万籁俱寂

这个成语故事出自唐代常建《题破山寺后禅院》诗。破山寺：即兴福寺，在今江苏常熟的破头山上，故又名破山寺；万籁：指自然界的一切声音；寂：寂静无声。

常建，是唐代长安（今陕西西安市）人，唐玄宗开元十五年（727 年）中进士，仕途中很不得意，直到 40 年以后的大历年间，才做个县尉（县令的助手，管治安）。他一生漫游了许多山川名胜，写下了一些描写自然风光的田园诗。有一年，常建游览江苏常熟的破山寺，在幽静的寺院里，写了这首《题破山寺后禅院》五言律诗。全诗共 8 句：

清晨入古寺，初日照高林。

万籁俱寂

曲径通幽处，禅房花木深。

山光悦鸟性，潭影空人心。

万籁此俱寂，惟闻钟磬音。

初日：旭日；高林：参天古树；禅房：和尚居住的地方，寺庙的后院；潭：水潭；空：消除；磬（音 qìng）：和尚念经时敲击的乐器。

诗的大意是说：清晨我来到了古老的破山寺，旭日东升，照耀着寺院里参天的树木。竹林中有一条通向幽静的后院的小路，禅房就在那茂密的花草树木的深处。这幽雅的风光使得飞鸟怡然自乐，水潭里映照出清澈的水影更使人忘了心中的种种杂念。这里没有任何音响，只留下古寺中和尚们念经时敲击钟和磬的声音。

后来，人们便把"万籁此俱寂"这句诗，简化为"万籁俱寂"这个成语，用来比喻环境幽静。

万紫千红

这个成语出自南宋朱熹《春日》诗。

朱熹，字元晦，宋代徽州婺（音 wù）源（今江西婺源县）人。宋高宗绍兴十八年（1148 年），曾任秘阁修撰等职。朱熹是南宋著名的理学家，他广注典籍，精通经、史，诗、文也有一定成就。在一个风和日丽的春日，朱熹信步走到山东泗水边上，去踏青赏春。一路之上，春风阵阵，百花盛开，到处呈现出一派春色。他一时兴起，便以自己的感受成诗一首，题为《春日》。全诗共四句：

胜日寻芳泗水滨，无边光景一时新。

等闲识得东风面，万紫千红总是春。

胜日：天气晴朗的日子；芳：花草；寻芳：游春踏青的意思；泗水：河名，

在今山东泗水县；无边：无限；光景：风光景物；等闲：随便；东风：春风；万紫千红：百花盛开；总是：都是；春：春光。

诗的大意是：在那天气晴明的春日里，到郊外去踏青赏花，来到了泗水河边，眼前那无边无际的风光焕然一新。无论走到哪里，随便都能领略到春风的功力，由它吹遍的地方，到处都绽放着万紫千红的百花。

后来，人们便把"万紫千红总是春"这句诗，简化引申为"万紫千红"这个成语，用来形容事物的美好、丰富多彩、生机勃勃；也用来比喻形势繁荣兴旺，一片大好。

万紫千红

万寿无疆

语出自《诗经·豳风·七月》。万：多，长；疆：界限；无疆：无尽头。

这是一首具体描绘被剥削的农奴的生活图景的诗篇。诗中通过两种生活的对比：农奴们一年忙到头，男的种地、打猎、酿酒、凿冰、修缮房屋；女的采桑养蚕、纺织缝制。而他们的劳动成果却全被剥削者所占有，自己只能吃野菜、住破屋，连粗布衣服也穿不上。剥削者却过着夏绸冬裘、酒醉肉饱的奢侈生活。全诗共8章：第一章写农奴从岁寒到春耕的苦难情景；第二章写女农奴的蚕桑劳动；第三章写为剥削者制作布帛衣料；第四章写秋后为剥削者猎取野兽；第五章写农奴们为自己修补破屋子；第六章写剥削者与被剥削者两种生活天壤之别；第七章写农闲时农奴还得替主子干活；第八章写寒冬农奴们就为主子储冰防暑和准备年终宴会。诗的第八章这样写道：

二之日凿冰冲冲，三之日纳于凌阴。四之日其蚤，献羔祭韭。九月肃霜，十月涤场。朋酒斯飨，曰杀羔羊。跻彼公堂，称彼兕觥，万寿无疆！

冲冲：凿冰声；凌阴：冰窖；蚤："早"的古字，是一种祭祖仪式，于每年三月初一举行，因以十一月为岁首，因此四之日是周历的二月，周人又兼用夏历，下面的九月等即为夏历；朋酒：成双成双的酒樽；飨：同"享"，享用；跻（音 jī）：登上；兕（音 sì）觥（音 gōng）：兕牛角制成的大型酒杯。

这章诗的大意是：十二月凿冰冲冲响，正月抬冰往冰窖里藏。二月取水来上祭，献上韭菜和羔羊。九月里下霜，十月便扫场。捧上两樽酒，杀上一只羊，主子们登上公爷堂，牛角酒杯高举起，祝福一声"万寿无疆"！

后来，人们便把"万寿无疆"这句诗，引申为成语，用来祝福健康长寿。

万无一失

这个成语出自西汉枚乘《七发》："万不失一。"也见于《史记·淮阴侯列传》。失：差错。

韩信在打败并击杀了项羽手下的将领司马龙且之后，全部俘虏了号称 20 万的楚军士卒。这样一来，也使项羽感到恐惧，就派武涉去游说韩信与楚讲和，共同反汉，以三分天下。韩信以汉王刘邦对自己亲近而信赖为由，拒绝了项羽的使者，表达了他忠于汉王，至死也不变心的决心。

武涉游说失败，走了后，齐国的著名辩士蒯通知道当时天下的胜负取决于韩信，打算用计策去打动韩信，让他能与刘邦、项羽三分天下，鼎足而立。于是，蒯通就假托给人看相来游说韩信。当韩信问他，你看相采取什么方法時，蒯通回答说："贵贱在于骨法，忧喜在于容色，成败在于决断，以此参之，万不失一。"意思是：人的贵贱在于骨骼，忧喜在于面色，成功与失败在于决断，从这 3 个方面加以参酌，结果就非常有把握，绝对不会出差错。接着，蒯通分析了刘、项二家的形势和处境，要韩信不要失去了行动的时机，不然就会反遭祸殃。这次游说，仍然没有成功。

后来，"万不失一"被引申为"万无一失"这个成语，用来形容非常有把握，绝对不会出差错。

千人所指

这个成语故事出自《汉书·王嘉传》。千人：非实数，指许多人，众人；指：指责。

西汉哀帝的时候，有个侍臣叫董贤，由于人长得清秀，相貌出众，又善于奉承，深得哀帝的宠幸。不久，董贤的妹妹就被选为妃子，父亲董恭被封为关内侯。就连董贤的岳父和小舅子也都当上了朝廷的大官。就这样，董贤这个于国家、于西汉王朝并未有过寸功的人，只由于博得哀帝一人的欢心而平步青云，成为西汉末年赫赫有名的权贵。即便这样，哀帝仍然感到不够，还想找机会

千人所指

加封董贤。丞相王嘉为人正直，敢于直言，对哀帝的这些做法，极力劝谏。哀帝对此很不高兴，对王嘉日渐疏远。公元前 2 年，哀帝的祖母傅太后去世，哀帝又借用太后遗命，下诏要加封给董贤二千户。作为丞相的王嘉，在接到诏书后，就把它封起来附上一份奏章退还给哀帝。王嘉在奏章中劝谏哀帝说："董贤依仗着您的宠幸，骄奢放纵，他的恶名早已传闻四方，引起了公愤。俗话说：'千人所指，无病而死（意思是：为众人所指责、反对，是不会有好下场的）。'我希望陛下顾念祖宗创业的艰难，不要再这样做了！"

王嘉封还诏书，触怒了汉哀帝刘欣，当即被捕入狱，后绝食死于狱中。

根据这个故事，"千人所指"被引申为成语，用来比喻遭到众人的指责和反对。亦作"千夫所指"。

千里无鸡鸣

这个成语出自汉末曹操《蒿里行》诗。

曹操，字孟德，汉末沛国谯（今安徽亳州市）人。他是为人们所熟悉的古代很有作为的政治家、军事家和文学家。曹操在东汉末年的军阀混战中，坚持统一，反对分裂割据，经过大半生的浴血奋战，终于逐个地打败了北方的割据势力，最后完成了北方的统一，形成了与吴、蜀相对峙的三国鼎立的局面，并为日后晋王朝的进一步统一全国创造了条件。与此同时，他的打击豪强、广行屯田等政策的实施，对当时中原地区的经济发展起了促进作用。所以，鲁迅先生就曾经说过："曹操是一个很有本事的人，至少是一个英雄。"

曹操生平"雅爱诗意"，在文学上的成就也是杰出的。他的诗歌突出地反映了当时的社会动乱，对豪门地主的分裂、倒退活动的批判，抒发了他统一中国的雄心壮志。格调清新、慷慨悲壮。曹操的文章也一变东汉以来的典雅繁缛，而以"清峻通脱"著称。所以，鲁迅先生又曾称他是一个"改造文章的祖师"。

曹操的《蒿里行》这首诗，是用了汉代民歌的形式，反映了当时的一场重大的政治斗争。东汉末年，大军阀、陇西豪强地主武装集团的头子董卓篡夺了汉王朝的军政大权。关东各地军阀推举袁绍为盟主，联合起来讨伐董卓。曹操也参加了讨董联军。但各路军阀各怀异心，钩心斗角，争权夺利，根本无意讨董，结果导致连年的相互混战。曹操便写了这首诗，批判这种不团结的现象，指出连年的军阀混战给人民带来的灾难。全诗共 16 句，前半部着重揭露军阀是各怀异心来参加讨伐董卓的战争，他们大搞争权夺利的活动；后半部对军阀混战给人民带来的严重灾难表示谴责和忧伤。诗的最后四句是：

白骨露于野，千里无鸡鸣。

生民百遗一，念之断人肠。

生民：老百姓；遗：留下；之：代词，这些。

这几句诗的大意是：在军阀混战中人死得遍野都是白骨而无人过问，千里焦土荒无人烟，甚至听不见鸡鸣。老百姓死到 100 人中只剩个把人，想起这些来真让人悲痛万分。

后来，人们把"千里无鸡鸣"这句诗引申为成语，用来比喻非正义的战争，杀人盈野，给人民群众带来的严重灾难；有时也用来比喻严重的自然灾害造成的荒凉景象。

不堪回首

这个成语故事出自南唐李煜的《虞美人》词。堪：可以忍受；回首：回顾，回忆。

李煜作了大宋的俘虏，在汴京被囚了 3 年。太平兴国四年（979 年）的七月七日这天，恰好是李煜的生日。这时宋太祖赵匡胤已经病死，他的弟弟赵光义继承了皇位。赵光义对李煜能否甘当亡国之俘，很不放心，更加对其进行严密监视。李煜也就更加愁闷、悲凉。七月七日这天晚上，云淡星稀，明月当空，他来到院中，触景生情，回想起过去每逢生日，百官庆寿，何等风光，而今异地囚居，愁苦难耐，便要南唐来的一个歌女弹奏琵琶，演唱他前些时候的新作《虞美人》词。那歌女来自南唐，也有怀念故乡之感慨。于是便拨弄琴弦，幽怨凄凉地唱道：

春花秋月何时了，往事知多少？小楼昨夜又东风，故国不堪回首月明中。

雕栏玉砌应犹在，只是朱颜改。问君能有几多愁？恰似一江春水向东流。

了：完了；故国：灭亡了的国家，或指故乡；雕栏：雕花的栏杆；玉砌（音qì）：白玉的石阶；东风：春风；朱颜改：红润的脸色变得苍白、憔悴；几多：多少；恰似：正像。

词的大意是：春花秋月这样美好的景色，何时才会消逝，这样才免得使我回忆起那数不清的伤心往事来。昨天夜里春风吹拂这座小楼，又预示春天来到了，真使我难以入睡，面对明月又回想起已经灭亡的故国，叫人真是难以忍受。华丽的宫殿里那雕花的栏杆和白玉的石阶，应该还在吧。只怕和我一样，已经失去了旧时红润的容颜，变得憔悴、苍白了。请问你李煜啊，到底心里有多少的愁闷？那愁闷正像春天充溢的江水一样，滚滚东流，永无尽期。

宋太宗赵光义听说了这件事，再看看《虞美人》词中的那些不满的牢骚话，不禁勃然大怒，便命秦王赵延美赐李煜服毒自杀。李煜服了毒药后，第二天便死去了，年仅42岁。

后来，人们从"故国不堪回首月明中"引出"不堪回首"这个成语，原多用来表达没落阶级今不如昔的那种无可奈何的失意心情；现在多用来比喻不愿意再去回忆过去的不愉快的经历或情景。

不知所措

这个成语故事出自《三国志·吴书·诸葛恪传》。措：处置。

诸葛恪，字元逊，三国琅琊阳都（今山东沂南县南）人，诸葛瑾的长子，诸葛亮之侄。自幼就很聪明，深得吴主孙权的喜爱。吴大帝孙权嘉禾三年（234年），32岁的诸葛恪，就任了吴国抚越将军的职位。252年，吴主孙权身染重病，知难以好转，便召诸葛恪、孙弘等到床前，嘱托后事。次日，孙权便死去了。孙弘与诸葛恪不和，便想伪造诏书陷害诸葛恪。皇族孙峻把这个情况告诉了诸葛恪，他便用计把孙弘杀掉了。

诸葛恪以受命之人，辅佐孙亮即位，任大将军，专权国事。后来，诸葛恪把辅立皇太子孙亮时的情景，写了一封信告诉他的弟弟诸葛融。信中说：四月十六日，吴主孙权病逝后，皇太子孙亮继位，"哀喜交并，不知所措（意思是：当时孙亮悲哀和喜悦交织一起，自己已经不知道该怎么办了）。"在信中，诸葛恪还表示：自己受命辅佐幼主孙亮，自知才力不行，顾虑很多，但无论怎样，也得竭尽全力为国效力，以报答主公的恩情。诸葛恪执政后，力主抗魏。253年，因伐魏受挫，被孙峻所杀。

后来，"不知所措"被引申为成语，用来形容受窘或发慌，不知怎么办才好。

不知所措

不时之需

这个成语故事出自北宋苏轼《后赤壁赋》。不时：随时；需：需要。

苏轼被贬到黄州（今湖北黄冈）为官后，曾于宋神宗元丰五年（1082年）七月到黄州赤壁矶（也名赤壁，非赤壁之战处）游玩，写下了《前赤壁赋》。事隔3个月，他又同朋友们来到这里游玩，写下了《后赤壁赋》。

那是元丰五年的十月十日这天，苏轼从"东坡雪堂"（在今湖北黄冈东）出发，在两位朋友的陪同下要回到临皋（今黄冈南，长江边上）住所去。这时已是初冬下霜降露的时节，树叶几乎落光了。苏轼抬头望见凌空皎洁的月亮，低头看见人影映在地上，再环视四周的景色，不禁高兴地同朋友们边走边吟咏着诗句。忽然间，苏轼感叹地说："有客没有酒，有酒又没有菜，而月亮这么皎洁，风儿这么清爽，怎样来度过这美好的夜晚呢？"一位客人说："傍晚的时候，我撒网捕获了一条鱼，可以做菜，可是没地方弄酒啊！"于是，苏轼这样叙述道：

归而谋诸妇。妇曰："我有斗酒，藏之久矣，以待子不时之需。"于是携酒与鱼，复游于赤壁之下。

诸：之于的合音；斗：盛酒器；不时：预料不到的时候，随时。意思是说：他便回家去找妻子想办法。妻子说："我有一坛酒，已经存放很久了，就等着你随时拿去饮用。"于是他们便拿着酒和鱼，又来到赤壁下游玩了。

后来，"以待子不时之需"这句话，被简化引申为"不时之需"这个成语，用来形容随时随地都可能出现的需要。

不求闻达

这个成语故事出自三国蜀诸葛亮《前出师表》。

诸葛亮，字孔明，三国蜀汉杰出的政治家、军事家，琅琊阳都（今山东沂南县南）人。东汉末年，隐居于邓县隆中（今湖北襄阳西），留心世事，被称为"卧龙"。建安十二年（207年），刘备客居荆州时，曾求贤于隆中，三顾草庐。他向刘备提出占据荆（今湖南、湖北）、益（今四川）两州，谋取西南各族统治者的支持，联合孙权，北伐曹操，以统一全国的建议。从那时起，诸葛亮就成为刘备的主要谋士。后来，刘备根据他的建议，联孙攻曹，占领了荆、益两州，建立了蜀汉政权。221年，刘备称帝后，诸葛亮被拜为丞相。223年，刘备病死，刘禅继位，诸葛亮被封为武乡侯，领益州牧。政事无论大小，都由他决定。在他当政期间，励精图治，赏罚严明，积极改善和西南各族的关系；与此同时，他东联孙吴，北伐曹魏，力图复兴汉室。后主刘禅建兴五年（227年），诸葛亮率军离开成都进驻汉中，出师伐魏。临行前他深知后主刘禅昏庸，颇有后顾之忧，故上表进行恳切的劝诫。

在这个表里，诸葛亮对形势作了精辟的分析，从用人处事到励精图治、赏罚严明等都向刘禅提出了恳切的规劝。在这个表里，诸葛亮还简述了自己的身世、经历：

臣本布衣，躬耕于南阳，苟全性命于乱世，不求闻达于诸侯。先帝不以臣卑鄙，猥自枉屈，三顾臣于草庐之

不求闻达

中，咨臣以当世之事，由是感激，遂许先帝以驱驰。

布衣：平民，古代平民衣服用麻类制成，除老年外不得用丝料，故"布衣"即为"平民"的代称；躬：亲身；南阳：诸葛亮隐居隆中的山名，在当时南阳郡的邓县；闻：名誉；达：显达；诸侯：泛指东汉末年各地的豪强势力和政治集团；卑鄙：这里是自谦之词，浅陋的意思；猥（音 wěi 委）自：竟使自己的意思；枉屈：委屈自己，降低身份。

这段话的意思是：我本来是一个平民，亲身耕种于南阳这个地方，只想在这乱世里保住性命，并不想在诸侯中谋求名誉和高官显爵。然而先帝（指刘备）却不因为我地位低下，见识浅陋，竟亲自屈就，3 次到草庐里来访问我，征询我对当时的大事的意见，因此我深为感激，就答应为先帝奔走效劳。

后来，"不求闻达于诸侯"被引申为"不求闻达"这个成语，用来比喻不追求名誉和地位。

不念旧恶

这个成语出自《论语·公冶长》："伯夷、叔齐，不念旧恶，怨是用希。"

在《史记·伯夷列传》中，司马迁不赞成并纠正了这个不准确的说法。司马迁在《伯夷列传》中写道：

孔子曰："伯夷、叔齐，不念旧恶，怨是用希。求仁得仁，又何怨乎？"余悲伯夷之意，睹轶诗可异焉。

是用：因此；希：稀；轶诗：指伯夷和叔齐不食周粟快饿死时而作的《采薇歌》。这段话的意思是：孔子说："伯夷、叔齐不记别人过去的仇恨，所以他们的怨恨情绪很少。他们的目的是在求仁，而得到的正是仁，又有什么可怨恨的呢？"我对伯夷兄弟互相让位和不食周粟而饿死的意志，深为同情，但看到他们遗散的诗，似乎还有怨，实在令人感到诧异。

接着，司马迁就简要地叙述了伯夷、叔齐的事迹。伯夷、叔齐是孤竹君的两个儿子。孤竹君立叔齐做太子，他死后，叔齐让位给伯夷，伯夷说："这是父亲的决定啊！"于是就逃离了孤竹国。叔齐也不肯继位，也逃走了。这时候，伯夷、叔齐听说西伯姬昌能很好地奉养老人，就一同去投奔他。到了那里，西伯姬昌已死。周武王用车子载着西伯姬昌的牌位，追称他为文王，东进去讨伐纣王。伯夷、叔齐拉住周武王的马缰绳劝说道："父亲死了不去安葬，反而大动干戈，能说是孝吗？作为臣子却要弑杀国君，能说是仁吗？"武王身边的人要杀掉他们，姜太公说："这是有节义的人啊！"便把他们搀扶起来，让他们走了。武王平定殷纣之后，天下的人都来归附周朝，独有伯夷、叔齐认为这是很可耻的，坚持节义，不吃周朝的粮食，就隐居在首阳山（今山西省永济市南），靠采食薇菜为生。他们饿得快死的时候，作了一首歌，歌词说："登上那西边的首阳山啊，采些野菜来填肚子。用暴虐去代替暴虐啊，还不知道自己做错了事。神农、虞舜、夏禹这些令人向往的时代都飞快地过去了啊，我们该回到哪里去呢？咳，要死去了啊，命运竟如此衰薄！"于是饿死在首阳山上。

司马迁问道："由此观之，怨邪非邪？"意思是说：由此看来，这是怨呢，是不怨呢？

后来，"不念旧恶"被引申为成语，用来比喻不记别人过去的错误或个人间的仇怨。

不入虎穴，焉得虎子

这个成语故事出自《后汉书·班超传》。焉：怎样；虎子：小虎。

东汉明帝永平十六年（公元 73 年）东汉名将班超被奉车都尉（皇帝的高级侍从官）窦固任命为假司马，由他带领一支部队出征匈奴，得胜而归。窦固见班超很有才干，便派他和从事郭恂共 36 人一起出使西域（今甘肃敦煌以西的广大地带）。

班超首先来到了鄯（音 shàn）善（在今新疆维吾尔自治区鄯善县）国。鄯善国王对他们很尊敬，并给以种种礼遇。后来却忽然变得冷淡了。班超就对随从的人员说："你们看出了国王态度的变化了吗？这必定是北方匈奴也派人来了，鄯善王本来就摇摆不定，这一下更不知道服从哪一方好了！"为了证实自己的判断，班超便把那个做接待工作的胡人叫来，诈骗他说："匈奴使者来了几天了？他们住在哪里？"那个胡人非常恐惧，就把实际情况都讲了。为了不至于走漏风声，班超便将这个侍者禁闭起来。接着，他就把下面 36 名将士召集起来，说明当前的情况，班超说："现在匈奴使者到这里才几天，国王就对我们如此冷淡；我们如果被鄯善抓起来，交给匈奴，必死无疑。大家是愿为国立功，还是束手被缚？"众将士表示：在这生死关头，一切愿听班超的指挥。

班超说："不入虎穴，不得虎子。当今之计，独有因夜以火攻虏使，彼不知我多少，必大震怖，可殄尽也。灭此虏，则鄯善破胆，功成事业矣。"

因夜：趁着夜里；震怖：震惊；殄（音 tiǎn）：灭绝。这段话的意思是：不入虎穴，就不得虎子。不冒危险，就得不到成功。当今之计，只有趁着夜里用火攻匈奴使者，他们不知道我们有多少人，必定震惊，可以把他们全部消灭。这样，鄯善王就会吓破胆，我们的大功就告成了，我们的事业就建立了。

当夜，班超就带领将士包围了匈奴使者的驻地，使用火攻，斩杀了匈奴使者和 30 多个随从，还有 100 来个匈奴人被活活地烧死了。第二天，班超就去见鄯善国王，把匈奴使者的头颅给他看，国王大为震惊。班超便把情况对他解释清楚，并加以抚慰。鄯善国王终于心悦诚服，决定把自己的儿子送到汉朝做人质，以表示愿和汉朝永远和睦相处。

根据这个故事，后来"不入虎穴，不得虎子"这句话，被引申为"不入虎穴，焉得虎子"这个成语，原意是不进老虎洞，就捉不到小老虎。现多用来说明不冒危险，就难以成事；也用来比喻不经历最艰苦的实践，就不能取得真知。

不远千里

这个成语故事出自《孟子·梁惠王上》。

梁惠王，即魏惠王，战国时魏国国君。名罃，惠是他的谥号。于公元前370年继位。即位9年后，便从旧都安邑（今山西夏县西北）迁都大梁（今河南开封），所以又叫梁惠王。梁惠王即位之后的最初20多年之内，魏国在战国群雄中最为强大，因而在公元前344年他召集了逢泽（今开封东南）之会，自封为王。梁惠王在位51年，大约在后元十五年（公元前320年），孟子由滕国来到魏国。当时，梁惠王也已有80岁上下，孟子也年近7旬。孟子来到魏国后，便去谒见梁惠王。惠王说：

叟！不远千里而来，亦将有以利吾国乎？

叟：老丈，老先生。意思是说：老先生，您不怕路途遥远的辛劳来到我们这里，这将对我的国家会有很大的利益吧？

孟轲回答说："大王，您为什么一开口就要说到利益呢？只要讲仁义就好了嘛。如果大王您说'怎样才对我的国家有利呢'？大夫也讲'怎样才对我的封地有利呢'？而一般士子以至老百姓也都说'怎样才对我本人有利呢'？这样，上上下下都去追逐争夺私利，国家便危险了。这是因为，在一个拥有一万辆兵车的国家里，杀掉这个国家的国君的，必定是拥有1000辆兵车的大夫；在一个拥有1000辆兵车的国家里，杀掉这个国家的国君的，必定是拥有100辆兵车的大夫。在万乘之国中，大夫能拥有兵车1000辆；在千乘之国中，大夫能拥有兵车百辆。这些大夫的产业不能不说是很多的了。但是，假若轻公义，重私利，那大夫如若不把国君的产业夺去，是永远不会满足的。从来就没有讲'仁'的人会遗弃他的父母的，也从来就没有讲'义'的人，会怠慢他的君主的。所以，大王只要仁义便行了，为什么一定要去讲有利呢？"

后来，"不远千里而来"被简化引申为"不远千里"这个成语，亦作"不远万里"，多用来比喻不辞路途遥远的辛劳。

开天辟地

"盘古氏开天辟地"是一则在民间广为流传的神话故事。最早记录它的是三国时吴人徐整所著的《三五历纪》。到明末，周游著有《开辟衍绎》，故事内容大致如下：

远古时，天地不分，一片混沌，像个巨大的鸡蛋。盘古就生长在这当中。大约过了 18000 年，盘古便剧烈地运动起来。天地分剖，清新的阳气逐渐上升，变成了天；混浊的阴气逐渐下沉，变成了地。盘古头顶着天，脚踩着地，一天天长高；天、地之间的间隔也越来越大。盘古长到 9 万里高便不再长了，天、地之间距离也就保持 9 万里不变。盘古最后筋疲力尽而死。

盘古死前呼出来的气，便成了风和云；盘古遗留下来的声音，便成了雷霆；其右眼变成了太阳，左眼变成了月亮；身躯、手足化为大地的四极和五方的名山；血液化为江河；筋脉化为道路；肌肉化为田地；头发胡须化为星辰；汗毛化为草木；牙齿、骨头等化为金属、珍珠；泪水、唾液化为雨、露等等。盘古把自己的一切，全部奉献给了他亲手开辟的天地。

这个故事完全是在科学不发达的古代人们想象出来的，是不可信以为真的。但却由此产生了"开天辟地"这个成语，以表示从来未有过或有史以来第一次。

开云见日

"开云见日"成语出自《后汉书·袁绍传》。

东汉末年，群雄竞起，争相攻伐，战火连年不断，社会动荡不安。当时袁绍是各派之间势力最强的一支，其次是公孙瓒。

初平二年（191年）冬，公孙瓒击破黄巾起义军后，屯兵磐河（今河北沧州），威震河北，冀州诸城无不望风响应。袁绍不服公孙瓒，领兵攻打他。公孙瓒出兵3万，列为方阵，把一万多骑兵分成左右两翼，势头很猛。袁绍命麹义率领精兵800持强弓千张为先锋。公孙瓒见敌兵少，便主动出击。麹义埋伏下来的将士拉弓射箭，使公孙瓒大败。麹义率兵乘胜追击，直到公孙瓒的营地。败兵纷纷逃窜。

袁绍当时还在离战场几十里远的地方，听说公孙瓒已败，便卸鞍歇马，只留强弓10余张、卫兵百余人守卫。这时，公孙瓒的散兵2000余人突然出现，包围袁绍，顿时箭如雨下。袁绍在部将的保护下，突围到中间地带，正好遇翅义领兵回来，这才打退了公孙瓒的散兵。初平四年，汉献帝派使者赵太仆调解袁绍与公孙瓒的关系。公孙瓒为此致书袁绍说：赵太仆领圣命前来，宣扬皇恩，令我们两人和睦，这真是"开云见日"。于是袁绍退兵南归。

"开云见日"也作"云开日出"或"云开见日"，比喻误会消除，纠纷解决；

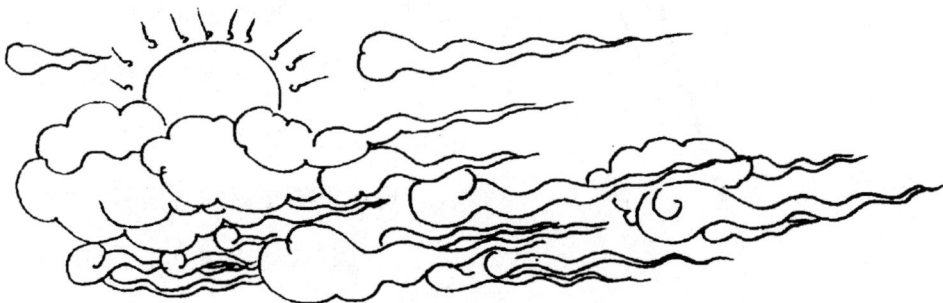

开云见日

或者指黑暗过去，光明到来。

开门揖盗

这个成语故事出自《三国志·吴书·吴主传》。揖：拱手作礼，恭请的意思。

东汉末年，一些封建军阀乘农民起义之机，纷纷起兵争权夺利，形成了军阀混战的局面。当时，占据江东一带的是孙坚。191年，孙坚率军进攻刘表，为刘表的将军黄祖射死之后，其子孙策在江东建立政权。

汉献帝建安五年（200年），开辟江东的孙策，在一次打猎时遭人暗算，被弓箭射伤了面颊，临死之前，孙策把弟弟孙权和长史张昭等叫到床前嘱咐说："如今天下正在动乱，我们江东凭着长江的险固，以吴越之众，是能够争雄于天下的，只是我死之后，你们要好好辅助我的弟弟啊！"接着，孙策又对孙权说："要说是举江东之丸决策于两阵之间，与天下争衡，你不如我；但在任用贤能，使之各尽其心以保江东，我就不如你了。"

孙策死后，孙权终日啼哭，悲痛不已。长史张昭就对孙权说：

现在可不是哭的时候啊！当年周公立法，国君死后居丧3年，不动干戈；可周公死后，他的儿子伯禽就没有照

开门揖盗

办，因为徐戎作乱，伯禽不得不率军征讨，这不是伯禽要违背父命，而是国家有了急难，形势不允许按正常的礼制来办事。当今之世，奸邪之徒互相争夺，豺狼满道，十分不安宁，如果你只顾悲痛兄长的去世，过分地讲究礼制，不过问国家大事，这不等于是打开大门引进强盗吗？必将自招其祸。这才是不仁呢。

孙权听从了张昭的话，换下丧服，出巡军营，以安定军心。

后来，"是犹开门而揖盗"这句话，被简化引申为"开门揖盗"这个成语，用来比喻引进坏人，自招祸患。

无出其右

"无出其右"，没有谁能超过他（或他们）的。"出"：高出，超过；右：上，之上，古人以右为上。这个成语由《史记·田叔列传》"汉廷臣毋能出其右者"变化而来。

田叔是西汉初年赵王张敖的郎中，有见识，有才干。代王的丞相陈豨造反，汉高祖刘邦亲自领兵前往讨伐。途经赵国时，张敖因在礼节上考虑不周，被刘邦痛骂一顿。张敖手下包括丞相赵午在内的一批大臣对此极不服，提出要反抗，张敖不同意。有

无出其右

一个名叫贯高的大臣在下边私结一伙人准备谋杀刘邦。事被汉室发觉，张敖和其群臣中想谋反的都被逮捕，赵王丞相赵午等自杀，贯高当然也被捕捉。为此，汉室特发布诏书，说赵国有谁敢随赵王的，灭三族。但田叔等10余人并不畏惧，他们自缚其身，皆称为赵王家奴，随张敖一同到京都长安（今西安市）。后来查明，贯高等阴谋杀害刘邦的事，赵王张敖并不知道，刘邦便释放了张敖，但废为宣平侯。尽管对张敖作了降职处理，张敖还是以汉室江山为重，向朝廷推荐了田叔等人。汉高祖刘邦一一召见了田叔等人。从相谈中，高祖发现田叔等人确实都是"汉廷臣毋能出其右"的人才，因此很高兴，"尽拜为郡守、诸侯相"。田叔为汉中太守，时间长达10多年。

天翻地覆

这个成语故事出自唐代刘商《拟作胡笳十八拍》。《胡笳十八拍》的原作者为蔡文姬。蔡文姬名琰（音 yǎn），字文姬，东汉末年，陈留圉（今河南杞县）人。其父左中郎将蔡邕（音 yōng），是汉末的著名学者，以文章驰名于世。文姬自幼聪颖，博学多才，精通音律。后来，在董卓之乱中，匈奴入侵，196年为匈奴人虏获，做了左贤王的王后，在匈奴留居12年，生了两子。直到中原地区为曹操统一后，208年曹操才派人把她接回。蔡琰在匈奴12年，饱尝艰辛。她怀念祖国，思念亲人，曾作了《胡笳十八拍》来倾诉自己思亲思国的感情。后来，刘商的《拟作胡笳十八拍》对蔡文姬嫁到匈奴后的遭遇和心情也作了描写。其中有这样两句诗：

天翻地覆谁得知，如今正南看北斗。

诗的意思是说：蔡文姬到匈奴后，一切都发生了巨大的变化，好像天地都倒了个个儿，连北斗星都转到南面去了。

根据这两句诗，后来便引出"天翻地覆"这个成语，用来比喻变化的深刻、巨大，难以预料。

天高地迥

这个成语故事出自唐代王勃《滕王阁序》。

王勃从小就聪颖多才，很有抱负，希望自己能在政治上有所作为，但一直郁郁不得志。因而他的诗文常常流露出一种忧愤的心情。在《滕王阁序》中，他在描绘了滕王阁周围的景色，叙述了当时宴饮的盛况之后，笔锋一转，就写道：

穷睇眄于中天，极娱游于暇日。天高地迥，觉宇宙之无穷；兴尽悲来，识盈虚之有数……

睇（音dì）眄（音miǎn）：斜着眼睛看，这里指目光上下左右地扫视；中天：半空中；迥：远；盈虚：即盈亏，本指月亮的圆缺，这里借指兴衰贵贱等；数：定数，即命运。

这段话的意思是：放眼眺望长空，趁空闲时间尽情欢娱。天高地远，令人感到宇宙的无穷无尽。欢乐逝去，悲从中来，使我明白了兴衰贵贱都由命运注定。

后来，"天高地迥"被引申为成语，亦作"天高地远"，用来形容极其高远。

天上人间

这个成语故事出自南唐李煜《浪淘沙》词。

五代十国中的南唐后主李煜，是有名的词人，他终日迷醉酒色，不理政事。南唐的国力一天天衰落了，北方的大宋又虎视眈眈，但他不思改悔。开宝八年（975年）十一月二十七日晚上，当宋军猛攻南唐的京都金陵城门时，李后主却仍在宫中同小周后饮酒作乐，命令歌伎弹琵琶。歌伎因为京师危急，心绪烦乱，不愿弹奏，但又不敢违抗命令，只好强作欢笑，弹起琵琶来，那声调低沉哀婉，催人泪下。李后主听了也觉凄然，想到城破之后，自己便是亡国之君，不禁悲从中来，便挥笔写了一首《临江仙》：

> 樱桃落尽春归去，蝶翻轻粉双飞。子规啼月小楼西。曲阑金箔，
> 惆帐卷金泥。门巷寂寥人去后，望残烟草低迷……

这首词还有3句没有写完，城门便被攻破了，宋军闯进宫来。李后主吓得魂不附体，把笔一甩，昏倒在椅子上了。开宝九年（976年）正月初四，做了亡国之俘的李煜被带到宋朝京城汴京（今河南开封市）。宋太祖赵匡胤听说李煜在围城将破时还在写词便感叹地对左右说："李煜的词虽然写得好，至多能算个翰林学士，哪能当国主。他若能以写词的功夫治理国事，哪会成为我的俘虏啊！"

李煜从皇帝成了俘虏后，处处受到监视，过着囚徒一般的生活。他回想往日在南唐的宫廷里的豪华生活来，更是愁苦万分。在一个春意衰残的深春的夜里，已是接近黎明的五更时分，这时气温最低，外面又落起雨来了。一阵阵袭来的寒凉，把李煜从梦中惊醒过来。适才他在梦中，暂时完全忘却了自己被俘的处境，又回到了往昔的宫廷生活。可是片刻的欢乐，梦醒之后又成了泡影。此刻，他的心情格外忧伤，便起身走出室外，倚靠着楼阁的栏杆，向远方瞭望南唐的山河。但是远在金陵一带的南唐国土，又怎么能在汴京望得到呢？他愁闷地低下头来，出现在眼前的，却是落在水面上的残花，正随着流水漂去。此情此景，不禁引起了李煜发自肺腑的哀叹，写下了《浪淘沙》这首词：

> 帘外雨潺潺，春意阑珊。罗衾不耐五更寒。梦里不知身是客，
> 一晌贪欢。

独自莫凭栏，无限江山。别时容易见时难。流水落花春去也，天上人间。

潺潺（音chán）：下雨声；阑（音lán）珊：衰落；罗衾：丝绸被子；身是客：囚徒的隐晦说法；一晌：片刻。

词的大意是：窗外传来了潺潺的落雨声，这使人感到春天已经快要完结了。丝绸被子抵御不住五更天袭来的阵阵寒意。寒冷终于使人从梦中醒来了。适才在睡梦中，好似忘却身为囚徒的处境，又重温了片刻往日的帝王生活。唉，还是不要一个人凭栏远望了吧，那已失去了的旧日国土，既然已经和你告别，要想重新见到你，恐怕今生今世也不能了吧。这就像流水冲走了落花一样，春天的美好时光一去不复返，踏遍天上人间也寻觅不见。

后来，"天上人间"这句词被引申为成语，用来比喻境遇完全不同，一个在天上，一个在人间。

天衣无缝

这个故事出自三国蜀汉牛峤《灵怪录》。

古时候，有位叫郭翰的书生。他诗词歌赋无所不通，琴棋书画无所不精。而且他生来性格诙谐，无论见到谁都开上几句玩笑。

一个夏日的夜晚，郭翰在大树下纳凉，但见明月高悬，长空如碧。一时天上白云舒卷，地上清风徐来。郭翰正要赋诗一首，忽见一位长得异常美丽的仙女含笑站在他的面前。

郭翰起身，十分有礼貌地问道："小姐，您是何人，从哪里而来？"

仙女羞红着脸答道："我是织女，从天上来。"

郭翰一听，忙问："您从天上来，可否讲一讲天上的事情吗？"

仙女看到郭翰急迫的样子，便逗他说："您想知道些什么呢？"

郭翰说："我什么都想知道！"

仙女掩口一笑说："这可难了，您让我从哪儿说起呢！"

郭翰此时不再拘谨，便笑着说："人们都说神仙聪明，您就随便说说吧。"

仙女说："天上四季如春，夏无酷暑，冬无严寒；绿树长青，花开不谢。枝头百鸟和鸣，水中游鱼可数。没有战争，没有疾病，没有赋税……总之，人间的一切苦难天上都没有。"

郭翰听后疑惑不解，便问："既然天上那么好，您为什么又来人间？"

仙女说："亏您还是个读书人。你们的先人庄周不是说过'在栽满兰花的屋子里待久了，也闻不到香味'的话吗。在天上久住，难免有些寂寞，现在是到人间来玩一玩。"

郭翰觉得仙女说得有道理，又问："听说您已嫁给了牛郎，后来被西王母强行给拆散了，一年才能见上一面，有这回事吗？"

仙女听了郭翰的话，忍不住笑着说："真不知道你们人间怎么编出来的。天上的牵牛星与我相隔遥远，他有他的世界，我有我的生活，我根本就没有见过他，谈什么嫁娶，那是件没影的事，您不必当真。"

郭翰低头想了想，难道牛郎娶织女的事是假的。他又问：

"听说有一种神药，人吃了可以永远活在世界上，您知道哪里有？"

"这种神药人间没有，可天上到处都是。"仙女对郭翰说。

"既在天上多得很，您该带点到人间，让我们尝尝该有多好！"郭翰不无惋惜地说。

"带是带不下来的。因为，天上的东西带到人间就会失去灵气。不然秦始皇、汉武帝早就将它吃到嘴了。"说着，仙女偷偷地笑了一下。

"您口口声声说自己从天上来，用什么能证明，您不是在骗我吧？"此时郭翰真有点让仙女说得不知是在天上还是人间了。

仙女看郭翰有些不相信自己，便让郭翰看自己的衣服。郭翰仔细看过，发现仙女的衣服没有缝。正奇怪着，仙女说话了：

"奇怪吗？天衣无缝，你连这个都不懂，还称什么才子，我看你是个大傻瓜。"说完，仙女就不见了。

"天衣无缝"原意是指衣服做得精致，现代语意则形容文章严密，与原意大不相同了。

毛遂自荐

这个故事出自《史记·平原君虞卿列传》。

平原君赵胜，是著名的战国四公子之一。他门下的宾客多达数千人。

平原君在赵惠文王及孝成王时，身居相位。他曾经3次失去相位，3次官复原职。

赵惠文王九年，秦国派大军围攻赵国的都城邯郸。赵王派平原君到楚国去请求援助，并与楚国订立盟约，共同抵抗秦国。

平原君计划带领20名有文才武略的门客跟他一道去楚国。他说道："这次到楚国去，如果能用文明谈判的办法达到我们的目的，当然是最好的子。但若不能如愿以偿，那就用非常手段，迫使楚王在谈判场所歃血（歃血，是古代订盟时表示决心与诚意的一种仪式。它用盘子盛着鸡狗马之类的鲜血，参与订盟的人以口含血或用手蘸血涂在嘴上）。我们一定要订了约才回来。至于跟我同去的人嘛，不用外请，就在我的门下食客里挑选，也就足够了。"

可是，只选上了19个人，其余再也没有合适的人可以凑满20人的数目。

这时，门客中有个名叫毛遂的人，走上前来，向平原君自我举荐道："我听说您将去楚国订盟，并决定和20名门客一块去，不再找外人。现在还缺一名，希望您让我来充当一员，随您同往。"

平原君不以为然地说："凡是有才德的人，在社会生活中，就像一把锥子装在口袋里，那锥尖立即就能被发现，而今先生在我门下已经待了3年时间，我手下人从来未称赞过你有什么长处，我也从没听说过你这个人，可见先生没有什么本领。这次的任务非同寻常，先生既然没有什么特殊的才能，您还是留在家里吧。"

毛遂就平原君"锥处囊中"这个比方接下来说：

"我只是今天才请求不像锥子一样待在口袋里罢了，假如我早就遇到这种机会，我的本领也早就表现出来了，何止只像锥子那样仅仅露出一点尖端而已。"

平原君听他出言不凡，便决定带他同行。其他 19 个人则以轻蔑的目光看着毛遂，但谁也没说什么。

毛遂在途中的谈论，使那 19 个人渐渐地都钦佩他。到了楚国，平原君与楚王谈判结盟抗秦，从一大早谈到中午，说得唇焦口燥，订约的事还是决定不了。那 19 名门客对毛遂说：

"先生上去吧。"

毛遂手把宝剑，踏上台阶，急速来至平原君与楚王面前。楚王厉声喝他下去。毛遂昂首向前，朗声答道：

"您这样呵斥我，只因为仗着眼下楚国人多，可现在我离您只在 10 步之遥，人多已无济于事，您的命控制在我的手里。我们平原君在此，您吼叫什么呢？"接着毛遂讲了一番订盟对楚国有利的大道理，软硬兼施，终于迫使楚王当场歃血定约。

后来，平原君赞叹说："毛先生三寸不烂之舌，强过百万大军啊。"后来，人们用毛遂自荐以比喻自己推荐自己。

开卷有益

这个故事出自宋朝王辟之《渑水燕谈录》卷六。

宋朝的开国皇帝赵匡胤和其后继位的赵光义，都是打天下的武将出身，也许他们深知"马上得天下，不能马上治之"的道理，所以都喜爱读书，尤其爱读史书，从中了解历代王朝兴亡更替的道理。

宋初，国家史馆藏书仅万余卷，削平诸国之后，把各国的藏书集于京师，宋太宗又诏示天下：凡献书者赏。故而藏书急增至8万卷。这些书分藏于史馆、昭文馆和集贤院。

早在梁代时，这3个馆就已经建立了。宋太宗即位后去视察，发现屋舍破旧，下令重修，到太平兴国三年（978年）修竣，赐名崇文院。院中有昭文书库、集贤书库、史馆书库等6库，规模空前宏大。

而在新馆落成的前一年，宋太宗已下诏，利用馆藏书籍，编辑《太平总览》《太平广记》，以及诗文总集《文苑英华》等。

《太平总览》摘取的多为经史百家之言，小说之类资料很少征引。各条资料依时间先后排列，先标出书名，次抄录原文。全书共分55门，细分4558个子目，保存了不少后来佚失的古籍，有重要的史料价值。

此书历经6年方才编成。成书后，宋太宗对宰相宋琪说："从今天起，每天把《太平总览》给我送来3卷，我要亲自阅读。"

宋琪说："陛下以读书为乐，借古鉴今，自然是好事，但日读3卷，是不是太多了，不要累坏贵体。"

宋太宗说："我以为打开这本书，见到前代的兴废缘故，肯定会有所收益。这本书不过千卷而已，一年之内我打算看完它。古云'行万里路，读万卷书'。我虽然不能行万里之途，读万卷书总还不难的。凡喜欢读书的人，总有他读书的乐趣所在；若不好读书的人，恐怕按他脖子，他也读不进去的。"

"开卷有益"的成语就出自宋太宗这段话，形容读书的好处，鼓励人们多读书。

众大臣听了，甚为敬服。此后，宋太宗果然每天读3卷，从不间断。有时政事太多未能读完，以后也要抽空补上，一年内真地读完了。

宋太宗从《太平总览》中读了大量史事，记下了许多古代圣贤的治国名言，很受启发，所以赐此书改名为《太平御览》。

可见北宋帝王爱读成习，也为保存古籍做了一些有功后世的事情。

凤毛麟角

这个故事出自宋朝刘义庆的《世说新语·容止》。

谢灵运是南北朝时宋朝的大诗人。他诗词歌赋无所不精，特别是他的山水诗，堪称一代大师，开了我国山水诗的先河，这对后世的诗人墨客有着极为深远的影响。

由于家学渊源，谢灵运的一名叫谢超宗的孙子，也极有文采。这位谢超宗聪明好学，精读各种诗书，而且勤于写作，无论走到了哪里都不忘吟诗作文，在当时颇有名气。

人有了才学，出仕是一条必然的道路，所以谢超宗很年轻的时候便开始做官。他曾经担任新安王刘子鸾的常侍，负责王府中各种文件的管理，同时王府中的各种文告函件也都出自他的手笔。

谢超宗为官勤勤恳恳，人年轻，又十分机灵，特别是写得漂亮的文章，让人们都刮目相看。新安王刘子鸾每当有什么大的活动都不忘带上谢超宗，一方面是为他提供一些长见识的机会，一方面也为自己脸上争些光彩。

这一年，新安王刘子鸾的母亲殷淑仪不幸因病故去了，王府上下一片悲哀，新安王更是痛不欲生。谢超宗看到新安王如此悲痛，想到老夫人平日对自己也十分友好，便提笔写下了一篇悼念老夫人的诗词。

写这篇诗词谢超宗动了真感情，他想到老夫人平时对自己的好处，想到王府上下的悲伤之情，想到新安王的痛不欲生，而自己悲从心中来，千言万语汇于笔端，文章写得格外动情，十分精彩，令许多局外人读后都泪流不止。

文章一经传出，人们争相阅读。不久，这篇文章传到了孝武帝的手中，孝武帝读后大加赞扬，他对文武百官说：

"谢超宗真是有凤毛呀，天下又出了一个谢灵运（超宗殊有凤毛，灵运复出）。"

大家听了孝武帝的话也都点头称是，纷纷夸赞谢超宗的文才。一位大臣说：

"皇上说谢超宗是凤毛，真是千真万确，一般人哪里会有这样的文才。凤凰是吉祥之鸟，麒麟是吉祥之兽，但愿再出一个有文才的人，他好比是麟角。那就可以称为：凤毛麟角了。"

大臣们议论得十分激烈。当时右卫将军刘道隆也在座，他是行伍出身，没有学问，听了孝武帝夸谢超宗有凤毛，误以为他们家真有什么凤凰的羽毛呢。下了朝便来到谢家，央求谢家人说：

"听说你家有件珍奇之物——凤凰毛，快取出来让我饱一饱眼福！"

谢超宗看到老将军赶来看什么珍奇之物，便反问道：

"刘将军，你怕是弄错了吧，你看我们家像是有什么珍奇之物吗？"

刘道隆一听说谢家没有"凤毛"，以为谢超宗在骗他，便不依不饶地非要看。谢超宗便问他到底是怎么回事，刘道隆便将孝武帝的话原原本本地讲了一遍，谢超宗听了，不禁哈哈大笑。

刘道隆之所以闹出要找"凤毛"的笑话，除他没有学问外，还有一个原因，那就是谢超宗的父亲名叫谢凤，所以他才以为谢家藏有宝贝。

少见多怪

"少见多怪"由"少所见，多所怪"简化而来，见于东汉时牟融所作《牟子》一书。

从前，有一个人，从来没有见过骆驼，也根本不知道世界上有骆驼这种动物。有一天，他偶然看见几只骆驼在路上行走，不知其为何物，见其背上长着那么大的两个肉疙瘩，感到非常奇怪，情不自禁地大声喊叫起来"哎呀，你们大家快来看哪！这几匹马到底怎么啦？它们的背怎么肿得那么高？"大家闻讯赶来一看，原来是几只骆驼，背上两块大肉疙瘩是驼峰。

对这件事，牟子曰："谚云：少所见，多所怪，睹骆驼言马肿背。"

后人常常以"少见多怪"来讥讽某些人的见识太少，含贬义。

日暮途穷

这个成语故事出自《史记·伍子胥列传》。暮：傍晚；穷：尽头，穷尽。

春秋时候，楚国人伍员（又叫子胥）全家无辜惨遭楚平王的迫害，父亲伍奢和哥哥伍尚都被杀了。伍员被迫逃离楚的时候，他去看望好友申包胥，悲愤地表示：日后自己一定要想法灭掉楚国，来为父兄报仇雪恨。申包胥既同情他的遭遇，又劝他不要这样做。伍员不听。申包胥就发誓说："伍员啊，你能叫楚国灭亡，我就一定能叫楚国复兴。"

伍员告别了申包胥，颠沛流离，历尽千辛万苦终于逃到南方的吴国。为了能借来吴国的兵力替自己报仇，他帮助吴王阖闾夺得了王位。公元前506年，伍员又说服吴王亲率大兵攻打楚国，一直攻占了楚国的京城郢都。这时，楚平王已经死了10年，他的儿子楚昭王抵挡不住吴国的进攻，带人逃到随国去了。

楚平王已死，伍员本想抓住楚昭王，以报杀兄杀父的大仇。可是昭王也跑了，他憋在心里燃烧了18年的怒火，再也忍耐不住了。就叫楚国人带路，把楚平王的坟墓掘开；打开棺材，怒气冲天，抢起钢鞭，照着尸体一口气抽打了300下，他一边抽，一边喊叫："你这个昏王，残害了我的父兄，今天是该我报仇的时候了！"

楚国被吴国打败，逃进山里的申包胥知道这件事后，就让人给伍员捎去一封信，斥责他这样做太过分子。伍员看过信，对送信的人说："为我谢申包胥曰，吾日暮途远，吾故倒行逆施之。"意思是：请你为我谢谢申包胥，转告他：我好比是天快黑了而前面的路程还很远的行路人，所以就只好不顾一切，不按常理去办事了。

后来，伍员的"吾日暮途远"这句话被简化引申为"日暮途穷"这个成语，多用来形容计穷力竭，末日已到，含贬义。

以逸待劳

这个成语出自《孙子·军争》。逸：安闲；待：抵御；劳：疲乏。

《军争》是《孙子兵法》中卷的第三篇。在本篇中，孙子说：

以治待乱，以静待哗，此治心者也。以近待远，以佚待劳，以饱待饥，此治力者也。无邀正之旗，勿击堂堂之阵，此治变者也。

佚：同"逸"。这段话的意思是：以自己的严整来等待敌人的混乱，以自己的镇静来等待敌人的轻躁，这是掌握军心的方法。以自己接近战场来等待远道而来的敌人，以自己部队的从容休整来等待奔走疲惫的敌人，以自己部队的粮足饱食来等待敌人的粮尽饥饿，这是掌握军队战斗力的方法。不去拦击配备齐全、旗帜整齐的敌人，不去攻击阵势堂皇、实力强大的敌军，这是掌握机动变化的方法。

《后汉书·冯异传》载有这么一个故事：东汉初年，豪强割据，汉光武帝刘秀为削平陇西割据势力隗嚣，派征西大将军冯异率军攻打枸邑。隗嚣得知这个消息后，命部将王元、行巡率兵去枸邑。冯异了解到这个情况后，决定组成快速部队，抢先占领枸邑。有的将领劝冯异不要这样做，因为敌人的锐气正旺，不可正面跟他们交锋，还是暂停前进，另寻歼敌之策。

冯异没采纳这个意见，他解释说："今先据城，以逸待劳，非所以争也。"意思是：现在我们抢先占领枸邑城，就能以逸待劳地给长途奔走疲劳的敌人，以迎头痛击，不这样就不能夺取胜利。这一仗冯异果然大破疲惫而来的隗嚣军。

现在，引用"以逸待劳"这个成语，多用在军事上，以自己的从容休整，养精蓄锐，以对付敌人的奔走疲劳，伺机出击夺取胜利。

历历在目

这个成语出自唐代杜甫《历历》诗；历历：一个个清清楚楚。

唐玄宗李隆基是唐王朝在位时间最长的一个皇帝。他经历了唐朝由盛世走向衰败的时期，在位 40 多年，先后用过两个年号，一个是"开元"，共 29 年；另一个是"天宝"，共 15 年。李隆基在开元年间，年轻有为，励精图治，使唐王朝在开元时期达到兴盛的顶点。这就是史家称之为的"开元盛世"。

开元年间的唐玄宗，像贞观时期的唐太宗那样，一是能任用贤才，二是勇于纳谏。据说，有一次唐玄宗照镜子，发现自己为国事操劳有些瘦了。左右有的人就献媚说："你让韩休这个人当宰相，陛下比以前瘦了，为什么还要用他。"玄宗说："我虽然瘦了些，天下人却一定胖了。萧嵩这个人来奏事，我说什么他听什么，当时倒省心，可他走后我却很不放心。韩休常同我争辩，他走后我却能放心睡觉。"

然而，这种盛世却没有坚持到底。在他统治的后期，特别是到了天宝年间，玄宗得了杨贵妃之后，便迷恋于享乐宴饮的腐朽生活，不愿再理朝政。这时有个叫李林甫的宰相，阴险狡诈，掌握了大权，弄得朝政败坏，怨声载道，民不聊生。虽然李林甫只当了 17 年宰相，于天宝十一年病死了，可接替他的却是杨国忠，情况更是日益变坏。天宝十四年的十一月，终于爆发了安禄山的大叛乱。正好生活在这个时代的大诗人杜甫，目睹唐玄宗开元与天宝两个时期的变化，亲眼看到了安史之乱给人民带来的苦难，并回想起"开元盛世"的情景，无限感慨地写下了这首《历历》诗：

> 历历开元事，分明在眼前。
>
> 无端盗贼起，忽已岁时迁。
>
> 巫峡西江外，秦城北斗边。
>
> 为郎从白首，卧病数秋天。

无端：无故，这是讲的反话，是一种幽默的讽刺；盗贼：指安史之乱；西江：指川江从西来，故谓之西江；秦城：长安，也叫北斗城；郎：杜甫自称，即检校工部员外郎。

诗的大意是：唐玄宗也曾有过励精图治的时候，开元盛世几乎可以与"贞观之治"媲美；那时候的太平景象，一桩桩、一件件都清楚分明地还在眼前。谁想到这位天子却无缘无故地晚节变得坏了，招来了安史之乱，弄得天下大乱，转眼间它已过去 10 多年了。我现在在蜀江上的巫峡，心中仍然怀念着北斗边上的长安城。要说让我终身做个检校工部员外郎，是不会甘心的，我已经卧病好几年了。

后来，人们便把"历历开元事，分明在眼前"这两句诗，简化引申为"历历在目"这个成语，用来比喻过去的事情清清楚楚地重现在眼前，也用来指对远方的景物看得很清楚。

为人作嫁

这个成语故事出自唐代秦韬玉《贫女》诗。秦韬玉，字仲明，唐时京兆（今陕西西安市）人。他的诗作不多，也不算名家。但他有一首以一位贫家少女自述的《贫女》诗却很有名，可以说是家传户诵，流传很广。这首诗共 8 句，原诗如下：

蓬门未识绮罗香，拟托良媒益自伤。

谁爱风流高格调？共怜时世俭梳妆。

敢将十指夸针巧，不把双眉斗画长。

苦恨年年压金线，为他人作嫁衣裳。

蓬门：贫女门第；绮罗：贵重的丝织品；风流：风度潇洒；高格调：品格高尚；共怜：共同欣赏珍惜；俭梳妆：朴素的梳妆；双眉斗画长：比赛谁的眉毛画得长，指比赛打扮时髦。

诗的大意是：我本是个贫寒家的女子，从来没有过贵重的衣饰。如今想找个好的媒人来说说出嫁的事，心里就未免更加伤感起来了：我虽说品格高尚、风度潇洒，可有谁爱？这朴素的打扮又有谁欣赏呢？我敢说在做针线活上我是一个巧手，但却不想去同别人比那时髦的打扮。最使我痛恨的是，年年月月都在引线刺绣，可这都是在为别人做出嫁的衣裳啊！后来，人们把"为他人作嫁衣裳"这句诗，简化引申为"为人作嫁"这个成语，用来比喻只是为别人辛苦、忙碌。

尺短寸长

这个成语故事出自《楚辞·卜居》。

《卜居》记叙了屈原被流放后的一段故事：屈原被流放以后，仍然时刻地思念着祖国和人民的安危，但是他没有办法回到京都，只好怀着忧愤的心情，去请人卜卦，把自己积压在心头的有关为人处世、忧国忧民的问题，都向管理卜卦官吏郑詹尹提了出来。比如说：到底是宁肯说真话而冤死呢，还是去追求富贵而糊糊涂涂地活着呢？是宁肯昂然挺拔以保持忠贞呢，还是去献媚讨好奸邪之徒呢？等等。接下去他更是不解地问道：为什么总是有才能不能发挥，无能者反被重用？为什么正直无私的人反遭排斥，而造谣挑拨的小人气焰那么嚣张？最后屈原愤然地叹道："举世皆浊，我该怎么办呢？谁又能了解我啊！"这位卜卦的老先生听后，却回答说："你这个卦我实在是没有办法卜。'尺有所短，寸有所长，物有所不足，智有所不明……'卦也有所不准，神也有所不灵，我解决不了你的疑问。"

这几句话的大意是：尺固然比寸长，寸固然比尺短，但是由于应用的场合不同，即使一尺也有不够长的时候；而一寸也有多余的时候。换言之，就是长的，也有它短的一面；短的，也有它长的时候。任何的事，任何的人，都有其长，也各有其短。

后来，人们便把"尺有所短，寸有所长"这两句话，简化引申为"尺短寸长"这个成语，用来说明事物总是各有其长，也各有其短。

韦编三绝

这个成语故事出自《史记·孔子世家》。韦：一种柔软的熟牛皮；韦编：古代用竹简写书，用熟牛皮带子把写书的竹简编联起来；绝：断。

大教育家孔子，到了晚年仍然好学不倦。据《史记》记载："孔子晚而喜《易》。"《易经》，即《周易》，由卦、爻两种符号和卦辞（说明卦的）、爻辞（说明爻的）两种文字组成，都是为着占卦用的。全书共六十四卦三百八十四爻。这部书，在宗教迷信的外衣下，保存了古代人的某些朴素的辩证法观点。

可想而知，像这部古书，是很难读懂的。孔子尽管到了晚年才开始读它，但他以坚忍不拔的毅力，坚持阅读，一遍不懂，反复阅读，直到读懂为止。就这样，孔子对《易经》进行了深入的研究，先后写成 10 篇心得体会文章，即《十翼》。后来，人们把这 10 篇文章附在《易经》的后面，成为《易经》

的补充。

《史记·孔子世家》在记叙孔子对《易经》进行刻苦研究时说："读《易》，韦编三绝。"意思是说：孔丘读《周易》，翻来覆去地读，竟把编联《周易》竹简的牛皮绳子都磨断了好几次。

后来，"韦编三绝"被引申为成语，用来形容刻苦好学、勤奋读书的精神。

见利忘义

这个成语故事出自《汉书·樊郦滕灌傅靳周传赞》。

汉高祖刘邦去世后，吕后专权，分封诸吕，诛杀功臣，弄得朝廷混乱。公元前180年，吕后死后，她的侄子吕禄以赵王的身份担任朝廷的上将军。吕后的另一个侄子吕产，按照她的遗诏又以梁王的身份在朝廷担任相国。诸吕进一步控制了整个朝政大权，并准备纠合吕党全面篡夺刘氏天下。

这时，作为统率全军的太尉周勃，兵权已失，连军营的大门都进不了。周勃本是西汉王朝的开国功臣，编席出身的著名将领。他自从跟随刘邦从沛县起兵反秦，直到开国后抗击匈奴，平息诸侯王叛乱，他总是在刘邦的指挥下，转战各地。周勃对西汉王朝忠心耿耿，为人耿直朴实。但他"重武少文"，面对诸吕阴谋作乱，早已愤愤不安，自己又拿不出好办法来，便去找虽为丞相实不管事的陈平商议对策。两人商议后，觉得首要的是要夺回兵权，而掌握兵权的大将军吕禄，与曲周侯郦商父子交情最深，便决定先将郦商扣押起来，再强迫他的儿子郦寄去劝诱吕禄交出兵权。郦寄因父亲被扣押，只好照周勃、陈平的计策，去诱劝吕禄把兵权交还太尉周勃。吕禄本是庸人，再加之认为郦寄是知心好友，不致相欺，便有些动心了。正当吕禄犹豫不决的时候，周勃不顾个人安危，带着郦寄，勇敢地闯入北军，吕禄在郦寄的再次劝诱下，终于交出了将印，北军便归了周勃指挥，从而得以杀吕产于未央宫。其余诸吕，也被周勃捉住，一一斩首。而后，周勃、陈平等便迎立代王刘恒当了皇帝，史称汉文帝。

《汉书》的作者班固在记述了这件历史事实时，曾评述说：

当孝文时，天下以郦寄为卖友。夫卖友者，谓见利而忘义也。

班固认为：郦寄卖友，虽然毁了吕禄，但使国家免于分裂，得到了安宁，这样"谊存君亲"，与那种"见利忘义"不同，也是值得赞许的，不应否定。

后来，人们根据班固对上述史实的评述引出"见利忘义"这个成语，用来比喻见了私利，就忘了正义和道义。

长驱直入

这个成语故事出自汉末曹操《劳徐晃令》。驱：策马前进；直入：不停顿地前进。

汉献帝建安二十四年（219年），曹操把战略目标指向了荆州。这时，曹仁正在这一带与蜀国大将关羽作战。关羽的军队包围了襄阳，曹仁牢牢守住樊城。七月，曹操派于禁率军去增援曹仁。此时正值汉水猛涨，关羽就乘机水淹曹军，生擒于禁。但曹仁仍坚持守住樊城，等待援军。在这紧急时刻，曹操亲临摩陂指挥作战，他派部将徐晃带领援军先接近樊城。徐晃为避开关羽的锋芒，便在阳陵陂这个地方停了下来，待机而动。徐晃一面派人与曹仁联系，一面又带兵到部分蜀军屯兵的偃城，佯装挖掘陷坑，表示要截断偃城退路。蜀军中计，慌忙撤出了偃城。徐晃乘机进驻偃城，形成两面联营，进逼关羽的外围。这时曹操又派来十二营援军，徐晃便以声东击西的办法迷惑蜀军，发起猛攻。徐晃一马当先，冲进了蜀军对曹仁的包围圈中。这个包围圈虽然里外十重，又布满了陷坑和鹿砦，但阻挡不住曹军的冲杀。蜀军大败，纷纷逃窜。关羽被迫败走麦城，不久便为吴军所杀。襄、樊之围解除了，捷报传来，曹操高兴极了，就派人给徐晃送去亲笔慰劳信。信中赞扬徐晃说：

吾用兵三十余年，及所闻古之善用兵者，未有长驱径入敌围者也。

意思是：根据我用兵30多年的经历，以及我所知道的古代善于用兵打仗的人当中，还没有一个像你那样，跃马加鞭长距离地快速前进，冲入敌人重围之中，连斩敌将，大获全胜的。

当徐晃率军回到临近襄、樊的摩陂那天，曹操又亲自去迎接，并在城里大摆酒宴犒劳全体将士。

根据这个故事，后来人们把"未有长驱径入敌围者也"这句话，简化引申为"长驱直入"这个成语，用来形容以不可阻挡之势，快速前进，也用来比喻进军很顺利。

水天一色

这个成语故事出自唐代王勃《滕王阁序》。

在《滕王阁序》中，王勃在描写滕王阁周围秋日秀丽如画的景色时，其中有这样几句话：

虹销雨霁，彩彻云衢。落霞与孤鹜齐飞，秋水共长天一色。

虹：彩虹；霁（音 jì）：雨后或雪后天晴；云衢：天空；鹜（音 wù）：水鸭子。

这段话的意思是：在这雨过天晴之时，长虹消失，彩云散去，阳光照耀天空。落霞自上而下，孤鹜自下而上，仿佛同在一起飞翔；秋水碧绿，与天色相连，蔚蓝的天空又映入水中，水天连成一片，形成一色。

后来，从"落霞与孤鹜齐飞，秋水共长天一色"这传世名句中，引出了"水天一色"这个成语，现多用来形容水域辽阔，水天连成一片。

风雨飘摇

这个成语故事出自《诗经·豳风·鸱鸮》。飘摇：飘荡。

西周的时候，豳（音 bīn，地名，在今陕西旬邑和彬县之间）这个地方，流传着一个童话寓言故事。故事叙说的是一只善良而勤劳的雌鸟，辛勤地抚育着幼雏，趁着天还没有下雨，及早地取来桑根，把窝补得牢牢的，以防灾备患。后来，有人把这个童话，以雌岛自诉的形式写成了《鸱鸮》这篇诗。

全诗四章共 20 句。诗的第一章写雌鸟对迫害它的鸱鸮的警告；第二章写雌鸟趁天晴之时，加固窝巢，以备抵御自然灾害和其他祸害；第三章写雌鸟为建窝劳累不堪；第四章写窝未建成雌鸟终日为之忧惧。

《鸱鸮》这首寓言童话诗，在最后一章（第四章）里是写雌鸟因窝未建成终日为之忧惧的心情。起首四句是：

> 予羽谯谯，予尾翛翛。予室翘翘，风雨所漂摇。

鸱（音 chī）鸮（音 xiāo）：猫头鹰，一种凶猛的鸟，捕食小鸟、兔、鼠等小动物；谯（音 qiáo）谯：羽毛稀疏；翛（音 xiāo）翛：羽毛凋零；翘翘：高而不安稳；漂：同飘。

这几句诗的大意是：由于建窝的劳累，我周身和尾部的羽毛都稀疏脱落了。可窝还没有建造好，它高而不稳，在风雨中摇摇晃晃。

后来，人们便把"风雨所漂摇"这句诗，简化引申为"风雨飘摇"这个成语，多用来形容形势动乱不安，很不稳定，常用以形容旧世界的政局。

风烛残年

风烛：被风吹拂飘摇的灯烛；残年：在世不久，剩余之年不多了。这个成语最早见于《古乐府·怨诗行》：

百年未几时，奄若风中烛。

东晋王羲之《题卫夫人笔陈图后》：

时年五十有三，或恐风烛奄及，聊遗教于子孙耳。

再后，唐玄奘《大唐西域记》里也有这样的描述：

世间富贵，危甚风烛。

在元朝的时候，有这样一个故事：容城（今河北容城县）人刘因，从小就死去父亲，后来曾在朝中做右赞善大夫，后因母病，辞官回家。母亲病愈之后，朝廷又召他去任职，刘因却辞而不就。有的人不解地询问其故，他回答说："母亲已经90高龄了，这就好像是'风前之烛'，我怎么能贪图一时的富贵，远离家乡呢？"

根据这些诗文、故事和记载，后来便引出"风烛残年"这个成语，用来比喻人已衰老，剩下可活的时日不多了。

东窗事发

"东窗事发"说的是秦桧夫妇阴谋陷害岳飞的故事，出自明朝田汝成的《西湖游览志余》。

宋朝时，北方女真族崛起，建立了金国。金国势力渐渐强大，并不断南侵宋朝疆土，当侵占了黄河流域后，野心更加扩大，继续向南推进，很快占领了淮河流域和长江流域的大片土地。南宋以大将岳飞等人为代表的主战派，在广大人民的支持下，率军抗金，连连打了很多大胜仗，收复了大片失地，金兵节节败北，十分害怕，金将金兀术甚至哀叹道："撼山易，撼岳家军难！"

但是，南宋朝廷中以奸相秦桧为首的主和派，利用宋高宗赵构的不主张抗战和昏庸无能，暗中与金国相勾结，并排挤、迫害主战派。在岳飞节节胜利的情况下，秦桧假传"圣旨"，连发十二道金牌，把岳飞从抗金前线调回京城临安（今杭州），以"莫须有"的罪名，杀害了岳飞。

据《西湖游览志余》记载，秦桧杀害岳飞的阴谋，是他与妻子王氏在家中的东窗之下策划的。一开始，秦桧由于对主战派还有一些顾忌，因此，在把岳飞下狱之后是否就杀掉，曾有过犹豫。王氏却对他说："擒虎易，纵虎难！"秦桧于是下决心，杀害了岳飞。此后，秦桧乘船游西湖，突然发病。他在恍惚中看见一个人披着长头发，大声呵斥说："你误国害民，我已在天上控诉了你。现在，你死已临头，请吧！"秦桧吓出一身冷汗，回到家中，便一命呜呼。不久，他的儿子也死了。王氏请来方士，设立道场"超度"秦桧父子的亡灵。方士来到阴曹地府，发现秦桧铁枷重镣锁在那里。秦桧对方士说："麻烦你捎个口信给我的妻子，就说东窗之事已发了。"

后来，人们以"东窗事发"为成语，比喻阴谋败露。

功德无量

"功德无量"成语出自《汉书·丙吉传》。

汉武帝时，鲁（今山东）人丙吉为狱吏，因犯法而被撤职。到了武帝末年，国家谣言四起，丙吉又被召来处理谣言的事情。当时武帝的孙子刘询（即后来的宣帝）刚生下几个月，因受卫太子事的牵连，也入了狱。丙吉十分可怜刘询，他认为太子本来就没罪，刘询更是无辜受害。于是他便派人把刘询护养起来。

公元前87年，汉武帝患病，有人说是因为长安监狱中有天子之气的关系。武帝听了便命令将狱中的囚犯，不分轻重，一律杀掉。使者来到丙吉所管辖的监狱后，丙吉拒不开门，说：皇孙在里面。其他人死于无辜都不行，更何况皇孙呢？两人相持到天明，丙吉也没让他们进去。使者只好回去向武帝报告，汉武帝哀叹说：这是天命啊！因而赦了全体犯人。丙吉从此以后更加精心抚养刘询。

宣帝刘询即位后，开始并不知道自己小时候的事情，丙吉在朝做官，也不愿让皇帝知道自己对他有过恩。后来别人告诉了宣帝这件事。宣帝感谢丙吉大恩，对他倍加敬重，屡次升职，丙吉死后又对他的子孙加封。

到了元帝时，长安人伍尊上书再次称颂丙吉的大功说：丙吉当年不怕辛苦和担风险，尽心抚养宣帝，使得圣上神灵成全，"功德已亡（无）量矣"。

"功德无量"即来源于"功德已亡量"一句，指恩德非常大。常用作赞美之辞。

失之毫厘，谬之千里

这个成语原出《易经》。后来《汉书》里有这么一段故事：

司马迁的父亲终身为太史令，但汉武帝去泰山封禅时却没有让他随行，气得卧床不起。临死之前，他握着司马迁的手哭着说："我们的祖先从周朝起就是史官，很早就主管天官之事。现在家道衰落，难道要自我而绝吗？天子接千岁之统，封泰山，我却不能随行，这是命啊！我死后，你可不要忘记我想写的著作啊。"司马迁含泪跪下答应了父亲的要求。3年后，司马迁成为太史令。他广泛搜集材料，专心写《史记》。

一次，司马迁和上大夫壶遂交谈，说："先人说过，自周公死后500年而有孔子；孔子至今又有 500 年的历史了。现在正是正《易传》、维《春秋》、接《诗》《书》《礼》《乐》之时，我志正是如此。"上大夫壶遂问："当初孔子为何要写《春秋》呢？"司马迁回答："我听董仲舒说：'周道衰败之时，孔子曾为鲁国司寇。当时诸侯为害，大夫欺骗天子，擅自行令，孔子自知力不从心，还不如写书明是非，恢复正道，因而他就作了《春秋》。'《春秋》一书中，弑君的事有三十六起，亡国有五十二个，诸侯奔走保不住统治权的更是不可胜数。之所以这样，都是因为败坏纲纪，失其本分啊！所以《易经》上说：'失以毫厘，谬以千里。'有国者不可不知《春秋》，不然前面有奸臣而不见，背后有恶贼而不知；为人臣者不可不知《春秋》，不然守常事而不知如何为好；遇到变化而不知如何处理。《春秋》乃是礼义之根本啊。"

后人将"失以毫厘，谬以千里"改为"失之毫厘，谬之千里"，或写作"差之毫厘，失之千里"，意思是即使是很小的差错，也会造成很大的错误。强调不能有一点儿的差错。

正襟危坐

这个故事出自北宋苏轼《前赤壁赋》。正：整理；襟：衣襟；危坐：端坐。

苏轼第一次游览黄冈赤壁矶，那是 1082 年 7 月 16 日。这一天，他与友人一起泛舟江上，微风慢慢地吹来，江面显得很平静。他们一边饮酒，一边吟诵着曹操的《短歌行》和《诗经·陈风·月出》中的诗句。大家玩得兴起，直到月亮从东边山上升起很高了，仍在开怀畅饮，并不断地敲着船舷唱着歌。朋友中有一位会吹洞箫，他按着歌子的声调曲拍吹奏了起来，那箫声呜呜然，像在怨恨，又像在思慕；像在哭泣，又像在申诉。

这箫声，无疑也使得苏轼产生了许多联想：

苏子愀然，正襟危坐，而问客曰："何为其然也？"

愀然：惆怅，忧愁凄凉的样子。这段话的意思是：我不免有些惆怅起来，整理好衣襟，端正地坐着，问那位吹箫的朋友：你为什么要吹得这样悲凉呢？

原来，这位朋友是在哀叹人生的短促而又十分渺小，羡慕长江流水无穷无尽，故只得借箫声来表达自己悲凉的感情。

后来，"正襟危坐"被引申为成语，原指整一整衣服，端端正正地坐着；现多用来形容恭敬严肃的神态。

付之一炬

这个成语故事出自唐代杜牧《樊川文集·阿房宫赋》。付：给；之：代词，它；炬：火把。

杜牧，字牧之，唐代京兆万年（今陕西西安市）人。他出身于世代官僚地主家庭，唐文宗大和二年（828年），26岁的杜牧考中进士，官至中书舍人。杜牧生活在晚唐时期，当时的唐王朝处在深重的内忧外患之中，他很想有一番作为，所以认真研究时政，总结历史上"治乱兴亡之迹"，企图恢复盛唐的繁荣局面。

可是那时候的唐王朝的最高统治者，骄奢淫逸，不思进取，浪费和挥霍民财，大修宫室。杜牧因此作《阿房宫赋》，假借秦事以讽刺唐敬宗，如果一味贪图享乐，就会重蹈秦朝的覆辙。

阿房宫是秦王嬴政于公元前212年统一六国后，他嫌咸阳的宫殿小，便在西安市西北渭水南面的阿房，修建一座宏伟而华丽的宫殿。但未及完工，秦始皇就死了，后人便称之为阿房宫。杜牧在这篇赋里以铺叙、夸张、想象的笔法，具体描写了阿房宫华丽的建筑，揭露了封建统治者的荒淫享乐，并指出这就必然带来灭亡的后果。

《阿房宫赋》在描写了它的富丽堂皇和宫人们豪华奢侈的生活后，接着又写了这么几句：

> ……独夫之心，日益骄固。戍卒叫，函谷举，楚人一炬，可怜焦土！

独夫：指丧失民心的暴君，这里指秦始皇；骄固：骄傲，骄横顽固；戍卒：指陈胜、吴广领导的数百守边征夫；举：攻克；函谷：指函谷关，在今河南灵宝东角。

这段话的意思是：秦始皇这个独夫的心一天比一天骄横顽固，于是陈胜、吴广等戍边的士卒振臂一呼，刘邦一举攻破了函谷关，楚国人项羽的一把大火，可惜那阿房宫就变成了一片焦土！

后来，"楚人一炬，可怜焦土"这句话，被引申为"付之一炬"这个成语，多用来指一把火全烧光了。

去住两难

语出自三国·魏·蔡琰《胡笳十八拍》。

蔡琰从小就爱好音乐，《汉书》上说她"博学有才辩，又妙于音律"。蔡琰回汉以后，曾作琴曲《胡笳十八拍》，重点描写她在匈奴的生活经历——所过的屈辱生活，精神上的矛盾与痛苦，尤其是归汉时的别子之痛。胡笳，是匈奴的一种民间乐器。蔡琰的琴曲，模拟胡笳的音调，共十八曲。其中第十二曲描述她离开匈奴回汉时的复杂心情，歌词写道：

> 东风应律兮暖气多，知是汉家天子兮布阳和。羌胡蹈舞兮共讴歌，两国交欢兮罢兵戈。

> 忽遇汉使兮称近诏，遣千金兮赎妾身。喜得生还兮逢圣君，嗟别稚子兮会无因。十有二拍兮哀乐均，去住两情兮难具陈。

阳和：春天的温暖之气，这里比喻皇帝的恩泽；近诏：皇帝新近下达的诏令，这里指曹操以汉朝皇帝的名义派遣使者，以黄金和白璧赎回蔡琰；会无因：没有机会再相会；哀乐均：哀与乐各半，哀指舍弃二子，乐指返回故乡。

这段诗的大意是：东风适应着季节，送来了温暖。这春日般的温暖是汉朝君王的赐予。匈奴人共讴歌同蹈舞，喜庆两国和欢罢兵戈。忽然间听到汉朝的使者传来的皇帝新近下达的诏令，要以黄金白璧赎回我蔡琰。喜的是我还能活着归汉面圣君，感叹的是离别稚子没有机会再相见。这别子之哀与归国之乐各占半，去留之间的种种矛盾复杂的感情，实在让人难于诉说。

后来，"去住两难"被引申为成语，比喻去留都很为难的矛盾心理。

四海为家

这个成语故事出自《史记·高祖本纪》。四海：古人以为中国四面都有海环绕，故用"四海"代指全国各地。

公元前201年，汉高祖刘邦率军东进，在东垣（古县名，治所在今河北正定县南）一带围歼韩王信叛乱军队的残余。这时候，丞相萧何正在主持修建未央宫（西汉王朝的主要宫殿，建成于公元前200年，故址在今陕西西安市西北长安故城内的西南角）。宫殿修得相当的华丽、壮观，设有东阙、北阙、前殿，以及武器仓库和粮食仓库。高祖回来后，看见宫阙这么壮丽，就生气地责备萧何说：

天下汹汹苦战数岁，成败未可知，是何治宫室过度也？

意思是：当今天下动荡不安，经过数年的苦战，成败还尚未见知晓，为什么要修建这么华丽的宫室？

萧何回答说：

天下方未定，故可因遂就宫室。且夫天子以四海为家，非壮丽无以重威，且无令后世有以加也。

方：正因为，正是；定：安定；因：借此机会；加：超过，胜过。

这段话的意思是：正是由于天下还不安定，才可以借此机会修建宫室。因为天子要统治全国，没有华丽雄伟的宫室不足以显示威严，并且也可以不让后世的建筑超过它。

听了萧何的解释，刘邦才高兴了。

后来，"且夫天子以四海为家"这句话，被简化引申为"四海为家"这个成语，原意是帝王占有四海，统治全国。现用来形容到处可以安家扎根。

对酒当歌

语出自汉末曹操《短歌行》诗。当：对着，亦可作"应当"。

《短歌行》这首诗艺术而形象地表达了诗人为了建功立业而思贤若渴的迫切愿望。传说此诗作于赤壁之战前夕，曹操与诸将聚会、宴饮之后，屹立江上，横槊（槊，长矛，古代的一种兵器）赋诗。全诗4句一韵，共八韵32句。前两韵8句，感慨人生短促，抒发为收揽人才及时完成统一大业而忧愁思虑；中间四韵16句描述了诗人对贤能之人的由衷思念；最后两韵8句，以典故做比喻，表达了诗人要像周公那样礼待贤才的决心。诗的前8句是：

对酒当歌，人生几何？

譬如朝露，去日苦多。

慨当以慷，忧思难忘。

何以解忧？惟有杜康。

几何：多少，这里是"少"的意思；朝露：早晨的露水，用以形容人生短促；去日：过去了的日子；去日苦多：对已经过去的日子太多而感到痛惜，含有伤感人命短暂之意；慨……慷："慷慨"的间断用法，意指宴会上的歌声激

昂慷慨；忧思：深藏着的心事，且旷忧世不治；何以：用什么；解忧：解除忧愁；惟：只；杜康：人名，善酿酒，后以此作酒的代称。

这几句诗的大意是：饮酒之时应当欢歌，人生毕竟是短促的。它像早晨的露水转眼间就消失，已经过去的日子太多让人感到痛惜。宴会上的歌声慷慨激昂，深藏在胸中的心事也难以忘掉。用什么来解除心中的忧愁呢，难道说就只有饮酒作乐吗？

对酒当歌

后来，"对酒当歌"这句诗被引申为成语，原指在欢宴之际有美酒有歌舞，后却多用来比喻沉迷于酒色之中。

石破天惊

这个成语故事出自唐代李贺《李凭箜篌引》诗。李凭：人名，与李贺同时代的著名艺人，善于弹奏箜篌（古代乐器名，与今天的竖琴近似）；引：古代一种乐曲体裁。

《李凭箜篌引》这首诗是诗人听了李凭演奏的箜篌之后，运用浪漫主义的创作方法，以丰富的想象和艺术的夸张来比拟演奏的优美动人。这首诗构思奇特，使用神话传说也贴切自然。全诗共 14 句，原文如下：

　　吴丝蜀桐张高秋，空山凝云颓不流。

　　江娥啼竹素女愁，李凭中国弹箜篌。

昆山玉碎凤凰叫，芙蓉泣露香兰笑。

十二门前融冷光，二十三丝动紫皇。

女娲炼石补天处，石破天惊逗秋雨。

梦入神山教神妪，老鱼跳波瘦蛟舞。

吴质不眠倚桂树，露脚斜飞湿寒兔。

吴丝、蜀桐：今江苏一带产的丝，今成都一带产的桐木，都是制作琴瑟一类乐器的好材料；张：意谓演奏；颓：堆积，云彩都为之凝结，形容音响取得异常的效果；江娥：即湘娥，传说中舜之二妃，舜南巡时死于苍梧，二妃赶至江边，痛哭流涕，泪洒青竹，染成斑点；素女：传说中的神女名，善鼓瑟；中国：即国中，这里指京都长安；昆山：即昆仑山，古时以产玉著名；十二门：古长安城四面有 12 个门；紫皇：指玉帝；女娲（音 wā）：神话中的上古女帝，曾炼五色石以补苍天；逗：引起；妪（音 yù）：古时老年妇女通称，这里指爱好音乐，善弹箜篌的成夫人；吴质：即神话中在月宫砍桂树的吴刚，又叫吴质；寒兔：这里指月宫玉兔。

诗的大意是：吴丝蜀桐制成的箜篌，在气爽天高的秋日里弹奏。这优美的乐曲升上天空，流云停步聆听；这优美的乐曲传遍江河，湘娥素女挥涕生愁。这是那技艺高超的李凭啊，在京城演奏的箜篌。它好像昆仑山的美玉碎裂，像凤凰放开了歌喉，像池里的莲花暗泣，像春日的香兰微笑。这声音使长安城融化了冷冷的清光，这声音把玉帝的心弦紧扣，这声音飞上女娲炼石补过的高天，惊落了那五彩石，引得那秋雨绵绵。这声音仿佛传到神山，成夫人也被它迷住；这声音仿佛飘入湖海，老鱼也激动得跳波戏游。月宫中的吴刚听得出了神，倚着桂树彻夜不眠；玉兔听得着了迷，让露水把银毛湿透。

后来，"石破天惊逗秋雨"这句诗被简化引申出"石破天惊"这个成语，多用来比喻文章、议论或事态的发展出奇而且惊人。

左顾右盼

语出自西晋左思《咏史》其一。顾、盼：看。

提到西晋齐国临淄（今山东淄博市）人左思，人们很自然地就会想到"洛阳纸贵"这个成语。这是说的左思曾以 10 年的时间，以三国时魏、蜀、吴的首都风土、人情、物产为内容写成了名篇《三都赋》。当时的名儒皇甫谧读过《三都赋》后，不禁拍案称绝，当即为之作了题序。侍书郎张载、大学者刘逵也分别为《三都赋》作了注解。一经名家认可，文人学士们便蜂起撰文颂扬，一时间《三都赋》轰动了洛阳城，富贵人家到处请人工楷抄写，洛阳的纸张顿时紧张，价格为之飞涨。

可就这个使洛阳为之纸贵的左思，幼年时天资却很迟钝，学书学琴都不成。但他非常刻苦用功，能文善诗。左思的功业心强，但他仕进不得意，才能、抱负不得施展，唯以著作为事。他的诗多以揭露寒门出身的知识分子和把持仕事的士族门阀之间的矛盾，抒写自己功业未遂的情怀为主旨。左思的《咏史》诗共有 8 首，均为借咏古人、古事以抒写自己的情怀、志趣。《咏史》中的第一首，为整个《咏史》诗的总序，诗中叙述了自己的文学才能卓绝，深通兵略，有志于保边疆，为国立功。这首诗大约作于晋武帝咸宁六年（280 年）平定吴国之前。全诗 16 句，后六句是：

> 铅刀贵一割，梦想骋良图。
>
> 左眄澄江湘，右盼定羌胡。
>
> 功成不受爵，长揖归田庐。

铅刀一割：引用东汉班超上疏中的成语，意为铅质的刀迟钝，一割之后再难使用，借以比喻自己才能低劣；骋：施；眄（音 miǎn）：看；澄：澄清，这里指平定；江湘：长江与湘水，本东吴所在，地处东南，故为"左眄"；羌胡：

指少数民族的羌族，在甘肃与青海一带，地在西北，故为"右盼"；爵：禄位；长揖：古代礼节，这里表示谢绝赏赐；田庐：家园。

这几句诗的大意是：自己的才能虽然不高，但像铅刀一样还是能割上一下的，常常希望能施展一下自己的抱负。有志于平定江左的东吴，安定江右西北边的羌胡。功成身退，像鲁仲连那样为平原君退却秦兵，不受赏赐。

后来，"左眄澄江湘，右盼定羌胡"这两句诗，被简化引申为"左顾右盼"这个成语，用来形容向两边看来看去、神情不定的样子。有时也用来形容满不在乎，得意的神态。

左右逢源

这个成语故事出自《孟子·离娄下》。逢：相逢，遇到；源：水源。

距今 2000 多年前的教育家孟子关于教育和学习的不少主张，在今天仍有借鉴的作用。比如，他主张学习知识，要提倡自己的刻苦钻研，深切体会，才能牢固地掌握，就是很好的见解，孟子说：

深造之以道，欲其自得之也。自得之，则居之安；居之安，则资之深；资之深，则取之左右逢其原。

资：积蓄；原：同"源"。

这段话的意思是：一个人只有依循着正确的学习方法，才能获得高深的造诣。这就是必须经过自己的刻苦钻

左右逢源

研，深切：体会。自觉地刻苦钻研才能牢固地掌握知识；牢固地掌握知识才能使知识领域不断扩大和深化；知识积蓄很多了，就像地下的泉水，掘到深处，到处都是取之不尽、用之不竭的水源。

后来，"资之深，则取之左右逢其原"被简化引申为"左右逢源"这个成语，比喻做事得心应手，很顺利。有时也用来比喻为人圆滑、四面讨好、善于投机的人和事。

生灵涂炭

这个成语故事出自《晋书·苻丕载记》。生灵：指百姓；涂炭：泥沼和炭火，比喻困苦。

前秦王苻坚统一了北方后，就盘算着统一全国。382 年，苻坚在长安把各位大臣召集起来开会，商讨出兵攻打东晋的事儿。会上，除个别人迎合苻坚的心意，同意用兵外，多数大臣，连他的弟弟苻融、太子苻宏、爱姜张夫人，都认为对东晋用兵，不会有好结果。平素间，苻坚最信任的一位大臣名叫王猛（字景略）。当年，苻坚得到王猛辅助，曾比之为"若玄德之遇孔明"。王猛是我国历史上有名的政治家，他做了苻坚的丞相后，帮助苻坚统一了北方。这时，王猛已故去，他临终时曾对苻坚说："臣没之后，愿不以晋为图。"意思是说：我死后，希望你不要图谋消灭东晋。于是苻融哭着向苻坚劝谏道："王景略一时奇士，陛下每拟之孔明，其临终之言不可忘也。"

可是利令智昏的苻坚，不听众人的劝告，执意伐晋。次年，苻坚亲率 90 万大军，攻晋。结果淝水一战，被打得大败而归，苻坚差点当了俘虏，苻融战死。从此，前秦国势衰弱，一蹶不振。385 年，苻坚又受到后燕、后秦的进攻，国都长安被围困，城里无粮，竟然发生了人吃人的惨剧。苻坚无法，被迫退到五将山，被后秦国君姚苌派兵团团围住。最后，苻坚和 10 多个随从都当了俘虏，囚禁在新平的一座佛寺里，被姚苌下令缢死。

苻坚死后，前秦幽州刺史王永在晋阳拥立苻坚的儿子苻丕，即了皇帝位，王永被封为左丞相。次年，王永联合前秦各地武装力量，发兵讨伐后秦和后燕。为此，王永在檄文中写道："先帝晏驾贼庭，京师鞠为戎穴，神州萧条，生灵涂炭。"意思是说：苻坚遇害于贼庭，长安为贼子所占领，国家凋败，老百姓就好像生活在泥沼和炭火之中，受尽痛苦。

但是，由于后秦的力量强大，王永指挥的前秦军还是失败了。到394年终于被后秦所灭。

后来，"生灵涂炭"被引申为成语，多用来形容在反动统治下，广大人民极端困苦的处境。

出奇制胜

这个成语出自《孙子·势篇》。奇：奇兵；制胜：取胜。

《势篇》是《孙子》中卷的首篇。孙武在《势篇》中说：

凡战者，以正合，以奇胜。故善出奇者，无穷如天地，不竭如江河。

奇、正，都是古代的军事用语，指奇兵、正兵的战术运用。它一般包含这样一些意思：在兵力部署上，担任守备的主力为正，集中机动的为奇。牵制为正，突击为奇。在作战指挥上，遵守常规为正，根据具体情况采取特殊方法为奇。在作战方法上，正面突击为正，迂回侧击为奇；明攻为正，暗袭为奇。在作战时机上，先发制人为正，后发制人为奇。在作战行动上，公开交战为正，隐蔽袭击为奇；示敌以真实情况为正，隐蔽袭击为奇。

孙武的这段话的意思是：用兵打仗，一般都是用正兵挡敌，以奇兵取胜。所以善于出奇兵的将领，他们运用的战法就像天地那样变化无穷，像江河那样奔流不竭。

《史记·田单列传》载有这样一个故事：燕国大将乐毅联合秦、赵、魏、韩等国共同伐齐，齐国连着吃了很多败仗，城市差不多快丢光了，最后只剩下莒和即墨两个城市了。不多久，即墨的大夫又阵亡，城里的百姓就推举一个叫田单的人，做守城的统帅。田单是齐国王族的远房亲族，齐滑王的时候，没有人赏识他的才能。

田单做了统帅后，用散布流言蜚语的办法，巧施离间计，让新即位的燕惠王换掉了大将乐毅，而以骑劫代之。并说齐国得到天神的帮助，在燕军中造成恐惧心理。这时，田单便一面派人去向骑劫请降，一面又把自己的精锐部队埋伏起来，让一些老弱的人和妇女去守城。燕军对此就逐渐放松了对齐军的警戒。

这时候，田单再把收集到的1000多头牛，都披上五彩花纹的布衣，两只角上都绑上尖刀，尾巴上扎着浇油的芦苇。一切都准备好了，就在一天夜里，把牛赶出城去，点燃牛尾巴上的芦苇，迫使牛猛地往燕军阵地冲去。燕军被这突然冲来的怪兽吓得乱窜，有的被牛角上的尖刀戳死，有的被踩死；即使侥幸躲过了的也被跟在后面的齐军精兵杀了。燕军被打得大败，骑劫也被活捉处死。田单乘胜追击，很快就收复了齐国的失地。

《史记》的作者司马迁在写完《田单列传》后，感叹地说：

兵以正合，以奇胜。善之者出奇无穷。

现在，人们引用"出奇制胜"这个成语，多用在军事上，以正兵和奇兵相互配合，用计谋出奇兵，使敌人没法预料，以制胜敌人。也泛用来比喻用别人意想不到的办法来获取胜利，达到预定的目的。

宁为玉碎，不为瓦全

这个成语故事出自《北齐书·元景安传》。

南北朝的时候，550年，当时独揽着东魏朝政大权的丞相高洋，逼迫着魏孝静帝元善见把皇位让给他。这样，高洋便建立起了一个新的北齐王朝，做了北齐皇帝。高洋为了巩固自己的统治，大灭元氏政权的势力，积极培植自己的势力。为了对元氏势力斩草除根，他用药酒毒死了元善见和他的 3 个儿子；他还下令把元氏宗室近亲 44 家逮捕下狱，前后共处死 700 多人，连婴儿也遭杀害，并把尸体抛到漳河喂鱼。这样一来，原魏帝的一些远房宗族也很恐慌，便在一起商量对策。定襄令元景安等人更是惶恐不安，便提出想请求高洋允许他们脱离元氏，改姓高氏。元景安的堂兄陈留王元景皓坚决反对，他说："怎么能抛弃自己的本姓，改从别人的姓氏呢？'大丈夫宁可玉碎，不能瓦全'（意思是：大丈夫宁为被打碎的玉器，也不做陶器来保全自己）！"

元景安为了讨好高洋，便把元景皓的话报告了他。高洋立即下令逮捕元景皓，并把他处死了。元景安由于告发有功，受赐改姓高氏，并且还升了官。

但是，这好景也并不长。元景皓被杀害后仅 3 个月，高洋也就一命呜呼了。北齐王朝，总共也只存在了 28 年就覆灭了。而元景皓那"宁可玉碎，不能瓦全"的正义行为，却一直受到后世人们的称赞。

根据这个故事，后来人们便把元景皓的"大丈夫宁可玉碎，不能瓦全"简化引申为"宁为玉碎，不为瓦全"这个成语，用来比喻宁为正义事业献身，也不愿苟且偷生，保全性命。

尔虞我诈

语出《左传》宣公十五年。

鲁宣公十四年九月，楚国伐宋，宋国急派乐婴齐到晋国请求救援，晋景公想要助宋国一臂之力，但晋大夫伯宗反对晋出兵救援宋国。

鲁宣公十五年夏五月，楚军仍然没有取胜，楚庄王准备率军离开宋国。

为了扭转被动局面，宋国派华元在一天夜里摸进了楚营，潜入了楚军统帅子反的帐中，几大步就登上了子反的床，叫子反起来，说："我们宋国国君派我来把我们的困难情况告诉你，我们的军民，都已经没有粮食吃了，他们只有交换死掉的孩子当饭吃，没有柴火做饭，就只有拆开死人的骨头当柴烧。尽管如此，他们仍然做好了一切战斗准备。我们的国君命令我前来和你们订立城下之盟，如果你们退兵 30 里，宋国将唯命是听。"子反害怕，报告楚王，楚王同意退兵 30 里，这样宋国就和楚订立盟约。盟誓说："我不骗你，你不骗我。"

成语"尔虞我诈"指彼此猜疑，互相欺骗。

目不识丁

语出《旧唐书·张弘靖传》。

唐朝时期，有个官吏名叫张弘靖，张弘靖的官职为幽州节度使，官做大了，就不免有些骄傲，开始贪图享乐，放纵自己，管理也就自然而然地放松了。他的属下见有机可乘，便开始兴风作浪，为非作歹。

有一天，他和手下喝醉了酒，来到校军场，看到士兵们正在操练，舞枪弄棒，拉弓射箭，便又开始无故大骂："你们这些饭桶，只知道听人指挥，打仗卖命。现在天下太平，不用打仗，要你们还有什么屁用！能拉得两石（两石，即 200 斤）的弓，还不如识一个'丁'字，真是一群卖粗力的蠢材……"

士兵对这种人格的侮辱和讥笑十分气愤，背地里议论纷纷，但敢怒而不敢言。

恰巧这时张弘靖因贪污、私分军饷一事，被士兵知道了。士兵们怒火满腔，忍无可忍，一齐造反，把张弘靖抓住关了起来，并将他的住所团团围住。

由于这次行动，官兵上下齐心一致，同时当地的老百姓也积极地参与和支持，真是众怒难犯。朝廷没有办法，只有将张弘靖降职并调走了事。

"目不识丁"这个成语就是从张弘靖及手下人辱骂士兵的话中提炼出来的。

扑朔迷离

"扑朔迷离"这句成语原出自我国古代诗歌《木兰诗》。

这首诗叙述了一个故事：从前，有一个既聪慧又孝顺的女子，名叫花木兰。她自小跟着父亲习武、打猎，因此，十八般武艺样样精通。而且她还射得一手好箭。

有一天，父母听不到木兰织布的声音，只听到木兰的不断叹息声。父亲问道："木兰，什么事情让你烦心了？"

木兰说："昨天晚上看到了皇上征兵的诏书，上面有父亲的名字，父亲的年纪这么大了，又没有儿子可以替代，所以，我想要代替父亲出征。"

双亲心虽不忍，但迫于无奈，只好答应。于是，木兰女扮男装，辞别了父母，随着大军出发到蒙古一带，开始了她的军旅生涯。

木兰在征战中表现得十分英勇，屡屡立下奇功。经过 10 年苦战，终于打败敌人，凯旋荣归。

回国之后，皇帝论功行赏，木兰功劳最大，受封为尚书。但是，木兰什么赏赐也不要，只求皇上赐一匹千里马，好立刻返乡，与父亲团聚。

木兰回到家里，重新穿着昔日的衣衫，重新回到昔日的装扮，同行的伙伴看见了，简直不敢相信自己所见，频频惊讶地说："同行 12 年，竟不知木兰是女儿身！"

这首诗的最后几句是："雄兔脚扑朔，雌兔眼迷离，两兔傍地走，安能辨我是雄雌！"

民不聊生

语出《战国策·秦策三》。

战国后期，各诸侯国争夺霸权的斗争愈演愈烈，战争连绵不断。百姓流离失所，痛苦不堪，处在水深火热之中。

公元前 293 年，秦昭王派大将白起，大破韩、魏两国军队于伊阙，斩杀 24 万人，血流成河，并掠夺了大量财物。以后秦军又频频进攻两国，夺取了几百座城池，成千上万的人丧失了性命。接着，秦兵又围住了魏国的都城大梁。直到齐国、赵国扬言要发兵救魏，秦军才改变战略，转而去攻打楚国。

秦军很快攻入了楚国，逼得楚顷襄王逃离都城避难。但楚地的百姓却遭到了一次空前浩劫。

楚国忙派使臣黄歇到秦国求和。黄歇到秦国后跟昭王说："您屡屡派白起将军攻打韩、魏两国，那里的百姓不知被您杀了多少。被杀的人无辜而死，活着的人同样家破人亡，颠沛流离，饥寒交迫，痛不欲生，他们跟您秦国的冤仇不共戴天。因此，韩、魏才是威胁你们秦国的真正敌人，而不是我们楚国。所以，我们两国应该联合起来，共同去消灭韩、魏两国才是正确的战略啊！"

于是秦昭王就与楚国结成了联盟。

朽木粪土

"朽木粪土"成语是由孔子骂学生宰予白天睡觉的话概括来的，出自《论语·公冶长》。

一个大白天，宰予不看书，在睡觉。孔子看到，很生气，骂道："腐朽了的木头是没法雕刻的，粪土似的墙壁是不能粉刷的，而对于宰予，怎么来责备他呢？"孔子还说道："起初，我对人家，听其言而信其行；现在呢？我对人家，听其言而观其行。从宰予这件事后，我改变了看法。"

朽木粪土

后人将这个故事里的"朽木粪土"和"听其言而观其行"都作成语用，前者比喻不堪造就，含贬义。后者表示对一个人必须要观察其言行是否一致。

安然无恙

这个成语故事出自《战国策·齐策四》。恙：灾祸、病痛等忧愁之事。

赵惠文王的妻子赵威后，是战国时期一个比较开明、贤达的妇女。她协助赵惠文王把国家治理得比较好，因而在诸侯王里很有威望。

有一次，齐襄王特意派使臣带着国书去问候赵威后。赵威后接过国书，连看也没看，就向齐国使臣问道：

岁亦无恙耶？民亦无恙耶？王亦无恙耶？

意思是说：贵国今年的年成好吗？老百姓没有什么大的病痛、灾难吧？齐王也好吗？

齐国使臣听了，很不满意，就说："王后啊，我是奉齐王的命令，专程来向您问候的，按照礼仪，您也该先向齐王问好，而现在您却先问年成的丰歉、百姓的生活，最后才提到我们齐王，这不就是抬高低贱而压低尊贵了吗？"

赵威后听后，就耐心地开导他说：

不然。苟无岁，何有民？苟无民，何有君？故有问。舍本而问末者耶！

意思是说：你说的不对。想想看，要是没有好年成，哪里会有百姓的好日子？如果没有百姓的好日子过，没有百姓，又哪还有君王？所以，我就这样问了。难道能要我丢掉根本而去问细小的事情，或者本末倒置吗？

根据这个故事，后来人们便把"岁亦无恙耶？民亦无恙耶？王亦无恙耶？"简化引申为"安然无恙"这个成语，用来形容一切都很正常、平安，没有受到什么损害。

安如泰山

这个成语故事出自西汉枚乘《上书谏吴王》。安：安稳；泰山：山名，在今山东省中部。

公元前 149 年，汉景帝刘启即位以后，晁错成了景帝的主要谋臣，担任了御史大夫。晁错坚持削藩政策，再加上刘启还在做皇太子的时候，吴国太子刘贤到京城晋见皇帝，陪着刘启饮酒下棋，两人发生争执，刘启拿起棋盘便把刘贤打死了。吴王刘濞十分痛恨，从此称病不再到京城朝见皇帝。所以，晁错就上疏景帝说："以前高帝（刘邦）刚刚统一天下的时候，弟兄少，几个儿子年龄也小，便分封同姓子弟。因此他的庶子悼惠王刘肥统辖齐国 70 余座城邑，庶弟元王刘交统辖楚国 40 余座城邑，哥哥的儿子刘濞统辖吴国 50 余座城邑。仅这 3 个非嫡系子弟的封地就占去了天下的一半。如今吴王刘濞因为以前太子被打死而产生的隔阂，假称有病不进京朝见天子，按照古代的法律本应处死，文帝不忍这样做，还赐给他几杖，示意他因为年老不必进京朝见。恩德如此深厚，吴王本应改过自新，可是他却更加骄横放肆，开山铸钱，煮海水制盐，引诱天下逃亡的人阴谋作乱。如今削减他的封地，他要反；不削，他也是要反的。

削他的封地，他反得快，引起的祸害小；不削，他反得迟，祸害就大了。"汉景帝三年，刘启接受了晁错的一些建议，先后削减了楚王刘戊、赵王刘遂、胶西王刘卬的一些封地。因而，当朝廷削减吴国会稽和鄣郡的诏书发到吴正刘濞那里的时候，他便首先起兵反叛，楚王、胶西王、济南王等按盟约，相继举兵反叛。七国发难之时，吴王刘濞征发了吴国的全部士兵，他对国内下令说："我今年62岁了，还将亲自率军作战；我的小儿子刘子驹，年仅14岁，也身先士卒参加作战。全国凡是年长与我相同，年轻与我小儿子一样的，都要出征去打仗。"这样，吴国一共动员了20多万人，参加作战。

这时，已在梁王刘武那里担任文学侍从的枚乘，又写了《上书谏吴王》，希望刘濞罢兵。在这篇谏书中，枚乘写有这样一段话：

能听忠臣之言，百举必脱。必若所欲为，危于累卵，难于上天；变所欲为，易于反掌，安于泰山。

这段话的意思是：要是您能取忠言，那么一切祸害都是可以避免的。如果您一定要按照预先想的那样去做，那就会像垒鸡蛋一样危险，要获得成功比登天还难；假如能立即改变原来的主意，那还是容易得像翻转一下手掌，而且也像泰山那样安稳。

吴王刘濞仍然没有听枚乘的劝告，终于败死。

后来，"安于泰山"被引申为成语，用来比喻所做的事情有成功的把握；也用来比喻做事稳妥可靠。有时还用来形容极其稳固，不可动摇。现多为"安如泰山"。

闭门思过

"闭门思过"成语出自《汉书·韩延寿传》，原为闭阁思过。

西汉昭帝时，燕人韩延寿曾为东郡（今山东郓城）太守。他善于听取部

中华成语故事

闭门思过

下的劝告，采纳好的主意。他在东郡3年，号令严明，办案坚决迅速，坏人坏事大大减少，使东郡成为当时全国治理最好的郡县。

后来，韩延寿又当了左冯翊（今陕西大荔县）的太守。头几年，他从不巡视各县。有一次部下劝他走一走，看看民俗，视察一下县官的政绩。韩延寿说：各县都有贤明的长官，督邮也能明辨善恶，巡视恐怕用处不大反而增添麻烦。部下又说：现在正值春忙，下去也好看看耕种之事。韩延寿只好出行。走到高陵县（今陕西高陵），有兄弟俩因争田之事找他告状。这件事使他极感难过，说道："我作为太守，是一郡之长，不能宣德通明，教化百姓，以致今日民众有骨肉争讼，既伤风化，又使贤人孝子为耻，责任在我身上，还是自己退职让贤吧。"第二天，他就称病，闭阁思过，不理政事。地方官员见此，也都深感自己的失职。

韩延寿的举动也感化了争田地的那兄弟俩，他们由互争变为互让，并赤身前来向韩延寿表示认罪。韩延寿非常高兴，开门接见，并以酒肉款待，勉励他们知过悔过。这样，韩延寿又重理政事。

这件事使得当地百姓和官员对韩延寿更为敬重。韩延寿巡行24县，再未见到争讼之事发生。

"闭门思过"，关起门来自我反省。比喻人有自知之明，能够自我批评，检查自己的过失。

讳莫如深

这个成语出自《春秋谷梁传》庄公三十二年。

春秋时期，鲁国的国君鲁庄公偏爱他的妃子孟任，因此一心想让孟任生的儿子般继承君位。可是，由于鲁庄公有好几个妻子生的儿子，还有3个兄弟，所以继承人的问题一直难以决定。直到庄公病重不起时，才不得不决定。他先问老三——他的弟弟叔牙：谁继位最合适？叔牙说：老大庆父（庄公排行老二）可以胜任。庄公听了很不高兴。又问老四季友。季友说：愿意不惜牺牲自己的生命来扶持般继位。

庄公死后，季友设计毒死了叔牙，立般为国君。庆父不服，派人把般杀了，另立开为国君，即为鲁闵公。季友被迫逃到陈国。

一年多以后，庆父认为时机已到，又杀了鲁闵公，准备自己当国君。人们见庆父连杀二君，认为他太残暴了，纷纷起来反对。逃到陈国的季友乘机号召鲁国人民杀死庆父。庆父吓得逃往齐国。季友便立申为君，这就是鲁僖公。最后，庆父在走投无路的情况下，只得自杀，鲁国的内乱才算平息。

孔子在《春秋》中记载这段历史时写道：

> 子般卒，公子庆父如齐。

在这里，"卒""去世"之意，"如"作"往"字讲。明明是庆父"杀"死了子般，"逃"奔齐国的，但孔子却轻描淡写地说：子般"去世"了，庆父"往"齐国去了，这说明了孔子的态度问题。所以《春秋谷梁传》在评论这个问题时说道：

> 此"奔"也，其曰"如"，何也？讳莫如深。

意思是：明明是"逃奔"，却说成"往"，为什么呢？因为孔子要把事实的真相深深地隐瞒起来了。

后来，"讳莫如深"就成为一句成语，说明忌讳极深，把事实真相隐瞒得严严实实的，唯恐别人知道。

衣绣夜行

"衣绣夜行"和"沐猴而冠"都出自《史记·项羽本纪》。"衣绣夜行"，原意是穿着锦绣的衣服夜里行走。"沐猴而冠"，原意是猕猴戴帽子。

秦朝末年，继陈胜、吴广农民起义之后，项羽、刘邦等也先后起兵反秦。这里边项羽所领导的楚军力量最强大。楚军英勇善战，是消灭秦军的主要力量。刘邦趁着楚军与秦军主力相对峙的机会，带兵攻入秦都咸阳，秦王子婴被迫投降。

项羽得知刘邦先入咸阳的消息后，非常气愤，亲自领兵赶到咸阳，把已经投降的子婴杀了，并放火烧了秦朝的王宫，火势熊熊，3个月不灭。楚军搜集了秦宫的财宝、妇女后，准备返回关东（潼关以东）去。这时，有一个人向项羽建议说："关中这一带地势险要，可以在这儿建都，进而夺取全国。"项羽见秦宫已经烧毁，心里惦记着回东方去，便对建议的人说：

富贵不归故乡，如衣绣夜行，谁知之者！

建议者听到这个回答，觉得项羽眼光太短浅，失望地叹口气，说：人言楚人沐猴而冠耳，果然。

项羽听了，怒不可遏，立即使人将那个建议者抓起扔进油锅，炸死。

后来，人们便把"衣绣夜行"和"沐猴而冠"作成语用，前者比喻不显夸荣耀；后者讽喻某人徒有其表，或形容某人性情急躁，不能耐久。

先入为主

"先入为主"，语出《汉书·息夫躬传》。

汉哀帝年间，河内河阳（今河南孟州市西）有个人叫息夫躬，靠告发他人而做了光禄大夫。息夫躬当官之后，诬告群臣，奉承皇上。而其同伙董贤更受皇帝宠幸。于是孔乡侯傅晏与息夫躬密谋，想夺董贤的职位。当时正好是匈奴单于来朝拜的时间。但单于派人说有病不能来，想到明年再来朝拜。息夫躬借此上表，说匈奴年年来朝，今年却说有病，恐怕有反心。他劝哀帝赶紧商议对策，于是哀帝召集群臣议论。左将军公孙禄说："匈奴自先帝时起就臣服保塞，今单于得病不能来朝而派遣使者来说明，这仍不失臣子之礼。息夫躬所说之事不确实。"息夫躬听后反驳说："我是为国深谋远虑，并无他意，而左将军与我所说是不能同日而语的。"哀帝听后称是，便不与群臣再议，只和息夫躬交谈。息夫躬说：我观天象，怕有兵乱。可派大将军行边兵整武备，斩一个郡守，以威震四夷，使他们不敢参与兵乱。哀帝问丞相，丞相说："那些辩士（指息夫躬）只是片面地看问题，或者有意诈称天象，虚造匈奴等谋反，而要动干戈。这不合天道。当年秦穆公不听百里奚、蹇叔之言，致使大败，悔过自责，痛恨那些胡言乱语的人，回想忠言良语，因而名垂后世。希望陛下接受古代的经验教训，反复思考，不要以先入之语为主。"后来汉哀帝终于知道息夫躬的阴谋，撤了他的职，贬为平民，赶出朝中。

后来人们将"先入之语为主"简化为"先入为主"成语，说明人以先听到的话或已有的印象为主，不再考虑或接受他人的意见和建议。

先见之明

"先见之明"成语出自《后汉书·杨彪传》。

杨彪出身于世家，他的父亲杨赐，在汉灵帝时曾做过光禄大夫。杨彪自己也任过灵帝的侍中、太尉等职。杨彪家传好学，他的儿子杨修曾为曹操的谋士。杨修聪慧过人，引起了曹操的疑嫉。在一次征讨途中，曹操便以破坏军令、动摇军心为借口，杀了杨修。

杨彪得知儿子被杀的消息后，心中十分悲痛，日益消瘦。一次，曹操见到杨彪，问道："杨公为何瘦得这么厉害呀？"杨彪答道："真惭愧我没有金日磾（西汉武帝时的大臣）的'先见之明'，心里还怀着像老牛抚爱小牛那样的感情啊！"曹操听后，知杨彪还记着他杀杨修的事，心里很不高兴。

"先见之明"即源于此，后人多用它来比喻对事物有预见性，事先能料及事后的结果。

自怨自艾

"自怨自艾"出自《孟子·万章上》。原意是自己怨恨自己，自己改正过错。

中国上古时代传说中的尧、舜、禹，一直被后人认为是"明主""圣君"，他们主动传贤让位的开明行为，一直被传为美谈。但他们的具体情况又是后人所不得详知的，故它引起了后代不少人探讨它的浓厚兴趣。战国时代的孟子的学生万章，就曾以怀疑的态度问孟子道："尧以天下与舜，有诸？"当老师回答之后，万章又问道："人有言：'至于禹而德衰，不传于贤，而传于子。'有诸？"孟子答道："不！不是这样的。天要传授给圣贤的人，就传授给圣贤的人；天要传授给君主的儿子，就传授给君主的儿子。过去，舜把禹推荐给天，过了17年，舜死了，服丧3年之后，禹为了让舜的儿子继位，自己躲避到阳城去。但是，天下之民都愿跟从禹。禹把益推荐给天，7年之后，禹死了，服完3年丧，益为着让禹的儿子继位，自己也躲避到箕山之北。当时朝见天子以及打官司的人，都不去益那里，而是去找禹的儿子启，并说道：'这是我们君主的儿子。'"孟子还说道："启是个贤明人，他能继承其父禹的好传统。益虽协助过禹，但时间不长，对人民施恩泽的时间也短。舜、禹、益之间相距时间长和短，及其儿子的好和坏都是天意，非人力所能做到。没有人叫他们这样做，而他们这样做了，这就是天意；没有人叫他们来，而他们却来了，这就是命运。匹夫而得天下者，其德行一定要像舜、禹一样，而且要有天子的推荐。所以，像孔子这样的圣人，没有天子推荐，是得不到天下的。而那世世代代相传而得天下者，天子若要废弃，必定是像夏桀、商纣之流，所以虽是圣人的益、伊尹、周公，因不处桀、纣之时，也是得不到天下的。伊尹协助商汤统一天下，商汤死了，其孙子太甲继承王位后破坏商汤的典章制度，伊尹便将他放逐到桐地。经过3年，太甲悔过，自怨自艾，在桐取仁求义。又过3年，确确实实认错了并吸取了伊尹对自己的教训，重新回到国都继续做天子。"最后孟子说道："周公的不能得到天下，犹如益之于夏，伊尹之于殷。孔子说：'唐尧、虞舜自动传位于贤，夏、商、周三朝代代相传于子，其道理是一样的。'"

后人将"自怨自艾"作成语用，比喻自我悔恨，不再含有自己改正过错之意。

后起之秀

"后起之秀"原作"后来之秀"，出自《世说新语·赏誉》。

晋孝武帝时，有个叫范宁（字武子）的人，担任豫章太守。他有个外甥名叫王忱（字元达），很有才能，被晋孝武帝任命为荆州刺史，官职比范宁还要高。

有一次，舅甥 2 人遇到一起。范宁夸奖王忱说："外甥你是一个非常杰出、非常有才智的人，真可以称得上晚辈中的优秀人物。"王忱谦虚地回答："如果没有您这个舅舅从小对我的教诲，怎么会有我的今天？"

后来，人们便以"后起之秀"作成语用，形容后辈中特别优秀的人物。

优孟衣冠

这个成语出自《史记·滑稽列传》。

春秋时期，楚国有一个名叫孙叔敖的人，传说他小时候，一次出游途中，看到一条蛇，好像有两个脑袋。他曾听迷信的人说过，谁看到两头蛇就会马上死去。他想："这大概就是所谓的两头蛇了。如果那些人的说法是真的，那么我应当杀死它，免得让更多的人因为遇到它而丧失生命。"于是立即把这条蛇打死，并深深地埋入地下。回家以后，他把经过情况告诉母亲。母亲见他年纪虽小，却能为别人着想，非常高兴，对他大加赞扬。

孙叔敖并没有因为遇见所谓两头蛇而丧命。由于家庭的良好教育和他本人的努力，他长大以后不但品质高尚，而且很有才学。后来他当了楚国的相国，帮助楚庄王治国理事，颇有政绩，很得楚庄王的信任和推重。可是，孙叔敖逝世以后，楚庄王很快就忘了他的功绩，连他家人的生活也不给任何照顾。孙叔敖的儿子实在无法，只得靠打柴维持生计。

当时有个著名的宫廷演员，名叫孟，人们称他"优孟"。此人虽然社会地位低下，被人瞧不起，但却是一个热心肠的人，颇能主持正义。孙叔敖知道优孟是个可以依靠的人，临死时曾对自己的儿子说："我死之后，如果你生活不下去了，就去找优孟，请他为你想办法。"后来，孙叔敖的儿子越来越穷困，实在无法生活下去，只好去找优孟。优孟对他深表同情，答应为他想办法。

此后，优孟便暗地里刻意模仿孙叔敖的谈话神态和一切动作。经过一年多的练习，优孟的神态和动作已完全像孙叔敖。于是，他便仿制孙叔敖生前的衣帽服饰，穿戴起来，化装成孙叔敖的样子，如果人不细看，很难辨别真伪。在一次酒会上，优孟利用机会，上前向楚庄王敬酒。楚庄王抬头一看，大吃一惊，以为是孙叔敖复活了，便要求他再出任相国。优孟装着拿不定主意的样子，说："请允许我回家和妻子商量商量，3 天以后给您回音。"

过了 3 天，优孟去见楚庄王。楚庄王问道："你与妻子商量得怎么样？她同意吗？"优孟回答说："她不同意。她说，楚国的相国无论如何不能做。像孙叔敖那样的人，虽然他尽心竭力为楚国效劳，使楚庄王得以成为霸主，可是他死后，他的儿子却要靠打柴糊口。……"楚庄王听了优孟的话，再仔细一打量，发现他原来不是孙叔敖。接着，优孟又将孙叔敖生前的清廉和死后家庭的萧条情景详细地诉说给楚庄王听，使楚庄王大为感动，立即对孙叔敖的儿子予以封赠。

后来，人们根据这个故事引出"优孟衣冠"这个成语，用来形容某人乔装假扮；或比喻一味模仿他人而缺乏创造性的文艺作品。

众怒难犯

"众怒难犯"为春秋时郑国大政治家子产的话，意思是众人的愤怒不可触犯。语出《左传》襄公十年。

公元前 563 年冬天，郑国内部发生叛乱，执政者子驷被叛乱者杀死。司徒（官名）子孔执政。他制定盟书，规定官员各守职位，遵守法令。有人不服从，子孔准备将其诛杀。子产劝阻，并请求将盟书烧掉。子孔不同意，说：

众怒难犯

"制定盟书是用来安定国家的，众人发怒就烧掉它，这是众人执政，这样国家不就难治理了吗？"子产说："众怒难犯，专权愿望难成功，将此两件难办的事合在一起来安定国家，这是危险的办法。不如烧掉盟书来安定大伙，你能得到您所需要的东西，大伙也可以得到安定，不也是可以的吗？专权愿望不能实现，触犯众人会发生祸乱，您一定要听从大伙的。"于是在仓门外烧掉盟书，大伙也就安定下来了。

合浦珠还

"合浦珠还"成语出自《后汉书·孟尝传》，后亦作"珠还合浦"。

广西合浦县产珍珠。东汉时，广东西南和广西南部一带曾设置过"合浦郡"。因为合浦郡靠海，那里不出产粮食，当地的人们靠珍珠谋生，把珍珠卖给商人，换回粮食，日子过得挺好。但是由于官吏贪财，营私舞弊，叫人滥采珍珠，无休无止。这样，珍珠贝越来越少，最后没有珍珠了，商人也不来了。结果粮食缺乏，食物不足，很多人饿死路旁。

合浦珠还

后来孟尝做了合浦太守，他了解到这种情况，便革除了以往的弊病，采取了保护珍珠贝的措施，大力鼓励和保护珍珠生产。不到一年，去珠复还。

后人根据这个故事，引出"合浦珠还"成语，以比喻失物复得。

刎颈之交

"刎颈之交"出自《史记·廉颇蔺相如列传》。

战国时期，赵惠文王有两位出名的大臣，一个是相国蔺相如，一个是大将廉颇。有了这对相将，连强大的秦国也不敢小看赵国。

蔺相如本来是赵惠文王内侍长缪贤的家臣。有一次，秦国恃强仗势想骗取赵国的国宝——"和氏璧"。赵王和大臣们谁也想不出办法来应付。后来，经缪贤推荐，蔺相如奉命出使秦国，最后不辱使命，完璧归赵，出色地完成了任务。蔺相如因而深受赵王的赏识。不久，秦王、赵王在渑（音 miǎn）池相会，秦王企图当众羞辱赵王，不料反而被蔺相如奚落了一顿。由于蔺相如连立大功，赵王拜他为相，位居上卿，地位比廉颇还高。

廉颇对蔺相如的连连提升很不服气，对人说："我能当上大将，是出生入死、在战场上拼命拼出来的。而蔺相如没有一点儿战功，只凭一张嘴巴，职位反而比我高。我要是遇到他，非给他一个难堪不可。"

这话传到蔺相如的耳朵里，蔺相如便有意避开廉颇。别人以为蔺相如怕廉颇，廉颇也非常得意。可是，蔺相如却说："秦王那样厉害，我都丝毫不怕，怎么会怕廉颇将军呢？我之所以避让他，完全是以国事为重，而把个人的恩怨和面子放在一边。现在，由于赵国有我和廉将军，因此秦王才不敢对赵国轻举妄动。如果我们两人闹不团结，不就给秦国有可乘之机了吗？"

蔺相如的这番话，使廉颇非常感动，非常惭愧。他当即袒露上身，背负荆条，到蔺相如家中请求原谅。最后两人和好，为"刎颈之交"。

后来，人们把"刎颈之交"作为成语，形容结成同生死共患难的朋友。

"刎颈"，指割脖子；"交"，指交情、友谊。

异军突起

"异军突起"成语出自《史记·项羽本纪》。

秦朝末年，陈胜、吴广在蕲县大泽乡（今安徽宿县东南刘村集）发动反秦起义，全国各地纷纷响应。公元前208年，陈胜的部将召平奉命攻打广陵（今江苏省扬州市）。广陵尚未攻克，便听说陈胜兵败而逃，秦军正向南打来。召平只得渡过长江，来到项梁、项羽率领的起义军驻地——吴中（今江苏省苏州市），假托陈胜的命令，任命项梁为楚王上柱国，要他领兵西上，抗击秦军。

当时，项梁、项羽起义军的人数很少，要想单独抵御秦军的进攻是非常困难的。当他们率领8000人马渡江西进时，听说陈婴在东阳县（今安徽省炳辉县西）起义成功，便派人约陈婴采取联合行动。陈婴原是秦政权的东阳县令史，在当地小有威望。东阳县的年轻人杀了县令，聚集了数千人，由于没有合适的人领头，便请陈婴出来主持。起义队伍很快发展到两万多人。这些年轻人打算拥戴陈婴为王，并且独树一帜，用青色的头巾裹头，以显示他们是一支新起的与众不同的军队。但陈婴胆小怕事，不敢称王。当项梁派人来联络时，陈即将自己的队伍交由项梁指挥。这样，项梁的队伍便得到进一步发展壮大。当他们渡过淮河到达下邳（今属江苏省睢宁县）时，队伍已扩大到六七万人，成为一支力量相当雄厚的起义军。在后来推翻秦王朝的斗争中，他们发挥了重要的作用。

后来，人们从"异军苍头特起"引出"异军突起"这个成语，比喻一支新的力量突然兴起。

好好先生

这个成语故事出自明代冯梦龙《古今谈概》。

东汉末年，颍川阳翟（今河南禹县）有个叫司马徽的人，善于识才、知人，被称之为"水镜先生"。他长期居住荆州，与诸葛亮、庞德公、徐庶为友。由于当时社会动乱不定，刘表气狭不能容人。平素间，这位老先生表面上糊糊涂涂的，无论别人对他讲什么事，他总不管好歹，也不问是与非，一律都回答说"好"。久而久之，人们便送了他一个"好好先生"的绰号。

有一次：有人问徽安否，答曰："好。"有人自陈子死，答曰："大好。"妻责之曰："人以君有德，故此相告，何闻人子死，反亦言好？"徽曰："如卿之言亦大好。"

这段话的意思是：有一天，有位朋友来向他问候，问他身体还好吗？他回答说："好。"又有位朋友伤心地告诉司马徽说，他的儿子死了。司马徽听后，还是不紧不慢地说："好啊，大好。"等朋友们走后，司马徽的妻子责怪他说："朋友们相信你，认为你是个有德行的人，才肯把心里的话告诉你。可是你听到人家的儿子死了，怎么能说好呢？"司马徽仍不以为然地说："好，你讲的话也是大好！"

像司马徽这样，从来不谈论别人的缺点，无论好坏是非都是一个"好"字，连别人向他说起自己死了儿子的痛苦，也答曰"大好"。如此只知道"好，好，好"，似不可信。其实，在刘义庆的《世说新语》中，对于司马徽也有类似的记载：他闭口不谈论时人时事，如有人问及，则每每回答"佳"。他的妻子责备他，别人有疑问才来问，你都一一说佳，这难道是别人来问你的目的吗？司马徽却说："如君所言，亦复佳。"这里的"佳"字就是前文的"好"字。

后来，人们便以"好好先生"来形容那种是非不分、随声附和不得罪任何人的人。

同流合污

这个成语故事出自《孟子·尽心下》。流：风俗，流俗；污：肮脏，污浊的世道。

万章与公孙丑，都是孟子的高才生。有一次，孟子在同万章谈到孔子曾经批评过好好先生，万章便问孟子："怎样的一种人，就可以叫他做好好先生呢？"

孟子回答道："八面玲珑，四方讨好的人，就是好好先生。"

万章又问："这样的人，往往全乡的人都说他是老好人，他也到处表现出是一个老好人。孔子却把这样的人看成是伤害道德的人，这是为什么呢？"

孟子说：

非之无举也，刺之无刺也，同乎流俗，合乎污世，居之似忠信，行之似廉洁，众皆悦之，自以为是，而不可与入尧舜之道，故曰："德之贼"也。

意思是：这种人，你要指责他吧，却又举不出什么大错误来；要责骂他吧，又好像没有什么好责骂的。他只是在言行上同不好的风俗、世道相合了。这种人为人好像忠诚老实，行为也好似方正廉洁，大家都喜欢他，他自己也认为自己是对的。但是他们的言行，完全违背了圣人之道，所以说他们实际上是伤害道德的人。

"所以，"孟子接着又说："孔子说过，他厌恶那种外貌相似内容全非的东西。他厌恶狗尾巴草，因为怕它把禾苗搞乱了；厌恶不正当的才智，因为怕它把义搞乱了；厌恶夸夸其谈，因为怕它把信誉搞乱了……厌恶好好先生，就是因为怕他把道德搞乱了。"

后来，"同乎流俗，合乎污世"被简化引申为"同流合污"这个成语，比喻跟着坏人一起做坏事。

危急存亡

这个成语故事出自三国时蜀国诸葛亮《前出师表》。

刘备死后，诸葛亮受命辅佐后主刘禅执政，曾多次出兵伐魏。后主刘禅建兴五年（227年），诸葛亮率军离开成都进驻汉中，准备北伐曹魏。临行前，他上表刘禅，从用人处事到励精图治、赏善罚恶、赏罚严明等都向刘禅进行了恳切的规劝。在这个表（即《前出师表》）中，诸葛亮还表达了兴复汉室、报效先帝刘备的忠心，分析了蜀汉当时险恶而严峻的形势，表中这样写道：

臣亮言：先帝创业未半，而中道崩殂，今天下三分，益州疲敝，此诚危急存亡之秋也。然侍卫之臣不懈于内，忠志之士忘身于外者，盖追先帝之殊遇，欲报之于陛下也。

先帝：指刘备，"先"表示已死的尊长；崩殂：古时帝王死亡称崩，殂也是死亡之意；益州：相当于今四川的大部分及云南和贵州的一部分地区，这里指蜀汉；秋：时期。

这段话的意思是：臣诸葛亮上言：先帝创建的事业还没有完成一半，却中途去世了。如今天下已分成了魏、蜀、吴三国。益州地区人力疲惫、物力缺乏，这实在是到了生死存亡的危急时候了！然而侍奉保卫皇帝的臣子在宫廷里从不懈怠，忠心耿耿的将士在外舍生忘死，这都是追念先帝对他们特殊的恩遇，想把这种恩情报答在您的身上的缘故。

后来，"危急存亡"被引申为成语用来形容关系到生死存亡的紧要关头。

安步当车

语出《战国策·齐策四》。

战国时，齐国有个文士名叫颜斶，虽性情刚烈，但很有才华，摒弃仕途，隐居在家，生活无拘无束，自由自在。

有一天，齐宣王召见颜斶，用客气的语气说："颜先生如果不嫌弃，欢迎你到我这里来。咱俩一同生活，一同游乐，每餐都吃大鱼大肉，出门有车坐，连你的妻子和女儿都会穿上华丽的衣服，保你此生荣华富贵，享受不尽。"

颜斶听了齐宣王的话，非常冷淡地说："感谢大王的好意。我不求什么荣华富贵。我们全家人的生活原则就是：吃不起肉，可以把吃饭的时间推迟，直到饿极了再吃，哪怕是萝卜白菜，吃起来也有滋有味；没有车子坐，步行时只要走得慢些、安稳些，就好比坐车那么舒坦了。只要不做坏事、不犯罪，廉洁正直，洁身自好，就比升官发财要踏实得多，就会自由自在，无忧无虑了。"

成语"安步当车"就来源颜斶对齐宣王说的话。

闭门造车

语出宋·释道原《景德传灯录》。

古人有句话说："闭门造车，出门合辙。"它的意思是说：把门关起来，依照图样造一辆车。先把零件逐样造好之后，只要每件都是合乎规矩的，那么拿到外面去，把它一件件连接起来，就可以运用了，是不会出错的。

在我们引用这句成语时，必须注意它有正、反两面的意义：在正的方面，就是说天下之事虽复杂万端，但大致上是相同的，只要样子没变，依照规矩来行事，自然就不会发生错误，到处都可以行得通。所以，尽管是关起门来造车，拿到外面去运用，还是会适合车辙的。

就反面而言，是说天下的事理没有穷尽，而且各地的情形不同，习惯也各异其趣，所以，如果自己一个人关起门来做，尽管做得再好，再完美，拿出去也不一定适合人们的需要。

由造车这件事来说是如此，其实用于其他方面也是如此，因为想象与现实是有差距的，不能只照自己的想法去做。

现在，我们大都使用这句话的反面意义，来讥笑别人的见识太短浅，不知道要去了解外面的实际情况，只知道主观地关起门来，照着自己的意思一意孤行。

所以，一个人不论做任何事情，一定要先观察四周环境有什么变化，有什么需要，再来下手，才不致徒劳无功。

这句成语如果用在正面，必须与"出门合辙"一起用才对。

当头棒喝

语出佛教禅宗语。

黄檗禅师是唐代一位有名的高僧，据说他童年时就在福州的黄檗山上当和尚。

他有很多弟子，其中有一位叫临济，他想知道佛法到底是怎么一回事，有一天便鼓起勇气，去向禅师请教。

谁知道黄檗禅师并不回答，只是拿起一根棒，朝临济的头上打下去。

临济被禅师这么一打，头痛得不得了。可是，他还是忍痛再问，黄檗禅师又是一棒下去。就这样三问三打，临济不敢再问下去了，只好回去自己研究。

后来，他终于明白了佛法的奥妙，而且也参透黄檗禅师的禅学宗旨，以及棒打教人的用意。

从此以后，临济便独自一人研究佛理。在和黄檗禅师讲论佛法的时候，也可以机智敏捷地应对了。

到了这个时候，他对佛法奥妙的研究，可说和黄檗禅师不相上下。当时喜好研究佛法的人，多来向他们请教。但黄檗禅师对来问佛法的人，一样拿起棒朝来人迎头打下去，临济还在旁边吆喝助威。黄檗禅师打一下，他便大喝一声。用这种奇怪的方法，来点醒世人的迷误，收到警醒的效果。

防微杜渐

语出宋苏轼《论周檀擅议配享自劾札子》。

后汉和帝时，窦太后临朝听政。太后的兄长窦宪仗着皇亲国戚的尊贵身份，独揽朝中大权，许多官吏为了本身利益，纷纷巴结逢迎，国家政治变得十分混乱。

当时有位担任司徒的官吏名叫丁鸿，眼见窦宪专横无理，政局动荡不安，便借着日食出现的机会写了一封密函，上奏和帝。

信中写道："太阳是代表君王的象征，月光则是比喻臣子的形象。当日食出现时，是表示居下的臣子在侵夺君王的权力……在《春秋》的历史记载中，日食出现了 36 次，其中君王被臣子谋害的便有 32 人，这些都是因为做臣子的权力太大所致。"

在信的后半，丁鸿大义凛然地数落窦宪的罪状，将他平日飞扬跋扈的情形，详详细细地告知和帝。

丁鸿采用鲜活的比喻，使和帝了解防范弊病须从小处着手，才不致酿成大祸。

他语意真切地在信中写道："……要知道，涓涓的流水聚积，可以穿透岩石，而遮蔽日光的大树，何尝不是由葱绿的幼苗所长成。"

后人由这个故事引申出"防微杜渐"这句成语，用来比喻防止弊端要从小处着手的情况。

老当益壮

语出《后汉书·马援传》。

西汉末年，有位见识过人的壮士，名叫马援，不但知书达礼，而且精通武艺。他年轻时，因为有本事，养了几千头牲畜，把赚来的钱全部分赠亲友，虽然穿着破羊皮裤，但他却常自勉道："大丈夫为志，穷当益坚，老当益壮！"

王莽末年，马援在隗嚣手下做事，那时候，天水的隗嚣、四川的公孙述和东汉光武帝鼎足而立，公孙述在成都称帝，隗嚣便派他到那边去看看

| 177 |

情况。

马援以为自己与公孙述是同乡，一定会被好好招待，不料公孙述竟盛气凌人，摆出全副仪仗，由礼官赞礼，才接见他。马援看公孙述这副模样，说不了两句就走了。

后来，马援又被派往洛阳见东汉光武帝。光武帝不但马上接见，还虚心地问马援他有哪些待改进的地方，并征询马援对治国的意见。

马援见光武帝能礼贤下士、坦诚相待，留了下来。

马援靠着过人的才智，及精湛的武艺，为国家立下许多汗马功劳。南方交趾有女王聚兵造反，马援带领水陆各军声势浩荡地进攻交趾，交趾军不敌，被打得落花流水，不久此地便被平定了。马援得胜回朝，文武百官，郊迎 30 里。

后来，洞庭湖一带又发生叛乱，光武帝派兵征伐。由于到处弥漫山泽瘴气，前去讨伐的军队全军覆没。马援得知这个消息后，就自告奋勇地请调出征。

光武帝看他年纪太大而犹豫不决，马援便披戴甲胄，威风凛凛地一跃上马，以表示自己能够担任。光武帝这才服气地说道："真是老当益壮啊！"

后人因此用"老当益壮"来形容年纪虽老，志气更为雄壮。

老生常谈

语出《三国志·魏书·管辂传》。

三国时代，魏国有个人名叫管辂，他从小就对天文星相极有兴趣，八九岁时，曾在泥土上画出日月星辰的图案，向一起游玩的小朋友解说天文的知识，大家都听得津津有味。

管辂长大后，对《周易》研究透彻，常常替人占卜，每次总是非常准确。

有一次，吏部尚书何晏将管辂请到府内晤谈，另一位尚书邓扬也在场作陪。

何晏开口便问："请你帮我占上一卦，看看我有没有做三公的命？还有，我最近常梦见成群的青蝇，朝鼻上扑来，不知这是什么预兆？"

管辂条理清晰地答道："当年周公忠心尽职地辅佐成王，才使周朝国运鼎盛，这些都是遵循天理而非占卜可以说明的。如今你权高位重，但感怀你德行的人少，惧怕你威势的人反而多，这并不是好现象呀！而鼻的位置在中内，青蝇贴面则主凶，我希望你依循先贤圣人的做法，则三公可望，青蝇可驱了。"

此时，坐在一旁的邓扬讽刺道："这些议论我都听腻了，有什么新奇呢？"

后人便把邓扬说的这句话引申为"老生常谈"这句成语，用来形容没有新鲜的意见和人们耳熟能详的普通论调。

老马识途

语出《韩非子·说林上》。

春秋时期，齐国的力量很强大。有一次，北方的山戎侵犯燕国（今北京附近），燕国请求齐国援助。齐国的国君齐桓公亲自率领大军前去支援。最后，终于取得胜利，平定了边境的祸患，准备返回齐国。

战争从春天开始，打了将近一年，凯旋时加之人烟稀少，地处荒凉，已是冬天。山川草木都变了样，因为齐军不熟悉孤竹国的地形道路，一天夜间迷了路，误入一个地势险峻的山谷。齐桓公急得团团转，派出几支人马，分头寻找出路，可是因为山高谷深，到处是悬崖峭壁，派出去的人有的失踪再也没有回来，有的回来后也说不清楚应该走哪条路才对，转来转去就是摸不出去，时间久了，军队的粮食也发生了困难。

在这种处境非常危急的情况下，大臣管仲十分沉着冷静。他想：狗离开家自己能找路回去，马肯定也有这种本领，特别是老马。于是他就对齐桓公说："老马有认路的本领，可以挑几匹老马在前边领路，一定能够走出山谷。"

齐桓公一听，非常高兴，忙说："这倒是个好办法，快试一试看！"管仲挑了几匹老马，解开缰绳，让它们在前面走，队伍在老马后面跟着，最后果然走出了山谷，找到了回齐国的大路。

有恃无恐

语出《左传》僖公二十六年。

公元前603年的夏天，齐孝公亲自率领军队去攻打鲁国的北部边境。齐孝公还没有进入鲁国国境，展喜就迎了上去，齐孝公得意地说："听说我们来了，你们鲁国人害怕了吗？"展喜说："只有那些小人才害怕，君子没有一个害怕的。"

齐孝公惊讶地说："你们百姓的房屋中像倒挂的磬一样空无一物，四野里连青草都没有，你们倚仗什么而不害怕呢？"展喜不慌不忙地回答道："我们靠的是先王的命令。从前，鲁国的周公、齐国的太公共同辅佐周成王。成王慰劳和表彰他们，并让他们订立盟约，说'世世代代的子孙都不要互相侵犯'。这个盟约至今还保存在盟府里，由太史掌管着。你们的先王齐桓公遵守这个盟约，并联合诸侯，商讨解决各国间的争端，弥补相互间的缺失，救援他们的灾难，所以受到大家的称赞。等到您即位后，诸侯国都盼望说：'他应该会继承桓公的事业！'所以，我们鲁国既没有修城墙，也没有用兵把守。大家都说：'难道孝公即位才9年，就会抛弃先君的遗命，废弃应尽的职责来攻打鲁国吗？如果孝公今天进攻鲁国，他怎么向死去的齐桓公交代呢？您是一定不会这样做的。'我们就依靠这一点，所以才不怕。"

齐孝公听了展喜有理有节的话，便调集军队回国了。

有口皆碑

语出宋·释普济《五灯会元》。

碑是一种竖立的石块，上面刻有文字，可用来纪念或是记事。由于石质十分坚硬，所以雕刻的文字能够保存很久；经过再长远的时间，也不会损坏或磨灭，具有永恒的价值。

英雄伟人的纪念碑或是祖墓上的石碑，设置的目的，都是为了使后人能够知道从前的种种事情。

但在《五灯会元》一书中曾说道："劝君不用刻顽石，路上行人口似碑。"

"口似碑"的"碑"，并非实质的碑，而是一种比喻，说明如果一个人有值得别人称赞的行为，大家便会互相传诵赞美，有如刻在歌功颂德的石碑上。

后来，这句话便引申为一句成语，用来称赞人的优良品格及伟大的成就或事迹。甚至，连一件工艺品、一座建筑物制造得十分精良、美观，即使不用石碑来称誉，已早有人口耳相传，大加赞赏，极力推崇了。

有口皆碑

有名无实

语出《国语·晋语》。

叔向，是春秋时晋国大夫。有一次他去见韩宣子。韩宣子是当时晋国的六卿之一，职位很高。可是当他见了叔向时，不住地唉声叹气，说自己太穷了。不料，叔向听他这样讲，起身向他祝贺。

宣子说："我虽身居卿位，却有名无实，比起别的卿大夫来，他们谁都比我阔绰。我感到很寒碜，你为什么反而祝贺我呢？"叔向回答说："穷，不一定是坏事，你只要回忆起栾武子，就可以知道了。"

栾武子，晋国上卿，而俸禄却比上大夫还少，家里连祭器都不齐全，可是他能发扬美德，处事公正，诸侯都同他友好，连狄族、戎族也来归附，因而使晋国安定，无灾无难。所以，他在大臣中很有威望。昏庸无道的晋厉公，听信奸臣的话，一天内杀了忠于国家的3个卿。栾武子等也被扣押在宫中，国内一片混乱。栾武子果断地采取行动，调集军队，包围王宫，杀死厉公，迎立公子姬周为国君。当时，臣弑君是大逆不道的。但栾武子一贯清正廉洁，忠于职守，并未因此而受到责难。

叔向最后说："我看你像栾武子一样贫困，就联想到你已经有了他那样的德行，所以，我才向你表示祝贺。"

韩宣子听了叔向的话，顿时愁云消散，向叔向行礼道："多谢你对我的教导。"

有条不紊

语出《尚书·盘庚上》。

从成汤以来，殷商先后5次迁都，老百姓怨声载道，不想再受折腾。

有条不紊

盘庚告诫大臣们说："先王向群臣发布命令，群臣都不敢隐匿。这次搬迁就像'若网在纲，有条而不紊'一样，也就是说，我的命令，就好像只有把网结在纲上，才会有条理而不混乱。只要大家按我的意见办事，团结一心，政务就好办了。"

于是，盘庚命人造了很多船只，准备将臣民全部渡过黄河去。临行前，他把那些不愿意迁移的人集中起来，对他们说："让你们迁移到新邑去，就好比乘船，上船后却不愿意过去，那就只有坐等船的沉没和朽烂。现在我把你们迁移过去，正是为了让你们过上永久幸福的生活！"

迁都新邑后，盘庚首先安排臣民们的住地，然后确定宗庙和朝廷的方位，修缮成汤的故宫，庄严地祭祀先王，大力推动成汤的政令。自从盘庚迁都以后，百姓安居乐业，国势又一次强盛起来。

成语"有条不紊"就是来自盘庚对臣民们的讲话。

江郎才尽

语出南朝梁钟嵘《诗品·齐光禄江淹》。

江淹，字文通，是南朝刘宋时济阳考城（今河南省兰考）人。因他才华横溢，文章出众，人称"江郎"。一些名人如辅佐丞相的司徒、长史都喜欢和他交往。

他的才学被刘宋的建平王景素所看中，留在身边。一次，他因一件案子的牵连而进了监狱。江淹为了说明自己的清白，于是就上书给景素。书上言辞恳切，有极强的说服力。景素马上将他释放，一如既往地信任他。

到了刘宋末年，萧道成掌大权，闻听江郎的才学出众，于是就让他留在身边当官。由于其文才高，所以在宋、刘、梁三朝都做过官。

但到了晚年，传说其文笔大不如从前。还有这样一个传说：

有一次江淹路过凉亭，晚上留宿在那里。梦见一个自称郭璞的人对他说："我有一支笔搁在你那里很长时间了，你现在还给我吧？"江淹从怀中一摸，果然有一支五彩笔，于是就还给了郭璞。从此以后，江淹再也写不出华美的诗文了。许多人都说他已经"才尽"了。

自相矛盾

语出《韩非子·难一》。

矛和盾，是古代的两种兵器。矛是进攻式的，能刺伤人；盾是防卫式的，能防身护体，遮挡刀箭。它们的用途正好相反。

很久以前，楚国一个卖兵器的人到市场上出卖矛与盾。他把兵器放到地上让人观看，但他没有卖出一样。于是，他就举起他的盾，向大家吹嘘说："我的盾可坚固了，你不论用怎样锋利的矛来刺它，都绝不会把我这坚固的盾牌刺穿。"

这个人吹了半天他的盾后，又高高举起他的矛，吹嘘道："谁来买矛哇，我这矛可锋利呀！不管你拿什么样的盾牌，不论它是铜的、铁的、厚的、薄的，用我的矛，再坚固的盾，也能把它刺穿。"围观的人有点怀疑，上前仔细看他的矛和盾。

这时候，围观的人群中有一个人上前拿起一面盾和一支矛，用矛尖刺着盾问："如果用你的矛刺你的盾，会怎么样呢？"

那个卖兵器的人窘得无话可说，赶紧收起矛和盾走了。

志大才疏

"志大才疏"成语出自《后汉书·孔融传》。

孔融字文举，鲁国（今山东）人，是孔子的第二十代孙。东汉末年，他曾做过虎贲中郎将等官。当时，袁绍和曹操的势力很小，董卓势大专权，结党营私，胡作非为。国家面临着军阀割据、四分五裂的危险局面。这时，孔融自恃其出自圣人之后，立志平定国难。然而他"才疏意广"，一直没有达到目的。后来曹操执政，孔融更是经常讥讽朝政，曹操对他很是不满，最后找个借口把他杀了。

后人根据孔融的故事，将"才疏意广"改为"志大才疏"，来形容一个人志向很高，但能力有限。

攻心为上

"攻心为上"见于《三国志·蜀书·马谡（音 sù）传》裴松之注引《襄阳记》，意思是瓦解对方的斗志，这是战胜对方的上策。

三国时期，蜀相诸葛亮对马谡十分赏识，任命他为参军，并常常把马谡叫到自己的住处，谈论用兵之计，治兵之道，有时一谈就是一天。

蜀后主建兴三年（225年），诸葛亮亲率大军，到南方征讨反叛的少数民族。

马谡一直相送到几十里之外。两人一边走一边谈论。诸葛亮说:"我们在一起多年,现在我要到南方去打仗,你有什么好的见解,希望跟我说一说。"马谡回答说:"南方的少数民族首领,自恃地势险要,地处偏远,早就不服从我们了。即使你今天打败了他,他投降了,可是我们一走,他们很快就会反叛。解决这样的问题,千万不可操之过急。我的意见,与他们作战,'攻心为上,攻城为下;心战为上,兵战为下'。"马谡认为从思想上瓦解对方的斗志这是取得胜利的上策。

诸葛亮采纳了马谡的建议,对南方少数民族首领孟获七擒七纵,使孟获心悦诚服。一直到诸葛亮逝世,这些少数民族始终没有反叛。

后来,人们以"攻心为上"作为成语,比喻要真正征服敌人或取得对方的信任,必需要使敌人或对方从心底里佩服你。

求田问舍

"求田间舍"和"元龙豪气"这两个成语都出自《三国志·魏书·陈登传》。

东汉末年,有个叫陈登(字元龙)的人,从小便有扶世济民的大志。他博览群书,很有文才,也深谙谋略,年纪很轻时就被任命为广陵太守,政绩显著。后来陈登协助曹操消灭吕布有功,被加封为伏波将军。

有一次,许汜和刘备一起在刘表那儿谈论和评价天下的人物。许汜说:"陈元龙湖海之士,豪气不除。"刘备听了,问刘表:"你认为许汜的评价如何?"刘表对陈登的情况也不熟悉,回答说:"要说他的评价不对,他可是个从来不说谎的人;要说他的评价对,那么陈元龙应该天下闻名。"刘备又问许汜:"你说陈元龙气魄豪放,总有个缘故吧?"许汜答道:"过去,由于逃避祸乱,我路过下邳,见到元龙。他对我毫不客气,好长时间都不与我说话。晚上睡觉,他自己睡在大床上,却让我睡在下床。"刘备说:"你是全国有名的杰出人物,在这天下大乱、需要你忧国忘家拯救民众的时候，你却只知道'求田问舍'。所说的话也没有什么可以采纳的，这正是陈元龙最反对的事，他怎么会跟你说话？要是我，就会自己睡在高楼之上，而让你睡在地下，何止是上床、下床的差别呢？"刘表听后，大笑不止。

后人根据这个故事，引出"元龙豪气"和"求田问舍"两个成语，前者比喻为人豪放有气魄；后者比喻只顾眼前利益，没有远大抱负，只知买田置房，含贬义。

赤地千里

"赤地千里"成语出自《汉书·夏侯胜传》。

汉宣帝刘询即位不久，想表彰先帝的功德，便下诏给丞相、御史说：孝武皇帝能讲友好，能施武威。北征匈奴，使得匈奴王远逃；南平诸雄；东定鲜族，开拓了大片疆土，建立了许多郡县，使百国臣服，不断地给宗庙进贡。武帝还立法规，使天下的礼仪完备，他的功德无量啊。可这些却都没有能好好地宣扬，我老是想着这件事，请你们考虑怎么办吧。群臣看了诏书后都说：照诏书上写的办吧。但长信少府夏侯胜却说：武帝虽然有安定四夷、开拓国土的功劳，却杀死了无数民众，致使劳民伤财，天下贫穷老百姓流离失所，蝗虫大起，赤地数千里。所以，宣扬功德应该有益于民众，不应把财力物力花在立庙兴乐上。群臣听了这席话，都为难地说：可诏书上让这样办啊。夏侯胜坚持自己的意见：这诏书不能用。作为大臣，应该直言正论，不能逢迎拍马。我既然说出上面的话，就死也不悔。于是，众臣向宣帝告了夏侯胜，说他非议诏书，毁誉先帝。为此，夏侯胜被革职入狱。宣帝不听劝谏，下令修宗庙，奏盛德、文始、五行乐舞，凡是武帝巡狩走过的 49 个州县，都立庙祭奠。没几年，社会动乱，自然灾祸不断，宣帝这才相信了当年夏侯胜的劝说，把他放出狱，并让他做了太子的老师。夏侯胜死后太子还为他穿素服5天，以报师傅之恩。

"赤地千里"由"赤地数千里"变化来。"赤"：光的意思。

"赤地千里"形容灾害严重，地面光赤，寸草不生。

来者不拒

"来者不拒"出自《孟子·尽心下》，意思是对来的都不拒绝。

这是孟子周游到滕国（今山东南部滕州市一带）时碰到的一件事。

孟子来到滕国下榻于"上宫"。碰巧，上宫中有人放在窗台上的草鞋不见了。失者找不到，便去问孟子，说："是不是跟随您来的人收起来了？"孟子回答道："您以为他们是为了偷草鞋而来的吗？"问者说道："大概不是的。可您老先生开课讲学，从来是去者不追问，来者不拒绝的。凡来者，不见得都是学习的，也可能有偷草鞋的呢。"

连篇累牍

"连篇累牍"出自隋朝李谔《上书正文体》（见《隋书·李谔传》）。

隋朝初年，隋文帝杨坚的"治书侍御史"李谔是一个很有辩才的人，文章也写得很不错。当时的文风，由于承袭了南北朝时的不良影响，一般都过分追求词句的华丽，而不重视内容，往往空洞浮夸，不切实际。李谔反对这种文体，特地上书隋文帝，请求明令禁止。他的这篇《上书正文体》，后来成为文学史上一篇有名的论文。

据《隋书·李谔传》载，李谔在论文中对当时文风批评道：

竞骋文华，遂成风俗。……遗理存异，寻虚逐微，竞一韵之奇，争一字之巧；连篇累牍，不出月露之形，积案盈箱，惟是风云之状……

这几句话的意思是：写文章互相比赛词句的华丽，已经成了恶劣的风气。文章不讲什么正当道理，只写一些虚幻的枝节，只讲究一个韵一个字的奇特、巧妙；一篇又一篇地写了许许多多，堆满了桌子，塞满了箱子，但写的无非是月哟露哟，或者是风哟云哟。……李谔认为，这些东西写得一天比一天多，朝政也就会一天比一天乱。

李谔的这篇文章，在当时起了很大影响。文中的"连篇累牍""积案盈箱"，都是形容言之无物的文章又多又滥。后来，"连篇累牍"便成了成语，人们用它来形容那些数量很多而内容重复空泛的文章或文件等书面材料。含贬义。

言不由衷

这个成语故事出自《左传》隐公三年。由：从；衷：内心。

春秋时候，王室衰弱，周天子已经不再受到诸侯那么重视了。春秋初年，继郑武公之后，郑庄公仍是周平王的卿士，执掌着朝廷的大权，但他对平王不大尊重。于是周平王有好些事情，交给同时也在朝里做官的西虢公去管理。郑庄公为此对周平王很不满意，认为平王是要让虢公代替自己管理朝政了。周平王就向郑庄公解释："无之。"意思是：我没有这样的意思。为了消除隔阂，相互间还同意互换人质，以示信任。于是，周平王的儿子王子狐为质去郑国；郑国的公子忽也质于周，来到了洛阳。这便是有名的"周郑交质"事件。

可是，就在这年的三月，周平王死了。平王的孙子姬林即位，史称周桓王。桓王一即位，也想委政于虢公。郑庄公非常生气，就在这年四月间，派大夫祭仲率师到周王畿内的温邑（今河南温县南），把已经成熟的麦子全割走了，秋天里，祭仲又带兵到周王畿内的成周（今河南洛阳市东），把成熟的谷物全部割跑了。从此，周郑之间的关系越来越恶化。

当时，有些正直之士在评论这件事时，指出："信不由中，质无益也。明恕而行，要之以礼，虽无有质，谁能间之。"

中：同"衷"；要：约束；间：离间。

这段话的意思是：不是从内心里说出来的真话，交换人质也是没有信用的。如果相互间能坦荡、真诚相交，都能以礼义来约束自己，即使没有人质，谁又还能离间得了相互间的关系呢？

根据这个故事，人们就把"信不由中"这句话，引申为"言不由衷"这个成语，用来比喻不讲真心话、虚伪敷衍的行为。

言犹在耳

这个成语故事出自《左传》文公七年。

晋襄公死后，太子夷皋年幼，大夫赵盾等人准备迎立在秦国的晋公子雍。于是，秦康公就派军队护送公子雍回国继位。

这件事被夷皋的母亲穆嬴知道了，她抱着太子哭闹于朝，责问众大臣说："已经故去的晋襄公有什么罪过？太子夷皋有什么罪过？为什么不立太子继位，而要到国外去求君？"她还抱着太子跑到大臣赵盾的家里，给赵盾磕头说：

先君奉此子也而属诸子，曰："此子也才，吾受子之赐；不才，吾惟子之怨。"今君虽终，言犹在耳，而弃之若何？

属：同"嘱"，托付。这段话的意思是：襄公生前，就把这个孩子的教育、辅导托付给你了，他说："这孩子如果成才，我感激你对他的教育；不成才，我就怨恨你对他不教育不帮助。"今天襄公虽不在世了，他的话还在耳边萦绕，你怎么就能把夷皋抛弃了呢？这是为什么啊？

听了穆嬴的话，赵盾和许多大夫都有点怕穆嬴，更怕因此而祸及自身，又只好临时改变主意，改立夷皋为国君，这就是晋灵公。

后来，"言犹在耳"被引申为成语，用来形容对人家说过的话还记得很清楚，好像还在耳边回响。

识时务者为俊杰

"识时务者为俊杰"见于《三国志·蜀书·诸葛亮传》裴松之注引《襄阳记》。

东汉末年，涿县（今河北省的涿州市）的刘备乱中起兵，并不断寻找生存和发展的机会。但是，挫折却一个接着一个，后来几乎连安身之处也成了问题。建安六年（201年），他投靠了荆州刺史刘表，驻扎在新野县。

一次又一次失败，使刘备悟出一个重要道理，那就是缺乏高明的人辅佐。他驻扎新野后，便一方面不断招兵买马，一方面到处访求人才。

当时，有个叫司马徽的人常与刘备来往。刘备知道他很有学问，便请他出来帮助自己。司马徽对刘备说："我只是一个普普通通的读书人，怎么会通达时务？通达时务的，都是杰出的人才。"刘备进一步向司马徽请教，司马徽告诉他："要说杰出的人才，在这附近就有两个人，一个是诸葛亮，一个是庞统。"后来，刘备三顾茅庐，请出诸葛亮任军师，势力很快得到发展，终使天下形成魏、蜀、吴三国鼎立的局面。

后来，人们从"识时务者，在乎俊杰"引出成语"识时务者为俊杰"，指能认清客观形势和时代潮流的人，才可以算是杰出的人才。

尾大不掉

"尾大不掉"亦称"尾大难掉""末大不掉",或比喻部下势力强大,指挥不动;或比喻机构庞大,难以集中,指挥不灵。"尾大",尾巴大,摇不动。语出《左传》昭公十一年。

公元前531年春,楚灵王在申地召见蔡灵侯,以酒灌醉蔡侯,而后将他逮捕。夏天,楚王杀蔡侯,并派公子弃疾率兵围困蔡国。冬天,楚国灭掉蔡国,杀了蔡侯长子隐太子来祭祀。楚大夫申无宇说:"这样不吉利。五种牲口都不能互相用来祭祀,何况用诸侯呢?君王您将来一定会后悔的。"

尔后,楚灵王在蔡地筑城,派公子弃疾为蔡公。王问申无宇道:"弃疾在蔡地怎么样?"申无宇回答说:"选择儿子没有像父亲那样合适的,选择臣子没有像国君那样合适的。郑庄公在栎地筑城安置子元,使昭公不得立为国君。齐桓公在谷地筑城安置管仲,直到现在齐国还很安定。我听说有5种大人物不在边疆、5种小人物不在朝廷;亲近的人不在外边,寄居的人不在里边。现在弃疾在外边,郑丹在里边,君王您要多加戒备。"楚王对申无宇的提醒仍不以为然,认为国都有高大的城墙,没关系。针对楚王的这种看法,申无宇又举了历史上郑、宋、齐、卫等国出现过的问题,最后说道:"树枝大很容易折断,尾巴大摆不动,君王您是应该知道的啊!"

忍辱含垢

"忍辱含垢"成语出自《后汉书·曹世叔妻传》。

曹世叔的妻子名叫班昭,是《汉书》作者班固的妹妹。她博学高才,多才多艺。曹世叔去世得早，班昭守节奉法，从不干半点越轨的事。班固《汉书》没写完就死了，为了完成《汉书》，汉和帝召班昭入东观藏书阁。班昭续《汉书》前曾作《女诫》7篇来警诫自己。其中有'谦让恭敬''先人后己''有善莫名''有恶莫辞''忍辱含垢'等，意思是女性要懂得对别人谦让和恭敬；遇事应该先想到别人，后考虑自己；有了好处和功劳，不要张扬；有了缺点、过失，不应隐瞒；要能够含垢忍辱。

"忍辱含垢"现亦作"含垢忍辱"，意思是能够忍受得住耻辱。"垢"，脏的意思；"辱"，屈辱。

忍心害理

语出自《诗经·大雅·桑柔》。忍：残忍。

《桑柔》这首诗的第十一章用对比的方式赞美贤德的人才高德好，揭露得势小人的狠毒。这章诗是：

> 维此良人，弗求弗迪。维彼忍心，是顾是复。民之贪乱，宁为荼毒！

良人：才高德优的贤人；迪：这里指做官；民：这里指狠毒的小人；荼毒：这里用以比喻人心的狠毒。

这章诗的大意是：那些才高德优的贤人，是不乞求做官的；而那些心地狠毒的人却眷念着要官做，不断地去乞求。那残忍狠毒的人还专门兴风作乱，我怎么也不理解他的心会如此毒辣？

后来，"维彼忍心，是顾是复"这两句诗简化引申为"忍心害理"这个成语，用来形容心地残忍、丧尽天良。

折戟沉沙

这个成语故事出自唐代杜牧《赤壁》诗。

以诗论史评人，在古诗词中常有所见。在这方面，唐代著名诗人杜牧就留下了一些这样的篇章。他的一首七言绝句《赤壁》，对魏、吴、蜀赤壁之战的评论，引起过大的纷争。这首怀古绝句是：

折戟沉沙铁未销，自将磨洗认前朝。

东风不与周郎便，铜雀春深锁二乔。

戟：古代的一种兵器；折戟沉沙：埋在泥沙里的废戟；周郎：即周瑜，孙、刘联军的最高指挥者；铜雀：铜雀台在邺城（今河北临漳），为曹操所建；二乔：指孙策之妻大乔、周瑜之妻小乔。

诗的大意是：在赤壁这个古战场上，那折断了的兵器已经深埋在泥沙里，只有金属部分还没有完全腐蚀。擦去了它的铁锈，冲去泥沙，仍然可以看出来是前朝的遗物。在那次赤壁之战中，要不是东风帮了周瑜的忙，周郎再有谋略，也难击溃曹军，弄不好二乔也会被曹操捉去，关在铜雀台上。

这首诗在评论三国赤壁之战时，说曹操失败于偶然，周瑜的胜利也只不过侥幸罢了。对此究竟怎么评说，不仅有的史学家，就是文学家，也有不尽一致的看法。

根据杜牧这首诗引出了"折戟沉沙"这个成语，用来形容导致惨重的失败。

轩然大波

这个成语故事出自唐代韩愈《岳阳楼别窦司直》诗。

唐顺宗永贞元年，唐代大文学家韩愈因为赶上新皇帝登基的大赦，从贬地阳山（今广东省内）县回到了京都长安。他满以为这次被召回京会遇上一个明智的皇帝，能委以自己力所能及的重任，以施展平生的抱负。结果却大失所望，先是让他在柳州等待分配，不久被任命为江陵府长官的幕僚法曹参军（管理司法官吏）。这与他被贬前的监察御史相比，担任这样辅佐性小官，只能是被贬生活的继续。韩愈对此无限感慨和悲愤。

韩愈将要去江陵赴任的时候，恰好赶上旧历的八月中秋节到了。夜晚明月高挂，寂静的中秋之夜，他邀请了同自己一同被贬，一同被赦，又一同被派往江陵的张功曹，对月饮酒赋诗，借以消愁解闷。韩愈回忆起自己本想为国出力却一再受打击，3 年的被贬生活的苦难，更是难以抑制自己的感情，于是他便写了《八月十五夜赠张功曹》这首著名的七言诗。他悲愤地吟咏出"一年明月今宵多，人生由命非由他，有酒不饮奈明何"这样幽怨深沉的诗句。

这年的十一月间，韩愈去江陵的途中，遇见在武昌韩皋幕府任司直的窦庠，2 人在同游了岳阳楼之后，临别时韩愈又写了《岳阳楼别窦司直》这首五言长诗。这诗的前半部分写了岳阳楼的景物；后半首追述往事，抒发自己的忧愤心情。诗中在记叙临近洞庭湖的岳阳楼的景色时，曾有这样的诗句：

炎风日搜搅，幽怪多冗长。

轩然大波起，宇宙隘而妨。

轩然：波涛高高涌起的情景。人们便由此引出了"轩然大波"这个成语，用来比喻大的纠纷或风潮。

李代桃僵

这个成语故事出自《乐府诗集·鸡鸣》。

在封建社会里，统治阶级内部的争权夺利、钩心斗角，时刻都在发生着。

这首《鸡鸣》乐府诗，就暗寓了一个豪门之家，兄弟之间，在高官富豪之时，尚能表面虚伪地和睦相聚，但暗地里彼此又相互嫉妒，一旦一方有难，对方从不相助，要么幸灾乐祸，要么乘人之危，落井下石。针对这种现象，诗在最末一节写道：

> 桃生露井上，李树生桃旁；
>
> 虫来啮桃根，李树代桃僵。
>
> 树木身相代，兄弟还相忘！

啮（音 niè）：用牙啃或咬。

这一节诗的大意是：一眼水井边上长着一株桃树，桃树旁边又有一株李树。有些虫子来咬桃树的根，李树虽说没有遭到虫害，却替桃树着急、难受，甚至枯僵了。树木尚且能同情友爱，而有些同胞兄弟竟连树木都不如，把手足之情全然忘记了。

后来，人们便从"虫来啮桃根，李树代桃僵"这两句诗中，引出"李代桃僵"这个成语，用来比喻一人有难，大家承担的团结友爱之情谊。也用来比喻甲代乙，相互代替的意思。

走马看花

这个成语故事出自唐代孟郊《孟东野诗集·登科后》。

孟郊：字东野，唐代湖州武康（今浙江武康）人。孟郊生活在安史之乱后的代宗、德宗、顺宗、宪宗四朝。当时唐王朝统治集团内部官僚互结朋党，彼此倾轧，藩镇割据，兵祸更是连年不断，民众日益困苦。孟郊从年轻时候起多次参加进士考试，屡考都不中，生活窘困。因而他的诗歌有不少是描述自己一贫如洗、求官不达的怨气和忧愤。后来，在他40岁那年，也就是唐德宗贞元十二年（796年）却在长安考中了进士。看过皇榜之后，孟郊高兴得骑着马，忘乎所以地奔驰在长安街头，不禁浮想联翩，乘兴成诗一首《登科后》：

昔日龌龊不足夸，
今朝放荡思无涯。
春风得意马蹄疾，
一日看尽长安花。

龌龊：指苦闷心情；放荡：不受约束，自由自在；涯：边际；疾：快。

走马看花

诗的大意是：以往的苦闷岁月已经过去不值得一谈了，今天情不自禁地要自由自在地好好想一想。在气候宜人的春风里，我骑上马逛游在长安街上，在一日之间就要把京都长安的鲜花美景都看完。全诗表述了作者中进士后异乎寻常的情态。

根据这个故事，后来人们就引出"走马看花"这个成语，比喻粗略地观察事物，或对事物总的情况作一次初步的调查。这与原诗中形容得意愉快的心情，已有了变化。

坚如磐石

这个成语出自汉乐府《孔雀东南飞》。磐：大石，比喻坚定。

《孔雀东南飞》是我国古代的一首杰出的长篇叙事诗。诗前小序说：

汉末建安中，庐江府小吏焦仲卿妻刘氏，为仲卿母所遣，自誓不嫁。其家逼之，乃投水而死。仲卿闻之，亦自缢于庭树。时人伤之，而为此辞也。

这就说明诗中所叙述的事情是发生在汉献帝建安年间。诗中通过对庐江府（郡治在今安徽潜山县）小吏焦仲卿和妻子刘兰芝的婚姻悲剧的描述，深刻地揭露了封建礼教、宗法势力的罪恶。全诗可分为12段。诗的第一段写刘兰芝由于婆婆的压迫，忍无可忍，才向丈夫诉说了心中的苦痛，自请离婚，返回娘家；第二段写焦仲卿为兰芝求情，焦母坚持要把儿媳妇休掉，赶回娘家；第三段写焦仲卿向兰芝传达母亲的意思，并表示过些日子要把兰芝接回来；第四段写兰芝向婆婆、小姑辞别，然后挥泪登车返回娘家；第五段写焦仲卿送兰芝在大路上，分手时相约永远相爱，决不变心；第六段写兰芝回到娘家，初见母亲时的情形；第七段写县令派人求婚，兰芝拒不再嫁；第八段写太守派媒人为第五子向刘兰芝求婚，刘家允婚，太守准备迎娶；第九段写兰芝在母亲的催逼下含悲做嫁妆；第十段写仲卿闻讯来会兰芝，两人相约同死；第十一段写焦仲卿与母诀别，准备自杀；第十二段写在太守迎亲之日兰芝与仲卿双双自杀。诗在尾声部分还通过一对连理枝和比翼鸟的描写，更表现了广大人民群众对于美满的爱情的追求和向往。

诗的第五段写焦仲卿在送别兰芝时，向兰芝保证忠贞爱情，决不变心。兰芝回答说：

感君区区怀。君既若见录，不久望君来。

君当作磐石，妾当作蒲苇。蒲苇纫如丝，磐石无转移。我有亲父兄，性行暴如雷，恐不任我意，逆以煎我怀。

区区怀：真诚的情怀；见录：记着我；蒲苇；两种水草；蒲草和苇子，柔软但结实；纫：通"韧"；转移：移动；任：听任；逆：预料。

这段话的大意是：感谢你这真诚的心意。如果你真是记着我，那我就希望你不久就来接我回还。我要像蒲苇那样柔韧不折，你要像磐石一样牢固不变。只是我有一个兄长，他的性子非常暴。我担心他不能顺着我的意思，预计到这种情况，我心中就难受得像油煎一样。

以后，在第十段里焦仲卿闻听太守要为子娶兰芝，两人相会后，焦仲卿再向兰芝表示自己至死不变的忠心时，说："磐石方且厚，可以卒千年。"
意思是说：我像磐石一样方正、厚实，可以保持千年不变样。

后来，根据这些诗句，便引出了"坚如磐石"这个成语，用来形容极其坚固，不可动摇。

兵不厌诈

这个成语出自《孙子·计篇》："兵者，诡道也。"意思是：用兵就是一种以计欺诈的行为。唐代李筌把这句话注为"军不厌诈"。厌：满足；诈：欺诈。意思是：用兵打仗要尽可能多地采用迷惑敌人的欺诈的方法。

《后汉书·虞诩传》载有一个故事：115年（汉安帝刘祜元初二年），安帝命令虞诩为武都太守，率军去抵抗西北边疆羌族统治者的入侵。汉军到达陈仓、崤谷一带，为羌军所阻。虞诩见敌众我寡，便命令部队停止前进，并传话出去说他已经上疏朝廷请求增兵，待援军到来再前进。羌军听到这个消息后，未辨真伪，便分兵去攻掠附近的县城。虞诩趁机命令部队日夜兼程前往武都前线，而且命令士兵在第一天驻营的地方每人造两个灶煮饭，以后逐日增加一倍。担任阻击任务的羌兵，见汉军驻宿地逐日增灶，误以为汉军兵力大大增加，便不战而退。这时，有人问虞诩为什么要这样做？虞诩回答说："羌人多，我军少，他们见我天天增加军灶，就误认为是武都郡的部队来接应我们来了，便不敢跟踪追击了。从前齐国大将孙膑用减灶的奇计故意示弱，我现在增灶是故意示强，彼此情况不同，应该因势而导，不可因循守旧。"虞诩终于大败进犯武都的羌军。

后来，人们引用"兵不厌诈"这个成语，用来说明用兵打仗要用计谋，以各种方式去迷惑敌人。

两部鼓吹

见《南齐书·孔稚珪传》："门庭之内，草莱不剪，中有蛙鸣，或问之曰：'欲为陈蕃乎？'稚珪笑曰：'我以此当两部鼓吹，何必期效仲举？'"

南齐时的孔稚珪对廷世俗的一套，很觉讨厌，喜爱山水自然。他居住的房子周围，不加修饰，保持自然本色：长满了野草，坑坑洼洼，高低不平，经常听到蛙的鸣声。有人问他说："你是学习陈蕃的做法吗？"陈蕃，字仲举，后汉人。少年时住的庭院，听任杂草丛生。他这样做，寄予一种志向：要扫除天下的野草、污垢。稚珪面对客人的提问，笑着说："蛙的鸣声别有一番风味，我把它当做是器乐合奏呢，为什么要效法陈蕃啊！"

两虎相斗

见《战国策·秦策二》："今两虎诤人而斗，小者必死，大者必伤。"《史记·春申君列传》："天下莫强于秦楚，今闻大王欲伐楚，此犹两虎相与斗。"又《廉颇蔺相如列传》："今两虎共斗，其势不俱生。"明罗贯中《三国演义》第六十二回："今两虎相斗，必有一伤。须误了我大事。吾与你二人劝解，休得争论。"

战国时，秦昭王派大将白起打败韩国和魏国以后，又叫白起攻打楚国，并叫韩国和魏国也一起出兵。

楚国有个春申君黄歇，当时正出使在秦国，他知道这个消息后，赶忙去见秦昭王。

"大王，你是在做鹬蚌相争，渔翁得利的事情啊！"春申君说。

昭王问："先生的话，是什么意思？"

春申君说："如今天下秦楚两国最强大，秦楚交战，犹如两虎相斗，得利的是韩、魏、齐三国。"

昭王插话问："韩国和魏国刚被我们秦国打败，它们能耍出什么花招？"

春申君说："韩、魏两国与你们秦国有累世之仇，两国国君的父子兄弟被迫在秦当人质而死在秦国的有 10 多个人，两国是不会忘记报此深仇大恨的，他们这次出兵攻打楚国，是迫于你们秦国的压力，如果秦楚两国军队在这次战争中相持不下，他们会乘机去占领楚国的一些地方，并灭掉宋国，齐国也会乘机派兵占领楚国的泗上。所以，我认为秦国这次攻打楚国，实际上是在帮助这 3 个国家扩大地盘，使它们将来能够有力量同秦国抗争。"

昭王觉得黄歇的话有道理，就下令白起停止进攻，并派使者带了礼品到楚国，与楚国结为盟国。

后来，"两虎相斗"这一成语用来比喻强大的双方互相争斗。

两面三刀

这个成语出自元李行道《包待制智勘灰阑记》第二折："我是这郑州城里第一个贤惠的，倒说我两面三刀，我搬调你甚的来？"

马均卿妻子和赵令史同谋，诬告马妾张海棠害死丈夫，并强夺张海棠的儿子。后经包拯查明真相，将儿子判归海棠。在调查这一案件过程中，马妻竭力为自己辩护，说自己不会玩弄两面三刀手法，是一个贤惠的女人。

两全其美

见元无名氏《连环计》第三折："司徒，你若肯与了我呵，堪可两全其美也。"

东汉末年，董卓操纵大权，朝政十分混乱，除掉董卓是朝野的共同心愿。司徒王允设计一个连环计：他有一个义女名叫貂蝉，十分美貌。他把除掉董卓的心思告诉貂蝉，并和她商量要利用她来为民除害。貂蝉同意了。王允先把貂蝉许给吕布为妻，这时，吕布高兴得很，说把貂蝉嫁给他是两全其美的事，美女和英雄结婚是匹配相当。接着又把貂蝉送给董卓。就在貂蝉身上，造成了吕布和董卓的尖锐矛盾。后来吕布信了王允说的貂蝉被董卓霸占的话，于是便去杀了董卓。

两小无猜

唐李白《长干行》："妾发初复额，折花门前剧；郎骑竹马来，绕床弄青梅。同居长干里，两小无嫌猜。"

《长干行》叙述了这样一个故事：丈夫远出经商去了，久久不见回来，因而对丈夫十分怀念。诗以商妇自述的口吻，道出对丈夫的思念之情。一开始就这样说："当我的头发刚刚盖上额角时，我们就折了花在门口一起玩耍。你骑着竹马到我家来，绕着床戏弄着青梅果。我们同住在长干这条巷子里，在我们幼小的心灵里，是多么敬重、爱戴啊！两颗心就像一颗心一样，无嫌无猜。"

励精图治

见《汉书·魏相传》："宣帝始亲万机，励精图治，练群臣，核名实，而相总领众职，甚称上意。"

公元前 74 年，汉昭帝刘弗陵死去。他没有儿子，于是手握朝政大权的大司马、大将军霍光立武帝的曾孙刘询为帝。这就是汉宣帝。

公元前 68 年，霍光病死。御史大夫魏相根据历史教训和霍氏家族的专权胡为，建议宣帝采取措施，削弱霍氏权力。霍氏对魏相极度怨恨和恐惧，便假借太后命令，准备先杀魏相，然后废掉宣帝。宣帝得知此事后，先发制人，采取行动，将霍氏满门抄斩。

从此以后，宣帝亲自处理朝政，振作精神，力图把国家治理得繁荣富强。他直接听取群臣意见，严格考查和要求各级官员；还降低盐价，提倡节约，鼓励发展农业生产。魏相领着百官尽职，很符合宣帝的心意。

宣帝在魏相的配合下，采取了一系列有利于发展生产、减轻人民负担的有效措施，终于使国家兴旺发达起来。他在位 20 多年使已经衰落的西汉王朝出现了中兴的局面。

抛砖引玉

这个故事见宋释道原《景德传灯录》卷十之赵州东院从谂禅师："大众晚参，师云：'今夜答话去也，有解问者出来。'时有一僧便出，礼拜。谂曰：'比来抛砖引玉，却引得个墼了。'"

唐代高僧从谂禅师，主持赵郡观音院多年。相传他对僧徒参禅要求极严，必需人人静坐敛心，集中专注，绝不理会外界的任何干扰，达到凝思息妄、身心不动的入定境界。有一天，众僧晚参，从谂禅师故意说："今夜答话，有闻法解悟者出来。"

此时徒众理应个个盘腿正坐，闭目凝心，不动不摇。恰恰有个小僧沉不住气，竟以解问者自居，走出礼拜。从谂禅师瞟了他一眼，缓声说道："刚才抛砖引玉，却引来一块比砖还不如的土坯！"

另外，有一个抛砖引玉的故事。据《历代诗话》《谈证》等书记述：唐

抛砖引玉

代诗人赵嘏，以佳句"长笛一声人倚楼"博得大诗人杜牧的赞赏，人们因此称赵嘏为"赵倚楼"。当时另有一位名叫常建的诗人，一向仰慕赵嘏的诗才。他听说赵嘏来到吴地，料他一定会去灵岩寺游览，便先赶到灵岩，在寺前山墙上题诗两句，希望赵嘏看到后能添补两句，续成一首。果然赵嘏游览灵岩寺看到墙上两句诗，不由诗兴勃发，顺手在后面续了两句，补成一道完整的绝诗。常建的诗没有赵嘏写得好，他以较差的诗句引出赵嘏的佳句，后人便把这种做法叫做"抛砖引玉"。其实，常建、赵嘏并非同时代人，他们各自的活动年代相距百年之多，续诗之说不可信，只是由于这段故事很出名，人们也就承认它是成语"抛砖引玉"的出处之一。

投袂而起

见《左传》宣公十四年："楚子闻之，投袂而起，屦及于窒皇，剑及于寝门之外，车及于蒲胥之市。"

楚庄王派申舟出使齐国，说："我特意不向宋借路。"而去齐国必经宋。庄王又派公子冯出使晋国，说："我也特意不向郑借路。"楚庄王之所以这样做，是故意挑衅。申舟早年在孟诸会猎时，曾得罪过宋君，便说："郑国能忍辱不伤害楚国的使者，而宋国不能忍辱，必定会杀害楚国的使者。这次我是死定了。"庄王说："他敢杀害你，我就兴兵讨伐他。"于是，申舟就把后事托付给儿子，出使齐国。申舟到了宋国，被拦住了。宋国的大臣华元说："从我们的国土上经过，不事先借路，是鄙视我们；鄙视我们，意在灭亡我们。杀掉申舟，楚国必定会讨伐我们。楚国来讨伐，我们定将灭亡。反正都是灭亡。"于是把申舟杀了。楚庄王听到申舟被杀的消息，非常恼怒，迫不及待地发兵攻宋。光着脚跑到院子里，侍从才送上鞋子给他穿上；出了门，才送来剑佩上；到了市街，才把车备好乘上。

投笔从戎

这个成语故事见《后汉书·班超传》："尝辍业投笔叹曰：'大丈夫无他志略，犹当效傅介子、张骞立功异域，以取封侯，安能久事笔砚间乎！'"

班超，是西汉著名史学家班彪的小儿子，《汉书》的编撰者班固的弟弟。他从小胸怀大志，虽然不注意修饰外表，不拘细节，但很孝顺长辈，常常在家干粗活、累活。他擅长辩论，并且阅读过各种图书和典籍。

汉明帝永平五年（62年），班固被召到京城洛阳做官，30岁的班超与母亲随同前往。由于家境贫寒，他经常替官府抄写书籍，以取得一些收入。

时间久了，班超对整天抄抄写写非常厌烦，觉得长期干这种事没有出息。一天，他正在埋头抄书，突然心有所感，

投笔从戎

把笔一扔，感叹地说："大丈夫纵然没有雄才大略，也应当像傅介子、张骞一样，到西域去建功立业，获得封侯的赏赐，怎么能老是这样埋头在笔砚之间抄书呢！"

同他一起抄书的人听他说这话都不以为然，讥笑他是异想天开。班超反感地说："你们这些庸碌的小人，怎么能理解壮士的志向呢？"

不久，班超参加了军队。他作战英勇，身先士卒，得到了升迁。

后来，汉明帝又派班超出使西域。在多次出使西域的过程中，他只带着数十个随从，凭着自己的勇敢和智慧，克服了重重困难，为加强汉朝和西域各国在政治、经济、文化等各方面的联系，做出了重要贡献。

投鼠忌器

这个故事出自《汉书·贾谊传》："里谚曰：'欲投鼠而忌器。'此善谕也。鼠近于器，尚惮不投，恐伤其器，况于贵臣之近主乎。"

贾谊，是西汉初期著名的辞赋家和政论家。

贾谊写的政论文，都能切中时弊，提出不少重要的见解。其中的《陈政事疏》（又名《汉字策》）指出，当时诸侯王割据一方、竞相扩充实力的局面，隐藏着分裂中央政权的危机，建议削弱诸侯王的势力，巩固中央集权。

贾谊在《陈政事疏》中还提出，应该坚决实行严格的等级制度。他认为，皇帝是至高无上的。皇帝管辖的大小官吏，好比一级一级的台阶，应该界限分明，不可混淆，做到尊卑有序。百姓犯了法，可用在脸上刺字、割鼻子、砍脚、鞭打等手段去惩治，但王侯大臣犯了法，不能采用这些刑罚，而应用"廉耻节礼"等封建道德来约束。王侯大臣即使犯了天大的罪，也只能赐他们死，因为他们是皇帝身边的达官贵人。

为了说明自己主张的正确，贾谊引用一个谚语说：本来想用东西投掷老鼠，但顾忌会打坏它旁边的器物。这是一个很好的比喻。老鼠靠近器物尚有所顾忌，不用东西去投掷它，唯恐损伤器物，何况对贵臣的处置呢。他们是皇帝身边的人，对他们施用惩治老百姓的刑罚，就会损害皇帝的尊严。

投鞭断流

语出《晋书·苻坚载记》："坚曰：'以吾之众旅，投鞭于江，足断其流，何险之足恃？'"

382年，前秦皇帝苻坚在统一了北方大部分地区后，准备进攻东晋。为此，他把文武官员召集起来，对大家说："自从我当皇帝以来，前秦的国力日渐强大，地盘也由小转大，在北方已没有任何国家敢来与我抗衡。但是，南方的晋朝还占据着大片肥沃的土地。每想到这里，我就吃不下饭，睡不好觉。如今我已拥有百万大军，可说天下无敌。我想亲自率领大军伐晋，大家以为

投鞭断流

如何？"

大殿上沉默了好久，才有左仆射（一种高级官职）权翼起身说话："目前晋朝有宰相谢安执政，君臣和睦，上下一心，将士士气很高，要攻灭它恐怕还不到时机。望陛下三思。"

苻坚听了，认为权翼是长敌人声气，灭自己威风，紧绷着脸不高兴，但嘴上仍然说："好吧，请其他大臣说说看法。"

过了一会儿，太子左卫率（护卫太子的官员）石越说："陛下，目前咱们虽然兵多将广，但晋军还占据着长江天险，对他们极为有利。咱们如强行渡江，势必造成很大损失。陛下务必三思而行！"

接连两位大臣都反对攻晋，使苻坚非常恼火。于是他傲慢地说："长江有什么了不起的？凭我有百万大军，只要我下令让每个士兵把鞭子投入江中，就足以截断长江的水流！"

苻坚气呼呼地回到内宫，太子苻宏又来劝说他别草率行事，但他仍然不听，一意孤行。第二年，他终于亲自率领 90 万大军，向东晋发动进攻，结果在淝水之战中大败。

别开生面

语出唐杜甫《丹青引赠曹将军霸》诗："凌烟功臣少颜色，将军下笔开生面。"

唐代著名的画家曹霸，擅长画人物和马。他的名声传到京城长安，连深居宫廷的皇帝唐玄宗也知道了。玄宗经常召他进兴庆宫，命他当场作画，并时常给予丰厚的赏赐。

由于曹霸受到皇帝的宠幸，长安城里的王公贵族和官宦之家，都以藏有他的画为荣。大家不惜以很高的价钱，来收购他的墨迹。

　　长安北面的太极宫中，有一座著名的凌烟阁。阁内四壁上绘有唐朝24位开国功臣的肖像。这些肖像，是70多年前著名画家阎立本画的。由于年代久，原先栩栩如生的功臣像，现在大部分已经剥落，不仅失去了当年的风采，有的甚至难以辨认。为此，玄宗把曹霸召来，要他重新画过。

　　要重画功臣肖像谈何容易。曹霸阅读了大量史料，对照已经暗淡模糊的功臣肖像仔细琢磨，精心构思，然后挥笔绘制。不久，24位功臣的肖像重放光彩，并且以崭新的风格展现在人们面前。

　　曹霸既擅长于画人物，又擅长于画马。一次，玄宗传曹霸进宫，当场叫人把他最喜爱的一匹叫玉花骢的名马牵来，命曹霸为它作画。

　　曹霸叫侍从把一幅巨大的白绢裱糊在殿壁上，同时对玉花骢进行了很长时间的观察，然后转过身，飞快地挥舞墨笔。不多久，威武神骏的玉花骢就展现在白绢上。玄宗越看越满意，马上叫侍从取来许多金帛赏赐给曹霸，并且封他为左武卫将军。

　　但好景不长，玄宗在任用李林甫、杨国忠等权臣后，爱好声色，奢侈荒淫，长期不理政事，曹霸也越来越少被召进宫去作画。后来他又因一件小事获罪，被削去官职，降为平民，只得离开长安。

　　755年，安禄山、史思明发动叛乱，玄宗逃往四川。曹霸也流落到成都，靠在街头替路人画像过活，晚境极其凄凉。

　　一次，著名的诗人杜甫来到成都，在朋友家里看到曹霸画的《九马图》，得知这位名噪一时的画家也在成都，便马上去寻访。几经打听，终于在街头找到了曹霸。

　　杜甫了解了曹霸的身世和遭遇后，非常同情和感慨，写了一首诗赠给他。诗中有这样两句：

　　　　凌烟功臣少颜色，将军下笔开生面。

　　这两句诗的意思是：凌烟阁中功臣像已失去了往日鲜艳夺目的色泽，亏得你左武卫将军下笔使它们重放光彩。

间不容发

这个成语出自汉枚乘《上书谏吴王》："系绝于天，不可复结，坠入深渊，难以复出，其出不出，间不容发。"

西汉的辞赋家枚乘，是吴王刘濞的谋士，他见刘濞积蓄力量准备反叛，便上书劝谏。

原来，刘濞是汉朝开国皇帝刘邦的侄子。刘邦称帝后，把他的亲属分封到各地当诸侯王，并赋予这些诸侯很大的权力。时间长了，诸侯王与朝廷尖锐对立，成为朝廷的严重威胁。为此，文帝、景帝两代逐步削减王国封地。刘濞对此不服，阴谋反叛，引起了枚乘对这件事的严重关切。

枚乘在上书中分析了反叛的严重后果。他举例说，如果在一根线上吊千钧（古代 30 斤为一钧）重物，这重物悬在空中，下面是无底的深渊，那最笨的人也知道它极其危险。

接着他又指出，马刚受惊骇就打鼓吓它，线将断又吊上更重的东西，其结果必然是线在半空断掉无法连结，马坠入深渊无法救援。这情势的危急程度，就像两者距离极近，中间容不下一根头发。请大王深思。

尽管枚乘以及其他一些谋士反复劝谏，吴王刘濞还是不听，决定谋反。于是枚乘等人离开刘濞，前去投奔梁孝王刘武。

沧海桑田

语出晋葛洪《神仙传·王远》："麻姑自说云：'接侍以来，已见东海三为桑田。'"

从前有两个仙人，一个叫王远，一个叫麻姑。一次，他们相约到蔡经家去饮酒。

到了约定的那天，王远在一批乘坐麒麟的吹鼓手和侍从的簇拥下，坐在5条龙拉的车上，前往蔡经家。但见他戴着远游的帽子，挂着彩色的绶带，佩着虎头形的箭袋，显得威风凛凛。

王远一行降落在蔡经家的庭院里后，簇拥他的那些人一会儿全部隐没了。接着，王远和蔡家的成员互相致意，然后独自坐在那里等候麻姑的到来。

王远等了好久还不见麻姑到来，便朝空中招了招手，吩咐使者去请她。蔡经家人谁也不知道麻姑是天上哪位仙女，便翘首以待。

过了一会儿，使者在空中向王远禀报说："麻姑命我先向您致意，她说已有500多年没有见到先生了。此刻，她正奉命巡视蓬莱仙岛，稍待片刻，就会来和先生见面的。"

王远微微点头，耐心地等着。没多久，麻姑从空中降落下来了。她的随从人员只及王远的一半。蔡经家的人这才见到，麻姑看上去似人间十八九岁的漂亮姑娘。她蓄着长到腰间的秀发，衣服不知是什么质料制的，上面绣着美丽的花纹，光彩耀目。

麻姑和王远互相行过礼后，王远就吩咐开宴，席上的用具全是用金和玉制成的，珍贵而又精巧；里面盛放的菜肴，大多是奇花异果，香气扑鼻。所有这些，也是蔡经家的人从未见到过的。

席间，麻姑对王远说："自从得了道接受天命以来，我已经亲眼见到东海3次变成桑田。刚才到蓬莱，又看到海水比前一时期浅了一半，难道它又要变成陆地了吗？"

王远叹息道："是啊，圣人们都说，大海的水在下降。不久，那里又将扬起尘土了。"

宴饮完毕，王远、麻姑各自召来车驾，升天而去。

饮鸩止渴

语出《后汉书·霍谞传》。

东汉顺帝时，有一个叫梁商的人，他是顺帝的岳父。在朝廷掌握朝政10年，辅佐顺帝尽心竭力。

宋光，在郡里当官，由于秉公执法，得罪了一些权贵。因此郡里有钱有势的人，诬告宋光篡改诏书。于是宋光被押送到京城洛阳，关进监牢，最后被判了死罪。

当时，大将军梁商掌握朝廷大权，对宋光的为人略知一二，对他篡改诏书一案有怀疑，准备上调案卷，亲自审阅，并派人赴郡调查，但因公务繁忙，这件事也就搁了下来。

宋光下狱后，他的15岁的外甥霍谞，非常了解他的舅舅，他要为舅舅申冤，决定给梁商写一封信，为舅舅辩白。信里有这么几句话："宋光作为郡守，一向奉公守法，得到朝廷信任，他怎么会去冒着触犯死罪的危险篡改诏书呢？这好比肚子饿了却以附子（附子：草药名，叶茎皆有毒，块根含毒更甚）充饥，口里干了却用鸩酒止渴一样，还没咽进肠胃，人就已经断了气了，难道有这样的蠢

饮鸩止渴

人吗？"

梁商看了这封信，觉得很有道理，对霍谞的才能和胆识十分赏识，便请求汉顺帝宽恕宋光。最后，宋光无罪获释，他的外甥霍谞的名声也传遍了洛阳。

沆瀣一气

语出宋王谠《唐语林》。

唐僖宗时，有一官员，名叫崔沆。崔沆是魏国公崔铉之子，任礼部侍郎，主持科举的事，最后官至宰相。

乾符二年，他被派当主考官，主持朝廷考试事宜。这次应试的人中间，有一个名叫崔瀣的人，很有才学，到京城长安应试，考完后，自我感觉不错，就很有信心地住在京城，等着发榜。

崔沆审阅到崔瀣的卷子，认为考得不错，就录取了。发榜那天，崔瀣见榜上有名，那种高兴劲就别提了。

按当时的习俗，考试及第（即考试中选）的人，都算是主考官的门生；而主考官就是考试及第者的座主。

崔沆作为座主（主考官），非常欣赏崔瀣的才学，认为崔瀣在同期门生中成绩最好，因此与崔瀣的关系显得格外亲近。

崔瀣一录取，马上就当官上任了，别人见他升官快，而且官职也好，待遇也高，因此不免引起怀疑。爱凑趣的人见崔沆、崔瀣两人关系非同一般，就把"沆""瀣"二字合起来，编成两句话："座主门生，沆瀣一气"，意思是：他们两人像是夜间的水气（露水）一样，融合一起。

近水楼台

语出宋俞文豹《清夜录》。

范仲淹，字希文，北宋政治家、文学家。幼年孤贫，刻苦好学，曾担任过吏部员外郎、龙图阁直学士等官职，并镇守边疆，曾多次制止外族的入侵，功劳卓著。谏官欧阳修等指出范仲淹有相才，于是仁宗皇帝让他担任参知政事，主持朝政。

"先天下之忧而忧，后天下之乐而乐"，表现了范仲淹忧国忧民的高尚品德，成为千古名句。

范仲淹很重视选拔人才，凡是有才干的人，都能得到他的推荐。在任杭州知府的时候，城中文武官员，大多能得到他的推荐提拔，唯有一个叫苏麟的人，因不在杭州而在外县任巡检，所以他虽然也是一个人才，但不为范仲淹所知，也就没有得到推荐。

一次，苏麟写了一封信给范仲淹，并附上所写的一首诗。诗中有这样两句："近水楼台先得月，向阳花木易为春。"两句诗的意思是：靠近水边的楼台亭阁能先照到月亮，向着太阳的花草树木春天发芽得早。暗示在范仲淹身边的人，能先获得升官的机会，可我在外县，没有得到这个机会。

范仲淹心领神会，征询他的意见后，便满足了苏麟的要求。

沉鱼落雁

语出《庄子·齐物论》。

春秋时代，越国出了一位倾国倾城的美女，她名叫西施。

据说，当西施在故乡的溪边浣纱时，溪中游动的鱼儿，见到如此娇媚动人的容貌，都羞惭得沉到水底，不敢浮出水面。

后来，越国被吴国所灭，越王勾践忍辱负重，一心想要洗雪前耻，匡复故国，不但每天卧薪尝胆，借以激励自己，并且暗地里物色美女，想用美人计迷惑吴王夫差，以达到复国的目的。

后来越国臣子范蠡找到了西施，便将她进献给吴王夫差。

西施用美丽的外貌与婀娜的姿态，将夫差迷得神魂颠倒，渐渐荒废了朝政，终于使吴国走向灭亡。

汉元帝时，也有一位倾国倾城的绝代美女，她便是出嫁塞外，历尽沧桑的王昭君。

当时，汉元帝正在挑选天下的美女，入宫当宫女。由于王昭君对自己出众的仪态极有自信，便不屑向画匠毛延寿贿赂。

生性卑鄙的毛延寿怀恨在心，便将呈给汉元帝的昭君画像，画得较为丑陋，却把逼真的一幅送给番王。

番王见到画像，如获至宝一般，便向汉朝索讨昭君，否则将派兵前来攻打。

为了避免战争，汉朝于是献出昭君求和。

传说王昭君出塞时，天空飞过的雁，惊讶她的美丽，竟都忘了飞行，跌落到树林里去了。

后人称赞女子的容貌美丽，便用"沉鱼落雁"来形容。

鸡犬升天

语出晋葛洪《神仙传·刘安》。

汉朝武帝时期，高祖刘邦的孙子淮南王刘安非常信奉道教，爱好炼丹修道，幻想着能成仙。传说有一天，8位老公公登门求见，一个个姿态不凡。

刘安欣喜若狂，吩咐下人给 8 位老人供奉美酒佳肴，而且天天如此，8 位公公向刘安传授丹经，得知刘安最大愿望就是得道成仙，马上开始为他炼制了能升天的仙药。

这时，有个郎中雷被与刘安的儿子刘迁比剑术而伤了刘迁，雷被害怕刘迁报复，就请求刘安批准他去抗击匈奴，但刘安不答应，雷被借故控告刘安。但因刘安是皇亲，又是淮南王，只被削去两个县的封地，雷被见得罪了刘安父子俩，生怕他们报复，又与人共同诬告刘安谋反。这次汉武帝不问青红皂白，就派人提刘安。刘安听到消息后，大惊失色，求助 8 位公公。8 位公公笑着对他说："这是上天要王爷去了。"说罢，领着刘安到一个山顶上拜祭天地，然后回到府中，让他吃下已炼好的仙药。

刘安服下仙药后，渐渐觉得身轻如燕，随后竟和 8 位公公一同升天了。他服剩的几颗丹药丢在庭院的地上，王府的鸡和狗吃了，也都升了天，天空中一片鸡鸣狗叫之声。

鸡鸣狗盗

语出《史记·孟尝君列传》。

战国时期，齐国孟尝君，被齐王任命为相国。

秦国的昭王很仰慕孟尝君的名声，特地邀请他访问秦国。孟尝君去秦国时，献给秦王一件名贵的白狐裘，价值连城。昭王打算拜孟尝君为秦相。秦国许多大臣对此不满，对秦王曰："孟尝君虽有才能，但他毕竟是齐国的王族，让他任秦相，一定会把齐国的利益放在秦国的利益之上，对秦国将构成威胁。"劝秦王杀掉他。秦王决定暂时把孟尝君软禁起来。

秦王的弟弟泾阳君曾在齐国做过人质，孟尝君待他很好。泾阳君建议孟尝君找秦王宠爱的燕姬帮忙。

鸡鸣狗盗

　　燕姬答应帮忙，但要狐白裘作报答。可是孟尝君只有一件狐白裘，已送给昭王了，怎么办呢？这时，在随行的门客中有个地位最低，平日善于偷东西的人，他在黑夜装狗的样子潜入秦宫，偷了那件狐白裘。

　　孟尝君派人把狐白裘送给燕姬。燕姬在秦王面前为孟尝君说好话，秦王果然听燕姬的话，放了孟尝君。随后秦王又后悔了，立即派人去追孟尝君。

　　孟尝君逃到函谷关，一出关就出了秦国，但这时正是半夜，按规定，关的大门要到鸡鸣时才能打开让商旅通行。关的大门闭着，怎么办？这时门客中又有一个善于模仿鸡叫的人，他"喔喔"地叫了两声，引得附近的公鸡都啼叫起来。关吏听见鸡叫，就开门放人出入，孟尝君因此得以逃脱。等秦昭王派兵来的时候，他们已逃回齐国了。

利令智昏

　　语出《史记·平原君虞卿列传》。

　　秦昭王派兵攻打韩国，首先攻占了野王（今河南沁阳市），然后准备驱兵进攻上党（今山西省东南部）。

上党守将冯亭，一看上党很难保住，就决定把它送给赵国。这样不但上党得到了赵国的保护，而且可以顺势做个人情，还可以转移秦国的目标，使秦国迁怒于赵国，韩国即可自保。

赵孝成王征求大臣们的意见。赵国的平阳君赵豹认为，无缘无故接受别人的好处，是祸患的根源。因此，不主张接受上党。平原君赵胜却被眼前的利益冲昏了头脑。认为不费吹灰之力，即可得到上党郡17座城池，实在是件极便宜的事。主张马上接受上党。于是赵孝成王采纳了他的意见，派平原君到上党接受土地，并封冯亭为华阳君。

秦国眼看马上就可以到手的上党郡白白地被赵国接受，极为恼怒。两年后，秦王派大将白起率兵攻打赵国。战争一直打了3年，秦军首先攻下了上党，然后在长平与赵军展开决战。赵国在这次战争中，40万大军全军覆没，不少俘虏被秦军活埋，赵国的都城邯郸也差点被秦军占领。

因为赵国的平原君贪图小利，失去理智，给赵国带来极大的灾难。后来，司马迁写《史记》时，认为平原君做出这样的决定，就是"利令智昏"了。

吴下阿蒙

语出《三国志·吴书·吕蒙传》裴松之注引《江表传》。

三国时，吴国的名将吕蒙虽然身居要职，但因他读书很少，见识不广，军中一切文书等均请人代笔。

有一次孙权对吕蒙和蒋钦说："你们都是负有责任的将领，要多读点书，增长自己的见识啊！"

吕蒙却推托说："军中军务繁忙，抽不出时间来读书。"

孙权又开导他说："我难道是要你去精读经书去当博士？但是作为一名

将领没有文化，光靠别人代笔怎么行啊！"孙权希望吕蒙读《孙子》《六韬》等兵书和《左传》《国语》等历史书。最后，孙权把汉光武帝刘秀和曹操在军务繁忙的情况下，仍然手不释卷的学习情况，都对吕蒙讲了，希望吕蒙在读书方面要向他们学习。

吕蒙听了孙权的教导后，很受感动，从此认真读书，孜孜不倦。

一次吴国的大将鲁肃路过吕蒙的驻地，鲁肃心里对吕蒙有些轻视，经人劝说后，才不得不表示一下礼貌，去拜访吕蒙。相会以后，两人就一起讨论国家政事。在讨论中，鲁肃常常理屈词穷，被吕蒙问得无言以对。讨论结束时，鲁肃不由得拍拍吕蒙的背，钦佩地说："以前我总是以为老弟只是在军事方面有点策略罢了，现在才知道你的学问渊博，见解独到，你再也不是以前吴下的那个阿蒙了。"

玩物丧志

语出《尚书·旅獒》："玩人丧德，玩物丧志。"

姬发攻灭商朝后，建立了周朝，历史上称他为周武王。武王把占领的土地分封给有功的大臣和诸侯，并且派出大批使者到各边远地区，去宣扬自己的武功文治，号召远方各国和部族都来臣服。

不少远方的国家和部族慑于武王的威名，派使者来到周朝称臣，同时带来了许多贡物。在这些贡物中，有一只被称为獒的狗。这獒身体大，尾巴长，四肢比较短，毛呈黄褐色，凶猛善斗，可做猎犬。这畜生很有灵性，见到武王后就匍伏在地，似乎在行拜礼。武王很高兴，吩咐侍从好好喂养它，并重赏了献獒的使者。接着，就乐滋滋地与它逗玩起来。

太保召公奭觉得，作为一个君王，对此要有所节制，于是作了一篇名叫《旅獒》的文章呈给武王。文中写道：沉湎于侮辱和捉弄别人，会丧失自己崇高的德行；沉湎于所喜爱的事物，会丧失自己进取的志向。创业不易，不能让它毁于一旦啊！武王读了这篇文章，想到纣王荒淫无度导致商朝灭亡的教训，觉得召公奭的文章有道理，于是下令将贡物分赐给各功臣和诸侯。

其貌不扬

这个成语故事见宋孙光宪《北梦琐言》卷二："榜末及第，礼部侍郎郑愚以其貌不扬，戏之曰：'子之才学甚富，如一目何？'"

866 年，32 岁的皮日休被推荐到京城长安去参加进士考试。他在城东南的永崇里只住了 10 天，文名就传遍了长安城。由于他不愿奉承权贵，得不到他们的荐引，结果没有考中。

考试落第后，皮日休回到家乡，把自己所写的 200 多篇诗文编成 10 卷，定名为《皮子文薮》。第二年，他再次进京应试。

这次考试的主考官，是礼部侍郎郑愚。他看了皮日休的文章，非常欣赏，还未发榜，就派人把他叫到府里来会面。

郑愚原来以为，皮日休的文章写得这么出色，相貌必定清秀端正。不料一见面，发现他左眼位置不正，看上去不太舒服。于是用嘲笑的口气问他："你很有才学，为什么一只眼睛长得不相称？"

皮日休对郑愚的问话很反感，立刻反唇相讥道："侍郎可千万不能因为我这一只眼睛，而使自己两只眼睛丧失目力啊！"

郑愚显然被皮日休的话刺痛，因此做了小动作。发榜时，皮日休虽然中进士，却是最后一名。

后来，皮日休在长安做了一个小官。他看到朝政腐败，天下即将大乱，便写了许多文章暴露和批判了黑暗的社会现实。不久，他投奔了黄巢起义军。

枕戈待旦

语见《晋书·刘琨传》："吾枕戈待旦，志枭逆虏，常恐祖生先吾著鞭。"

刘琨是西晋末年魏昌人，他不仅武艺精通，而且很有抱负。

有一次，他听说朋友祖逖被朝廷任命了官职，就给亲属写信说："我每天都是枕着兵器躺在床上，随时想杀敌报国。可惜祖逖比我先去建功立业了。"后来，刘琨当上并州刺史。

有一年晋阳灾荒严重，贼寇乘机猖狂，劫道抢掠，百姓叫苦连天。刘琨便率领 1000 人，平定了盗匪，劝百姓种地，还派兵保护他们。有一次，北方骑兵包围了晋阳城，城内兵力甚少，刘琨想出一个办法：夜里，他登上城楼，吹起箫来，那曲调凄凄惨惨，如泣如诉，城外的士兵听了无不悲伤。半夜，他又吹起胡笳，乐声使士兵想起家乡，怀念亲人，流下眼泪。天快亮时，刘琨又吹起了箫，围城的士兵再也忍不住了，纷纷骑马回去。

直言不讳

语出《晏子春秋·外篇·重而异者二十二》："行己而无私，直言无而讳。"清文康《儿女英雄传》第三十二回："九哥你既专诚问我，我便直言不讳。"

379 年，前秦皇帝苻坚派大将苻丕率领 7 万军队进攻东晋管辖下的襄阳。另外又派三支军队共 10 万大军在襄阳外围配合作战。

襄阳守将朱序一面凭险固守，一面派人向东晋朝廷紧急求援。

晋孝武帝接到急报，立即派荡寇将军刘波率领 8000 人马，火速赶往襄阳救援。刘波接到命令，立即率军出发，部队来到离襄阳 50 里的地方，探马前来禀报前秦在襄阳一带集结的兵力多达 17 万。

刘波见自己手下只有 8000 人马，敌寡我众，贸然继续进兵，无异以卵击石，自投罗网，于是下令停止前进，不再前往襄阳。

朱序在襄阳坚守了 20 天，眼看救兵不至，不由忧心如焚。他手下的督护眼见敌兵势大，便叛变投敌，襄阳终被攻破，朱序不幸被俘。

刘波回师，晋孝武帝认为刘波救援不力，免去了他荡寇将军之职。

不久，孝武帝了解到当时敌我兵力情况，知道刘波即使冒死前往救援，也毫无作用，因此又恢复了他荡寇将军的职务。

过了 4 年，东晋军队在谢安的指挥下在淝水大败前秦军队，取得了辉煌的胜利。晋孝武帝为了巩固胜利，命熟悉北方情况的刘波坐镇北方，统督淮北各军。

这时，刘波正患着重病，知道凭自己的身体情况是无法完成皇上的使命的。他知道自己将不久于人世，就上了一道奏疏，把自己的意见和建议提供给孝武帝参考。他在奏疏中写道："我从本朝开国的历史，联想到目前的朝政，不顾自己的无知，直言不讳地告知皇上，供皇上参考。"

直言不讳

接着，他就怎样治理国家，应付外患，使用人才等各个方面，都向孝武帝提出了有益的建议。

孝武帝看了，很受感动。可不幸的是，刘波不久就真地去世了，这封奏疏成了他的遗言。

后来，"直言不讳"

成为成语，用来形容想说什么就说什么，一点也不避讳。

画龙点睛

这个成语故事出自唐张彦远《历代名画记》卷七："武帝（梁武帝）崇饰佛寺，多命僧繇（张僧繇）画之……金陵安乐寺四白龙，不点眼睛，每云：'点睛即飞去。'人以为妄诞，固请点之。须臾，雷电破壁，两龙乘云腾去上天，二龙未点睛者见在。"

南北朝时期，梁朝的张僧繇擅长画龙。他画龙，已经到了出神入化的程度。最为神奇的，就是他画龙点睛的传说了。

有一次，张僧繇在金陵安乐寺的墙上，画了4条白龙。奇怪的是，这4条白龙都没有点上眼睛。

许多人对此不解，问他道："先生画龙，为什么不点上眼睛呢？是否点眼睛很难？"

张僧繇郑重地回答说："点睛很容易，但一点上，龙就会破壁乘云飞去。"

大家都不相信他的回答，纷纷要他点睛，看看龙是否会飞跃而去。张僧繇一再解释，点了要飞去。但大家执意要他点睛，于是他提起笔来点睛。奇迹出现了：他刚点了其中两条龙的眼睛，就雷电大作，暴雨倾盆而下。突然"轰"的一声巨响，墙壁破裂。大家定睛看去，两条刚点上眼睛的白龙，已经乘着云雾，飞跃到空中去了，而那两条未曾点睛的白龙，还是留在墙壁上。大家这才信服。

画蛇添足

《战国策·齐策二》："楚有祠者，赐其舍人卮酒。舍人相谓曰：'数人饮之不足，一人饮之有余；请画地为蛇，先成者饮酒。'一人蛇先成，引酒且饮之，乃左手持卮，右手画蛇，曰：'吾能为之足。'未成，一人之蛇成，夺其卮曰：'蛇固无足，子安能为之足！'遂饮其酒。"

战国时，楚国有一个贵族在祭祀了祖先以后，把祭祀用的一壶酒赏给为他办事的几个人喝。那几个人看了看酒，认为太少了些，于是其中一个人提议说："这一壶酒如果我们每个人都喝的话，大概一人只能喝一口，最好是只让给一个人喝。我看，我们几个在地上比赛画蛇，谁先画好，谁就是这壶酒的主人，行不行？"

大家都认为这个主意不错，便一致赞成。于是，他们几个人就蹲在地上画起蛇来。其中有一个人很快就把蛇画好了，可是当他正要拿起酒壶喝的时候，看到其他几个人仍手忙脚乱地画着，于是便自作聪明地用左手端着酒壶，右手又在地上画起来，嘴里还洋洋得意地说："你们看，我还能给蛇添上脚呢！"

可是正当他在画脚的时候，另一个人已经画好了蛇。那个人立刻

画龙点睛

把那壶酒抢过来，毫不客气地说："蛇本来就没有脚，你怎么能够给它添上脚呢？"

画虎类犬

语出《后汉书·马援传》："效季良不得，陷为天下轻薄子，所谓画虎不成反类狗者也。"

马援有两个侄子，一个叫马严，一个叫马敦。马严和马敦都喜欢讥讽和议论别人，并喜欢和侠客交游。马援在军中得知这一情况，就写了一封信去教育他们，这就是著名的《诫兄子严敦书》。在这封信中，马援教育他们说：

"我希望你们在听到有人议论别人的过失时，能够像听到议论自己父母那样，只可以用耳朵听，而不要去参加议论。

"我一生最反对议论别人的长短。山都长龙伯高是一个厚道谨慎，说话很有分寸，恭谦节俭，廉明公正的人，虽然他的职位不高，但我很尊敬他，希望你们向他学习。

"越骑司马杜季良为人豪侠，好讲义气，能够和别人同忧共乐，不论好人坏人，都能和他交朋友。他替他父亲办丧事时，宾客如云，良莠皆有。我虽然也很尊敬他，但却不希望你们仿效他。你们如向龙伯高学，即使学不成，就好像刻鹄不成，还可以刻出一只鹜来，样子还差不多；但如果你们学杜季良，如果学不成，就会成为轻浮浪荡的人，那就像画一只老虎，如果画不成老虎，就只能画得像只狗了。"

卖剑买牛

这个故事出自《汉书·龚遂传》："民有带持刀剑者，使卖剑买牛，卖刀买犊。"

汉宣帝时，渤海郡一带闹灾荒，农民吃不上饭，纷纷带持刀剑为盗。汉宣帝急于选择一个能够治理的人。大臣们都推荐龚遂，汉宣帝就委任他为渤海太守。

汉宣帝召见龚遂时，见他是一个70多岁矮小的老头，看不上眼，就问他说："渤海发生动乱，我非常担忧，你到那里后，怎样平息盗贼呢？"龚遂不慌不忙地回答说："那里的百姓挨冻受饿，官吏却并不爱护他们，所以他们才拿起刀剑。如今陛下派我去，是要我去打击他们呢？还是安抚他们？"

汉宣帝听了很满意，说："选用像你这样贤良的人去，当然是要安抚他们。"龚遂又请求说："我听说治理乱民好像治理一堆乱绳子，千万不可急，只能慢慢来才能治理好。希望陛下放手让我去做。"龚遂一到渤海郡就打开粮仓，救济灾民；同时选派一些好的官吏去安抚百姓。没有多久，起义就平息下去了。他看到身上带刀佩剑的百姓，就劝他们卖剑买牛、卖刀买犊，并开玩笑似地说："何必要带牛佩犊呢！"

这话的意思是：你不卖掉刀剑去买牛犊，而把刀剑佩带身上，这等于"带牛佩犊"，有什么好处呢？